蔡宗齐文学理论研究书系

中国历代文论要略

第二册

创作论要略

蔡宗齐 ／ 著

上海古籍出版社

创作论要略　目录

总述 …… 1

第一章　先秦汉魏时期：创作论的哲学基础 …… 14

第一节　儒家语言实有论 …… 17

第二节　道家语言非实有论 …… 24

第三节　道家论象与道的关系 …… 28

第四节　《易·系辞传》儒道糅合的文字实有论 …… 31

第五节　有关意、象、言的论辩 …… 35

第六节　先秦文献中有关“心”的论述 …… 41

第七节　汉魏时期有关形、神的论辩 …… 52

第二章　六朝时期：陆机和刘勰植根于中土哲学的创作论 …… 61

第一节　意、象、言框架 …… 69

第二节　文学创作的身体与心理条件 …… 75

第三节　创作阶段一：感物过程 …… 77

第四节　创作阶段二：神思过程 …… 81

第五节　创作阶段三：从意象到言的转换 …… 88

第三章 六朝时期：宗炳植根于佛教的创作论 …………… 97
第一节 “目击道存”与“目击高情”之辩……………… 99
第二节 “圣人含道应物”与“贤者澄怀味象”：佛教命题的设立 ……………… 103
第三节 “以形写形，以色貌色”：山水、山水画、佛教视觉观 ……………… 113
第四节 “张绢素以远映”：比例的发现与佛教大小无碍之相观 ……………… 117
第五节 “应目会心”与“神超理得”：山水中的宗教与审美 ……………… 121
第六节 “按图幽对”与“畅神”：目击高情的境界 …… 124
第七节 《画山水序》的结构和历史意义 ………… 128
第四章 唐代：以意为主的创作论 ……………… 134
第一节 书论有关“意”的论述 ……………… 137
第二节 王昌龄创作论：超验的创作起端——静观之“意” ……………… 141
第三节 王昌龄创作论：静观之“意”产生的方式和身体条件 ……………… 144
第四节 王昌龄创作论：静观之“意”与“境”的产生 ……………… 146
第五节 王昌龄创作论：从“境”到“象”的转化 …… 153
第六节 王昌龄创作论：动态之“意”与境象到言的转化 ……………… 155

第七节　中晚唐皎然等人的“意”“境”“思”“象”说 …… 161
第五章　唐宋时期:养气创作论和禅悟创作论 …… 169
第一节　韩愈等人的养气创作论 …… 169
第二节　严羽等人的禅悟创作论 …… 177
第六章　明清时期:以参悟为主的创作论 …… 185
第一节　郝经等人参悟造化的心游说 …… 186
第二节　王夫之等人参悟山水的直悟说 …… 190
第三节　钟惺、谭元春等人参悟文字的摄魂说 …… 194
第四节　况周颐参悟情感的直觉说 …… 201
第七章　明清时期:以意为主的创作论 …… 206
第一节　“意”为驱动行文的神秘力量 …… 209
第二节　意与辞(文章):两种不同的成文方式 …… 213
第三节　意与整体结构:虚实交错的论述 …… 218
第四节　意与炼情:情的艺术升华 …… 221
第五节　意与求音取象:有意无意的最佳平衡 …… 224
第六节　意与遣词造句:虚意与实辞的连通 …… 227
第七节　意与诗法:形上之意与形下之法的辩证互动 …… 230
第八章　明清时期:以情为主的创作论 …… 235
第一节　华兹华斯和艾略特情感说之争的借鉴价值 …… 238
第二节　明代复古派的唯美情感说 …… 244

第三节　明代反复古派非唯美情感说 ………………… 247
第四节　明末清初诸派的唯美情感论 ………………… 251
第五节　明末清代郝敬等人的“两种性情”说 ……… 257
第六节　晚清改良派和革命派的情感说 …………… 267
第九章　古代文学创作论与西方创作论：相互对照而彰显的文化特性 ……………………………………………… 279
第一节　中西文论家对超验创作活动的认识之异同 ……………………………………………… 280
第二节　中西文论家对创作中“象”的认识之异同…… 286
第三节　中西文论家对创作中“言”的认识之异同…… 289
创作论要略选录典籍书目 ……………………………… 299

总　述

文学创作论主要是有关文学创作条件和过程的论述。创作条件指作者创作时的身体和精神状况,而创作过程主要包括作者创作意念的产生、艺术想象的展开、作品形象在作者心中的形成以及最后将此心象诉诸语言,转化为文章等不同阶段。

在英语学界,关于中国文学理论传统的著述寥寥,涉及文学创作的研究更少。林顺夫(Lin Shuen-fu)与艾朗诺(Ronald Egan)为拙编《中国文心:〈文心雕龙〉中的文化、创造与修辞理论》(*A Chinese Literary Mind: Culture, Creativity, and Rhetoric in Wenxin diaolong*, 2001)撰写的章节,或许是该领域仅有的专题论文。相较于卷帙浩繁的中国诗歌、小说与戏剧研究,文学理论的出版物极度匮乏。英语世界中唯一全面的相关论著——刘若愚(James J. Y. Liu)的《中国文学理论》(1979),至今已有近半个世纪的历史。宇文所安(Stephen Owen)的《中国文学思想读本》(*Chinese Theories of Literature*, 1992)仍是该领域唯一的原始资料汇编。对中国文学理论的忽视,自然严重阻碍了中国各文类的研究。若不了解中国传统批评家对文学各方面的论述,便难以理解广义的美学理想如何引导创作实践,并推动各种文学体裁在数千年间的持续嬗变。忽视中国文学理论,可谓"见树不见林"。

20世纪70年代末至80年代初,中国学界曾短暂涌现一批关于文学创作过程的重要研究。四位领军学者的深入研究取得丰硕成果,催生了三部重要专著:首部为王元化(1920—2008)1979年出版的《文心雕龙创作论》,将刘勰的文学创作理论归纳为八大议题,分别涉及创作活动中的主客关系(心物交融说)、艺术想象(杼轴献功说)、作家的创作风格(才性说)、比兴意象(拟容取心说)、情志说、体裁题材措辞三者的关系(三准说)、艺术结构(杂而不越说)以及创作的直接性(率志委和说),这八个核心论题,同时勾联先秦汉魏晋的《周易》《老子》《庄子》《荀子》《韩非子》,陆机《文赋》等相关文本,得以对文学创作中的心物关系、形神关系、艺术形象问题、形式与内容等议题做出梳理。1982年,牟世金(1928—1989)与陆侃如(1903—1978)合著《刘勰论创作》,专门探讨《文心雕龙》中有关创作的内容,重点就物与情、物与言、言与情的关系展开分析,并对相关术语内涵进行初探。次年,张少康出版《中国历代文学创作论》。张著突破《文心雕龙》的著作框架,追溯了创作构思、意象生成、结构方法与风格演变等关键术语的历史发展脉络。

在张著之后,我们已较少见到专门研究古典文学创作论的成果。可见,中国文学创作论研究在英语和汉语学界均存在有待填补的空白。英语学界对该领域研究的匮乏近乎"全然空白",而非局部缺失。中文研究的主要空白则在于缺乏对六朝以后文学创作论述的全面研究——这一缺失因学界过度关注陆机、刘勰理论而愈加凸显。依我之见，这种厚古薄今的倾向与现代学者僵化地接受现代理论概念有很大关系。陆机与刘勰的论文结构严谨、论证周密，完全符合现代“理论”标准，自然备受青睐。牟世金、陆侃如与王元化均以《文心雕龙》为唯一研究对象。张少康虽将术语研究延伸至六朝之后，却显然未将后世文本与陆、刘之作等量齐观。显然，现代学者仍未充分接纳六朝以降的批评话语模式。自唐代始，批评家转用书信、序跋、诗格、诗话等非论说式文体来表达对文学的思考。他们不再追求抽象完备的论证体系，而乐于就具体议题分享洞见。若以现代理论标准衡量，这种批评话语确显散漫，但它却延续了近一千五百年（自唐至清），一直盛行不衰。在我看来，对六朝后大量创作论述的忽视，隐藏着一种可悲的偏见与预设，即认为此类作品因摒弃系统性思考而丧失智性严谨。这种或隐或显的错误预设，进一步催生了更广泛的误解：中国缺乏一条连贯的文学创作理论传统。

本书试图完成前人未竟之业——重新发掘六朝后大量创作论的理论价值，从而构建一条从上古至清代完整的中国文学创作思想脉络。为此，我采用两种研究方法：分析法与分析-重构法。分析法直接应用于陆机、刘勰与宗炳的六朝整体性理论。与此同时，针对后世零散的创作论话语，我设计了一种“分析-重构”方法，旨在对不同时代、不同作者的孤立评论加以整合，以将各种隐匿的创造论呈现出来。

长年累月的归纳性细读带来三项重要发现：第一，多数六朝后批评家仍在陆机、刘勰的“意→象→言”范式内思考创作问题，但部分观点已较此前发生显著修正；第二，唐代王昌龄的批评材料虽仅以散论形式存世，他却是唯一如陆、刘那样般全面探讨创作各阶段的六朝后学者；第三，元明清批评家多基于确切历史时期或所属的特定“流派”，对文学创作的特定阶段产生共同的兴趣。这些源自细读原始文本的发现为我重构不同的创作理论奠定基础。这些重构理论与六朝陆、刘、宗三家创作论存在不同程度的亲缘性——它们同样围绕“意→象→言”范式的核心议题而展开。显而易见，六朝显性创造论和后代重构创造论，共同构成了一条连贯、持续地阐述文学创作本质和方法的伟大传统。

本书深入研究这个伟大传统，不仅努力揭橥中国古代文学创作论独特性和完整性，还要不同经典议题上与西方创作论开展有理论意义的对话，将关注拓展至世界文学的层面，为研究创作论的西方学者提供一个崭新的视角。全书共有九章，前八章分别涵盖先秦汉魏、六朝、唐宋、元明清四大时期，每章各节集中讨论该时期最为重要的理论议题。末章则在宏观层次上对中西创作论进行比较。

第一章主要分析先秦汉魏哲学文献中有关意、象、言、心、情的论述，致力于揭示六朝时期文学创作论产生的哲学基础。首先，先秦儒道两家以及魏晋玄学关于意、象、言的论述，对以后文学创作论的影响极大。在这些论述中，意、象、言演绎出很多不同的概念，有的甚至是相反的，而围绕三者之间关系的解释也是不同的。凭借这种多义性，这三个术语构成了探索创作过程的基本框架，得以在以后的文论著作中被反复使用，同时又不断地推陈出新,衍生和支撑各种各样的创作论。另外,有关心和情的论述,虽不能与意、象、言的重要性相比,但对以后创作论的发展也极为重要。

第二章集中讨论陆机(261—303)《文赋》和刘勰(约465—?)《养气》、《物色》、《神思》等专论。六朝既是文学创作论的开端,也是后代难及的高峰,主要表现有二:一是六朝创作论的系统性。时人几乎对创作论涉及的所有内容,包括创作条件、作者的身体、精神状态,创作的每一个阶段,文章成文的步骤,都有全方位的详尽描述。陆、刘两人的文学创作论基本按照创作过程的轴线展开,从作者的创作身心状况到最后作品成文,无不一一论及。其中着墨最多的是神思如何产生意,意如何转化为象,意象如何变成语言。所有这些论述都是在魏晋玄学意、象、言的框架中发展出来的。此部分的论述可揭示陆、刘创作论的结构特征,而且足以为六朝以降创作论的研究,提供一条清晰的基线。通过参比陆、刘创作论,我们就可以清楚地看到六朝以后各种理论的侧重点及其理论建树之所在。后世各种创作论都可视为对六朝创作论中某一部分的扩充与对话。二是六朝创作论的理论性。陆机和刘勰所写的不是具体创作步骤的指南,而是有关创作过程的理论阐述。即使是对各种修辞的细微描写,他们也力图总结具体的行文规律,因而具有鲜明的理论性。

按创作论框架以及创作活动的次序,该部分以五节来呈现六朝创作论的发展历程。第一节收入了陆机和刘勰有关意、象、言的论述,与之相伴的是时人论文学产生从“言志”到“言意”,即从社会功用到个人审美的意图转变。同时,六朝创作论也深受儒家本质言实论的影响,时人在《系辞传》的本质论框架下,重新认识和定义了文学行为。第二节是关于身体与文学创作关系的论述。在以阴阳对立统一为圭臬的儒道世界观中,身体和精神相辅相成,不可分割,战国至汉魏各家的气论即为典型表征。受此影响而成的刘勰《养气》篇,便深入探索创作过程中身体与精神的相互制约。第三节聚焦创作的第一阶段:感物而生创作意愿的过程。第四节收录有关创作的第二阶段,即“神思”的论述。陆机《文赋》和刘勰《神思》篇对神思的描述,虽源自庄子的“心游”说,然而并未以超脱经验世界,与道永恒结合为终点,而是强调神思是往返的双程,超越时空奔向天外后,仍须有返回感知世界的归程。他们对归程的描述都聚焦其间情感、物象、言辞的激烈互动,最终以生成“意象”而结束。第五节收录创作最后阶段——成文过程的论述。如何用有形的语言来表达无形的心象?这是整个创作过程中难度最高的论题。陆机花了很多笔墨,谈论结构、修饰、言辞的使用原则,但认为真正的成功还有赖于创作中自然而然的灵感。刘勰用《庄子·天运》中轮扁斫轮的典故,表达了相同的观点。陆、刘的文学创作论也超越了文学思想的范畴,在文论篇目之外,本章节录了王羲之(303—361)的书法论,展示王氏如何采用与陆机大致相似的方法来理解和阐述书法创作的过程。

第三章讨论宗炳(375—443)植根于六朝佛教的创作论。刘宋时期人们已经超越中土传统“象”的观念束缚,自觉地运用佛教概念来重新认识视觉对象、视觉方法、视觉效果,探究它们超验的宗教意义。周颙（？—493）、张融（444—497）辩道佛两家异同时提出的“目击高情”哲学命题，集中反映出这一思想转变。在“目击道存”和“目击高情”之辩的文化语境中，我们可以重读宗炳《画山水序》，从物象观和视觉观的崭新角度切入，分析其中的关键术语、概念、命题，厘清它们与佛、道、儒相关观点的复杂关系，从而对此文的思想渊源和特征作出可信的判断。著者将揭示《画山水序》文中五大段的术语、概念、命题、表述如何形成一个逻辑连贯、全面系统的佛教文艺观，将佛家的“象”、“神”观引入文艺领域，一反道家和玄学重虚象轻物象的倾向，发展为以呈现山水中不灭之神为宗旨的绘画理论，并为王昌龄（698—757）三境说的产生、唐人以境论诗风气的兴起奠定坚实的基础。

第四、五章聚焦唐宋时期两大类的文学创作论。一类是谈“意”为主，以王昌龄《论文意》为代表。王昌龄并没有像陆机和刘勰那样采用论说文的形式，着意建立一个论证缜密、系统完整的理论，而是颇为率意地谈论文学创作的方方面面。但若将其零散的论述放在创作过程的轴线来整理，一个甚为完整连贯、胜意迭出的创作论将跃然纸上。他不仅独创地引入佛家术语“境”，将意、象、言的三重框架扩展为“意、境、象、言”的四重框架，而且对四者的涵义及其相互关系一一作出独到精辟的阐述。另一类创作论则是撇开“意”不谈。因为“意”一字牵涉到主观意愿，即“有意为之”。在不少批评家看来，谈“意”即承认了创作之前有一预设，即创作是有意而为的，故必须加以摈弃。他们提倡创作是突然而发的，要么像陈子昂（约659—约700）、白居易(772—846)那样强调诗歌要有感而发,要么像韩愈(768—824)、苏轼(1037—1101)等古文家那样强调用气,要么像严羽(? —1245)那样以禅论诗,倡导一味直悟的创作方法。

第六、七、八章辨析梳理明清的文学创作论。明清时期讨论文学创作的材料众多,有待细理,且不乏灼见,著者在通读《全明诗话》《清诗话》《清诗话续篇》后,梳理重构出以参悟为主、以意为主、以情为主三种创作论,根据内容比重分为三章。第六章先归纳以参悟为主的创作论。相比之下,以意为主和以情为主的创作论,都紧扣成文过程,很少论及成文之前的超验心理活动,即陆机心游、刘勰神思、王昌龄作意之类。然而,元明清诗论中仍有不少有关创作始端超验心理活动的论述,繁杂而零散,著者试用“参悟”这个概念,作为分类梳理的原则。“参悟”一词跟佛教关系密切,经过严羽用“妙悟”论诗歌创作,转而成为文论的术语。在拓展“参悟”的范畴后,“悟”字便不仅指佛教的超验体悟,更可以用来描述所有源于道、儒哲学的超验心理活动。“参”的概念较之“悟”,是一个渐渐地、有意的过程,目的是透彻地领悟,常作及物动词用,后面跟的宾语名词多指诱发“悟”的事物。明清文论中描述创作始端的超验心理活动,根据“参”的不同对象和“悟”的不同方式加以区别,可以分出参悟无形造化过程、参悟有形山水、参悟典籍文字、参悟情感四者。相应而生的“悟”的类型则是动态心游、静态观照、与典籍作者通神以及缠绵情绪所引发的直觉。其中前三种明显带有庄子哲学、佛教和唐宋儒学阅读理论的色彩,最后一种则源自清末况周颐(1859—1926)本人的生活和创作经验。依照对“参悟”

概念的重新解释，著者将明清诗论中关于创作始端超验心理活动的论述，梳理成参悟造化心游说、参悟山水观照说、参悟文字摄魂说、参悟情感直觉说四种，并逐一加以评述。

第七章探究以意为中心的创作论。著者先归纳出历代创作论文献中有关“意”的五种基本涵义，再具体分析明清以意为主的创作论所产生的新变。明清批评家的创作论，并未像陆机、刘勰或是王昌龄那样，对整个创作过程作出详尽缜密而具系统性的论述。他们将注意力聚焦于创作的某一具体现象或阶段，对经典术语概念作出比前人更精辟深刻的析辨和阐发。比如，王昌龄只是从侧面含蓄地提及创作过程中作意、起意的超验性，而谢榛（1495—1575）、冯复京（1573—1622）等人则详尽剖析超验的心理活动。又如陆机和刘勰都难于描述从虚想之意到征实文字的转变，始终未打通作者想象活动和文章书写的关系。为此，王昌龄初步提出意的想象贯穿于最后的成文过程，力图将两者结合起来。明清批评家则将其发展成为蔚为大观的“运意”说，从意与文势、意与文气、意与炼情，到意与命题谋篇、求音取象，再到意与遣词用字，由虚至实，全方位地展开阐述，取得了重大的理论突破。再如，明清以意为主的创作论，还与文章学彼此汇通，既借鉴了宋代文章学等结构分析的方法，同时为文章学理论本身赋予更多创作心理的阐发。

第八章评述明清时期的主情创作论。中国诗歌传统对情的重视源流久远，学者常以“诗言志”与“诗缘情”总括之。但就创作理论而言，直到明清时期，情才开始被视为创作过程中最重要的、统摄一切的因素。明清诗歌创作论中，存在诸多有关情感的论述，而且阐释维度丰富。各期各派的思想与解读，既相互区别，又在嬗变中彼此勾联，已无法用传统的言志、缘情二分法来归纳、分析。著者认为，西方英美文学中华兹华斯（William Wordsworth）和艾略特（T·S· Eliot）的情感说之争，或许能提供借鉴，帮助我们重构明清以情为主的创作论体系。18世纪末，西方浪漫主义代表诗人华兹华斯主张诗歌是生活经验的直接反映，反对造作人为。一个多世纪后，艾略特则认为诗歌与诗人的个人情感或个性没有关系，而与整体的艺术传统紧密相联。个人生活的情感经验须经过艺术手段，才能转变成为诗歌。艾略特所主张的是一种唯美的情感论，而华兹华斯的情感论则相对生活化、原生化。双方的情感论在诗歌情感与个人的关系，个人与传统的关系，诗歌与物象、语言的关系等层面皆可形成系列对举，并与明清以情为主的创作论存在诸多相近的阐释取向。

在对情的理解和阐述上，明清诗论存在复古和反复古的两大观念分野，双方有同有别，且不断在道德、私人、经世等向度间分化、嬗变。复古和反复古派的阐释虽多差异，但对情的重视是一致的，且并未就“情”展开论争。而且，伴随世易时移，各诗学派系也在对情的理解与表达上产生观点的交迭、纠偏、继承或是批判，足以照见以情为主的创作论在明清的多维面向。本章将在华兹华斯和艾略特两种情感说的对照框架下，对由明至清，复古派、反复古派、黄宗羲（1610—1695）、沈德潜（1673—1769）乃至常州词派、晚清改良派等群体的创作论进行梳理，以揭示情在明清各派创作论中的内在脉络。

如果说本书前八章在意→象→言的框架中梳理了历代创作论的发展,作为全书总结的第九章则在意、象、言三个不同层次对中西创作论进行了比较。在"意"这个形而上的层次,中西文论家都认为,超验心灵活动就是对最终现实的体悟,但他们对最终现实的认识却有着根本的不同,在西方看来是绝对的精神实体,在中方则是永恒宇宙变化之道或超越主客观区别的佛性。中西体悟最终现实的方式均有静态和动态两种。在西方创作论中,信奉新柏拉图主义的文论家通常认为,在静态的视觉观照过程中,作者可以发现和激活残存于自我心中的最高精神,而通过与自然中保留的同样精神相交流,便可写出最美的诗篇。华兹华斯的哲理诗和柯勒律治(Samuel Taylor Coleridge)"二级想象说"的第一级想象所描述的,就是这种静态观照而通神的方式。同时,热衷于运用德意志唯心哲学创作的文论家,则更强调能动地使用头脑中自有的先验认知范畴去进行创作性想象,正如柯勒律治所说的第二级想象所示。在中国古代创作论中,笃信佛教的文论家无不指引作者参悟山水景物,即通过静态观照山水而悟觉宇宙实相,而奉持道家世界观的文论家则都强调收视反听,进而在脑海里激起情、物象、言辞的激烈互动,直至三者融合成为完美意象,即作品付诸语言之前的虚拟形态。

在"象"这个中间层次上,中西创作论可资比较的论说颇多。中西文论家都将"象"视为超验活动形诸笔墨的重要媒介。西方创作论共同关注的核心议题是超验想象,而想象一词的拉丁语词根 imāginātiōn 就是"心象",即所谓"mental image",或称虚幻之象“fancy”。在中国古代创作论中，内化于心的“虚象”也是文论家最为关心的议题之一。例如，《系辞传》中“圣人立象以尽意”所谓的“象”，并非客观外在物，实指心中虚象。这种虚象一直为道家玄学家所重视的。然而，中西创作论的“象”论是小同大异的，原因有二。第一个是“象”所通达的最高现实有着本质的不同，西方的最高现实是精神本体，而中土的是宇宙客观变化的最高原则，即使佛教的最高现实虽似带有主观精神特征，但所追求的宇宙实相亦非精神本体的实现，而是对主、客观的超越。判断中西创作论中“象”论本质的不同，还有第二个原因，即两者对心象与视觉和物象世界的关系存在完全不同的理解。在占据西方思想主流的唯心主义哲学中，视觉与其说是感知客观世界的途径，毋宁说是精神本体注入物象世界的工具。正因如此，自柏拉图开始，西方哲学家、文论家讨论艺术想象几乎无不强调，甚至无限夸大视觉的作用。与此视觉神圣化的倾向相反，中土哲学家一向以视觉和听觉为感悟宇宙最高原则——“道”的障碍。宇宙最高现实，若有所呈现，那就是老子所说的恍惚的“大象”。正因如此，陆机强调创作肇始，作者必须“收视反听”，从而在“澄心以凝思”中“笼天地于形内”，即超越天地、收拢万物的华章。在刘勰《神思》篇中，“神与物游”，与视觉无涉，最终会将情、物、辞融合为作品心象，即其所称的“意象”——一种非实际可感的外界虚象。由此可见，陆、刘二人都相信超验的神游以形成虚幻心象为指归，这种心象、意象已融情感、外物、文字于一体，从而为诉诸笔端做足准备。当然，陆机、刘勰并非完全忽视物象和视觉的作用，但无疑只把它们的作用局限于感发情志方面。

在形而下的“言”的层次上，中西创作论可作比较之处少得多。西方文论家否定超验想象活动与言的关系，认为语言使用只是形而下的技术性范畴。虽然文学语言曾受到18世纪新古典主义批评家的重视，但在紧接的浪漫主义年代中，文论家竞相探研超验想象活动，建立自己独特的创作论，而有意的语言使用被剔除在创作论之外，甚至被视为艺术创作的障碍。相反，中国古代创作论则贯穿了从起始超验心理活动到最后成文的全部阶段，两者可谓存有天壤之别。明清以意为主创作论的建立具有深远重大的意义，因为它成功地把超验心灵活动的律动、情—景—物互动的律动注入文章书写的每一个步骤中，从而使语言使用变成一种充满生命力的律动。对于西方文论家，以意为主创作论尤有借鉴价值，可以帮助他们反思如何拓展西方创作论，使之涵盖从超验想象到挥笔成文的整个创作过程。

第一章　先秦汉魏时期：创作论的哲学基础

中国古代文学创作论兴于六朝时期，以西晋陆机专论文学创作的《文赋》为肇始。然后，展开古代创作论的深入研究，必须先要在先秦文献中寻找和重构其哲学基础。当要描述一种前人未曾描述的创作状态时，陆机和南朝梁刘勰必须要面对和解决两个问题：一是建立最为恰当的思维框架来分析整个创作过程，二是选用最为贴切的术语和概念来描述创作过程不同阶段的复杂的精神和语言活动。笔者认为，陆机和刘勰都从先秦汉晋儒家、道家，以及玄学的典籍中找到了解决这两个问题的方法。首先，他们两人都吸收了先秦哲学有关言、意、象的论述，建立了“意—象—言”的框架来分析文学创作的整个过程。同时，他们又借鉴使用先秦各家有关心、身、形、神的论述，对文学创作的每个具体阶段一一作出了精辟的论述，从而建立了缜密精深的创作论体系。

意、象、言是中国哲学家很早便开始运用的三个重要术语，用以探究语言意义产生、人类认知，以及宇宙变化的过程。三者之间呈现一种由“隐”到“显”的关系。它们的通用英译分别是 conception（意念）、image（形象）、words（言语）。然而，这些翻译最多只能涵盖三个术语在古代典籍中所积累的丰富内涵的极小部分。广义来说，“意”指“隐藏”（hidden）的存在，包括口语与文字的抽象指涉、作者或读者的意图、臆想，以及圣人对道的直观领悟[1]。先秦两汉思想家在讨论语言所指涉的对象时，则常用“实”“天命”“理”“道”，而较少用“意”。“言”指的是“显明”（manifest）的东西——口语、名称、铭刻或书写的文字以及运用语言的行为。先秦两汉主要儒家和道家思想家通常用“名”而不用“言”作为语言的总称。“象”介乎隐藏与显明之间。哲学家对“象”与显隐两极紧密程度持不同看法，因而分别把它视为具体外物的形象、道超越感官的呈现（如老子的“大象”Great Image 或庄子的“象罔”Image Shadowy），以及同时呈现显隐两种相反特性的易象。意、象、言的哲学涵义的不断演绎积聚，变得更加纠缠不清，直到王弼（226—249）用前因后果来解释三者的关系，建构出“意→象→言”的基本哲学范式。王氏认为，此范式是双向互动的。一方面，意生象，象生言，主要反映了由隐到显的宇宙发展过程，与王氏无生有、有生万物的宇宙生成论是完全一致的。另一方面，以言得象、以象得意，主要揭示了由显到隐的认知过程，包对语言意义和宇宙奥秘的认知。

先秦有关言、意、象的论述，即有关语言和现实关系的种种

1 季孙意如是一屡次出现于《春秋》的人。《左传》及《穀梁传》作“季孙意如”，《公羊传》则作“季孙隐如”。这似乎点明了“意”与“隐”（隐藏性）在三传写成的时候是可以互换，且有文字上的关系。见高亨（1900—1986）纂著：《古字通假会典》（济南：齐鲁出版社，1987 年），第 374 页。

理论(以下简称“言实论”),大致可以归纳为三大类:1. 儒家的语言实有论,即语言有实质存在的理论;2. 道家的语言非实有论;3.《系辞传》中儒道糅合的文字实有论。这三种言实论的互动和互竞,贯穿了先秦到两汉数百年,并在魏晋时期“言—意”关系的争论中达到高峰,催生出“意—象—言”的本体认识论范式(见 2.1)。陆刘两人庞大的理论框架,以及他们在描绘微妙复杂的文学创作过程时所用的术语、概念、范式,无不可以追溯到这三种言实论。自陆机、刘勰起,古代评论家们一直把创作过程视为从“意”到“象”,再到“言”,这样一个由隐到显的转变过程[1]。更重要的是,他们把王弼“意—象—言”范式用作其理论框架,同时又不拘一格地采用先秦及汉代哲学著作中“意”“象”“言”其它种种不同的意义,借以准确描述文学创作各阶段中复杂的心理与语言活动,发展出他们自己独特的文学创作论。

文学创作很大一部分是创作心理活动,他们自然会受到这些论述的影响。所有这些关于心的讨论,无不为发展创作论提供了宝贵的资源;养气、修身、神思等特点,而且又是中国创作论独特之处。我们可以看到“气”这种概念,从曹丕到唐宋,都是文学中的核心概念。起源便是战国时期的哲学探讨。这些概念对此后文论发展十分重要。不同的批评家基于此阐发出不同的创作论。

---

1 对文学创作的研究,中国文论所遵循的思考方式与西方文论显然不同。西方文论倾向探究有关创意思维的源头,以及其本体论和神学含义等抽象的理论问题。有关西方创意思维理论的详细研究,可参 James Engell, *The Creative Imagination: Enlightenment to Romanticism* (Cambridge, Mass.: Harvard University Press, 1981)。

第一节 儒家语言实有论

儒家语言实有论源于孔子和荀子对名实关系的讨论。该类讨论经常被归纳在哲学的范畴,现代学者常从名实关系入手研究先秦儒学。本章则在语言、文学的范畴内探索名实、意、言的联系。

春秋时代,礼崩乐坏,关于名的讨论,一定程度上可看作现实世界的情况激发的理论需求,名实之辩在彼时蔚然大观,形成思潮,儒、墨、名、道各家各有自己的名实论述。孔子和其追随者都认为"名不正则言不顺","名"与外在存在的"实"、"名"与内在思想的"意",都有着不可分离的关系。不管名和名所指代的物之间存在怎样的距离,他们依然相信,此距离可以通过"正名"来缩小,使得"名"本质化,成为外在存在或者内在思想的直接表现乃至其化身。

"名"与社会政治现实有内在联系的根据是什么?《荀子·正名》篇(见《创作论评选》§ 003)对此进行了解释:一方面语言是约定俗成的,并无实在意义;另一方面语言又能准确地表达实在意义,甚至可以揭示宇宙变化的阴阳之道。如果说先秦儒家已显露将语言本质化的倾向,那么到了汉代,鸿儒董仲舒(前 179—前 104)则毫无掩饰地试图将语言彻底本质化,达到登峰造极的地步。董仲舒《春秋繁露·深察名号》从口语、名号来阐发语言本就是带有主观意识的天意,而天意则通过圣人来发号施令(见《创作论评选》§ 005)。

由于先秦儒家和董仲舒对“言”的本质化，一致赋予“名”实体乃至神圣的意义，到了汉朝，整个儒家社会政治伦理系统终于基于“名”而体系化了，成为名副其实的“名教”。基于此，维护本质化的“名”或“言教”意味着维护儒家社会政治系统本身。所以，当名教在魏晋时期受到激烈攻击时，欧阳建（？—300）奋起卫护“言”之神圣，写下他著名的《言尽意论》（见《创作论评选》§ 017），转而强调言作为最终宇宙现实的“意”的内在联系。

春秋时，孔子将“正名”当做是治国的首要任务。对他来说，“名”构成了人之言语和行动的基础。正确使用“名”则保证了畅通有效的言语，正确的言语则进而确保了礼仪的恰当实行。这段话清楚揭示出，孔子相信“言”与社会政治现实有着内在的、不可分割的关系。基于这个理念，他认为“正名”基本上确保道德社会政治事业的成功：

> 必也正名乎。……名不正，则言不顺；言不顺，则事不成；事不成，则礼乐不兴；礼乐不兴，则刑罚不中；刑罚不中，则民无所错手足。故君子名之必可言也，言之必可行也。君子于其言，无所苟而已矣。（《论语·子路》。*LYYZ*, 13.3, p.134）

孔子也相信言辞和人的思想之内在联系。《论语》中对辞与意的关系有一个简单但对后世影响深远的判断：

> 子曰：“辞达而已矣。”（《论语·卫灵公》。*LYYZ*, 15.41, p.170）

在这里,“辞”可被看做是“言”的同义词,“辞”(或“言”)所能“达”到的很可能指的是所要表达的观念、意图、旨意——所有这些都能归入“意”。从这句话的语气看来,孔子显然相信“言能尽意”。后代对“辞达”的阐发大致有两大派,一派认为这句话表示对过分修饰的不满,以宋代理学家为代表。陈祥道(1042—1093)《论语全解》:“君子之辞,达其意而已,夫岂多骋旁枝为哉?”朱熹(1130—1200)《论语集注》:“辞取达意而止,不以富丽为工。”戴溪(1141—1215)《石鼓论语答问》也有相似的见解:“君子无意于为辞,求以达其意而已矣。辞达则止,不求工也。然而见理不明者,其辞必不达。”另一派将“辞达”视为文学创作的最佳效果,以宋代古文家为代表。苏轼(1037—1101)《答虔倅俞括奉议书》:“孔子曰:‘辞达而已矣。’物固有是理,患不知;知之,患不能达之于口与手。所谓文者,能达是而已。”(§ 092)

孔子认为“名”与社会政治现实有内在联系。此说的根据是什么?为解释这个问题,荀子写了《正名》这篇长文。他以说明正名的重要性开篇,并援用了两个互补的史例来证明其观点。第一个是正面例子:早期周王朝之安定繁荣,有赖于周朝统治者对名的正确使用。第二个是反面例子:他把“奇辞以乱正名”看作导致社会政治秩序之乱的原因。在下文中,他接着试图证明“名”与“实”的内在联系:

> 名无固宜,约之以命。约定俗成谓之宜,异于约则谓之不宜。名无固实,约之以命实,约定俗成谓之实名。名

有固善，径易而不拂，谓之善名。（*XZJJ*, *juan* 16, p.420）

首先，他虽然承认"名"本身并不是实际存在，但仍坚持认为，"实名""善名"，依凭"约定俗成"的凝固力，仍与所对应的实际有着紧密联系。他把名和实的联姻称为"成名"，而且将此当做是"后王"（早期周朝的统治者）成功的关键。接着荀子进一步详细分析语言如何在不同层面上和现实互动。他认为，语言和现实的互动有三个层次：第一层次，"名之用"主要指单独的"名"与一个具体的外在之"实"的联姻；第二层次，"名"之累积产生了"文"或"辞"，而"辞"本身则足以表达内在之"实"，即一个特定的意义或思想（"一意"）。这里"辞"和"意"的并置似乎很好地回答了孔子的"辞达而已"所"达"为何物的问题（参§002）。第三层次，辞的正确使用（即"不异实名"地使用），可以积累构成准确表达内心思想的辩说，而这种与心完全契合的辩说足以呈现最高层次的"实"，即万物动静之道。在荀子重申自己对"言"的类似本质论的看法时，他由内到外再次回顾了"言"—"实"的关系链："心合于道，说合于心，辞合于说。"

名闻而实喻，名之用也。累而成文，名之丽也。用、丽俱得，谓之知名。名也者，所以期累实也。辞也者，兼异实之名以论一意也。辨说也者，不异实名以喻动静之道也。期命也者，辩说之用也。辩说也者，心之象道也。心也者，道之工宰也。道也者，治之经理也。心合于道，说合于心，辞合于说，正名而期，质请而喻。（*XZJJ*, *juan* 16, pp.422－423）

在先秦儒家文献中，有关语言实有的陈述很多，但很少像《荀子・非相》中说得如此直截了当，精辟全面。荀子指出，君子视言语与宏志美行为一体，故必乐于辩说、擅于辩说，而其言不仅比金石珠玉更为珍贵，而且还予人胜于黼黻和钟鼓之乐的审美愉悦：

> 凡言不合先王，不顺礼义，谓之奸言，虽辩，君子不听。法先王，顺礼义，党学者，然而不好言，不乐言，则必非诚士也。故君子之于言也，志好之，行安之，乐言之。故君子必辩。凡人莫不好言其所善，而君子为甚。故赠人以言，重于金石珠玉；观人以言，美于黼黻、文章；听人以言，乐于钟鼓琴瑟。故君子之于言无厌。鄙夫反是，好其实，不恤其文，是以终身不免埤污佣俗。故《易》曰："括囊，无咎无誉。"腐儒之谓也。（*XZJJ*, *juan* 3, pp.83－84）

若说荀子尚在名号和天意、"道"之间建立某种逻辑联系，到了汉代，董仲舒则继续发展孔子的正名说为"正名分"，将战国以来的名实辩论推向了一统于儒家的终结[1]。他毫不含糊地把"名"和"号"本质化，使它们成为决定了是非顺逆的天意化身：

> 治天下之端，在审辨大。辨大之端，在深察名号。名

1 类似的说法，可参方立天著：《中国古代哲学问题发展史》，北京：中华书局，1990年，其中关于正名问题的源流发展简述，见第586—587页。

者,大理之首章也。录其首章之意,以窥其中之事,则是非可知,逆顺自著,其几通于天地矣。是非之正,取之逆顺,逆顺之正,取之名号,名号之正,取之天地,天地为名号之大义也。古之圣人,謞而效天地谓之号,鸣而施命谓之名。名之为言,鸣与命也,号之为言,謞而效也。謞而效天地者为号,鸣而命者为名。名号异声而同本,皆鸣号而达天意者也。天不言,使人发其意;弗为,使人行其中。名则圣人所发天意,不可不深观也。(*CQFLYZ*, pp.284 - 285)

为了这一目的,董仲舒使用了相当复杂的音训方法。首先,他将"名"等同于"鸣"这一拟声同音词,"号"等同于"謞"这一拟声近似同音词。然后,通过将每组的词都当做可互换的同义词,董仲舒将"名"和"号"的源头追溯到圣人之鸣之謞。董仲舒声称,鸣和謞是首要的自然之声音,则生于此声音的"名"和"号"不是由人所作的随意的符号,而是天之自然生发。为了解释这一点,董仲舒写道"天不言,使人发其意",也就是说,"名"和"号"只是天意通过圣人之口所发出的表达。换言之,"名"和"号"最终源头起于自然,然后由圣人所发。通过这样的论述,董仲舒完成了对"名"和"号"的彻底本质化,从而为他神化儒家社会政治等级制度的宏伟大业打下基础。

【第一章第一节参考书目】

方立天著:《中国古代哲学问题发展史》,北京:中华书局,1990 年。
正名问题的源流发展简述,见第 586—587 页;孔子正名与政治伦理的密切联系，以及《论语·子路》对正名重要性“名正言顺”表述的强调，见第589—590页；《荀子·正名篇》释义与其中涉及的名实互相作用的关系，以及董仲舒深察天赐名号以明义、明伦理的理论，见第603—613页。

马积高著：《荀学源流》，上海：上海古籍出版社，2000年。荀子继承并发挥孔子正名论述，逻辑法则推理与政论结合、以期符合现实情况、准确表达的正名说，见第79—82页。

张少康著：《先秦诸子的文艺观》，上海：上海文艺出版社，1981年。从语言、文艺文学角度看待孔子的“辞达”，见第51—54页；荀子对以语言为工具的文学作明道的、工具的“辞达”要求，见第134—141页。

周山著：《中国学术思潮史》，卷一，上海：上海社会科学院出版社，2006年。孔子要求正确名分、以正治国，来保护复礼的实，见第156、174—176页；《荀子·正名篇》对儒家正名理论的弥补，名的作用以及名、辞、辨的关系之阐述论证，见第463—474页。

任继愈著：《中国哲学史1先秦部分》，北京：人民出版社，2003年。孔子正名观念的时代背景、名实关系的论证以及政治含义，见第82—83页；荀子正名说产生的时代背景、正名篇的进步之处，以及名形成的社会性和概念、判断、推理等思维形式的研究，见第237—242页。

Lee Dian, Rainey. *Confucius and Confucianism: The Essentials*. Chichester: Wiley-Blackwell, 2010, Chapter 7 "Xunzi," pp.113.

Knoblock, John, trans. *Xunzi A Translation and Study of the Complete Works*. Stanford: Stanford University Press, 1994, Book 22 "On the Correct of Names," pp.113 - 138.

第二节 道家语言非实有论

既然儒家社会政治等级制度很大程度上是基于“言”之本质化而建立的,那么,儒家最大竞争对手的道家,自然通过强调“言”的内在之“意”和外在之“实”之距离,从而对“言”进行解构或说非本质化(de-reify)。不过,老子和庄子并没有点名批驳儒家的言实论,而是热衷于在自诩高深的哲学层面上探索“言”和“道”、“言”和“意”、“言”和“象”的关系。

道家思想家认为,言和所指之间有一个很大的鸿沟,尤其当其所指不是一般的客观存在,而是称之为“道”的绝对存在。如《庄子》讲“意之有所随”,认为物有粗、精之别,言只能揭示“物之粗”,而“意”能抓住“物之精”,如空气等没有物质形态、没有形状的存在。此外“意”之外还有所存有者,已经超越了“精”“粗”界限,实为可感现象之外的绝对存在,一种最高的宇宙原则,是非语言所能表达者。

既然儒家社会政治等级制度很大程度上基于“言”的本质化而建立,那么作为儒家竞争者的道家,自然力图强调“言”内在之“意”和外在之“实”的距离,藉以来对“言”进行解构或说非本质化。不过,老子和庄子并没有点名批驳儒家的言实论,而是热衷于在高深的哲学层面上探索“言”和“道”、“言”和“意”、“言”和“象”的关系。《老子》开篇即云:

> 章一:道,可道也,非恒道也;名,可名也,非恒名也。(*LZYZ*, p.3)

《老子》（或称《道德经》）这个著名的开篇之语陈述了最为人所知的道家对“言”的看法：强调“名”不能体现“实”（尤其是“道”）。然而，老子仍然使用语言来描绘“道”，这个事实揭示了道家语言非实有论的另一方面：“言”可喻示言之外所存在之物，故承认“言”不可或缺。

《庄子·天道》中有个“轮扁斫轮”的故事：

> 桓公读书于堂上，轮扁斫轮于堂下，释椎凿而上，问桓公曰：“敢问，公之所读者何言邪？”公曰：“圣人之言也。”曰：“圣人在乎？”公曰：“已死矣。”曰：“然则君之所读者，古人之糟魄已夫！”桓公曰：“寡人读书，轮人安得议乎！有说则可，无说则死。”轮扁曰：“臣也以臣之事观之。斫轮，徐则甘而不固，疾则苦而不入。不徐不疾，得之于手而应于心，口不能言，有数存焉于其间。臣不能以喻臣之子，臣之子亦不能受之于臣，是以行年七十而老斫轮。古之人与其不可传也死矣，然则君之所读者，古人之糟魄已夫！”（*ZZJZJY*, pp.357－358）

这则故事有两层意思，一是圣人之书无法尽圣人之言；一是轮扁之言无法传其斫轮之意，即言、意之辨。故事中的轮扁是世代斫轮之家，其高超的技艺全凭神会，实属有言不能传者。更遑论付诸文字，这便是“有言不能传者”的精妙所在。《庄子·天道》篇中，庄子也讨论了书、语、意三者的关系：

世之所贵道者书也。书不过语，语有贵也。语之所贵者意也，意有所随。意之所随者，不可以言传也，而世因贵言传书。世虽贵之，我犹不足贵也，为其贵非其贵也。（*ZZJZJY*, p.356）

"意之所随者"，指的是什么？庄子没有明说，但是我们可以推断，他指的应是"道"的终极存在。这段话勾勒了从有形的"言"（包括文字［书］和话语［语］），到内在认知的"意"，再到超感知的"道"的认知过程。无疑，庄子解构了儒家的语言实有论，并将从"言"到"意"、从"意"到"道"的过程描绘为三个分离存在之间的一系列跳跃。

《庄子·秋水》中也探讨过物之粗与言、物之精与意：

夫精，小之微也；垺，大之殷也；夫精粗者，期于有形者也；无形者，数之所不能分也；不可围者，数之所不能穷也。可以言论者，物之粗也；可以意致者，物之精也；言之所不能论，意之所不能致者，不期精粗焉。（*ZZJZJY*, p.418）

此段与上一段可以相互参照来理解，而且体现出道家对"言"两种似乎相互矛盾的看法。这里对"意"的解释更为细致，指出其两者不同的作用。一是"意"，即"意致"，可以抓住"物之精"，犹如空气等没有物质形态、没有形状的存在，而"言"只能揭示"物之粗"，即物的具体形态。二是"意"可以指向（而不是达到）其"所不能致者"，与上一段中"意之所随"所陈之义相同。这种"意"之外所隐者，已经超出了"精""粗"界限。探明"言"中所隐者需要精神上的努力，而"意"则指代了这种努力，这一用法可以追溯到其与"隐"同源关系。庄子在此突出了"隐"之概念。据他所说，"意"不仅展现了"物之精"——那些不能被感官和语言探求的"精"；而且还指向了"物之精"以外"不期精粗"的非物之物，应是指形而上的道。这里说的"意致"的"意"既可以作动词解，指人的"臆想"，也可以作名词解，把"意"作为动词"致"的主语。

另外，《庄子·外物》也有关于"言"与"意"关系的论述：

> 荃者所以在鱼，得鱼而忘荃；蹄者所以在兔，得兔而忘蹄；言者所以在意，得意而忘言。吾安得夫忘言之人而与之言哉！（*ZZJZJY*, p.725）

鱼筌与兔蹄的著名隐喻，明显是要强调"言"作为达到更高之"实"之跳板作用，然而也同时重申了"言"本身和内在的虚无性和不足性。尽管这两个隐喻已在某种程度上调和了言与意两者的对立，但是只有在下面讨论的《系辞传》中，这一对立才得以真正走向糅合（见《创作论评选》§ 014）。

【第一章第二节参考书目】

马德邻著：《道何以言：兼论中国古代道家哲学的语言学问题》，上海：上海三联书店，2014 年，有关道家"言"与"意"的论述，见第 32—39 页。

詹石窗、谢清果著:《中国道家之精神》,上海:复旦大学出版社,2009年,有关道家"言"的论述,见第287—306页。
汪晓波著:《道与法:法家思想和黄老哲学解析》,台北:台湾大学出版中心,2007年,有关道家"意"与"象"的讨论,见第41—48页。
张吉良著:《中国古典道学与名学》,山东:齐鲁书社,2004年,有关道家"名"与"实"的论述,见第94—97、121—124页。
Creel, Herrlee Glessner. *What is Taoism?: And Other Studies in Chinese Cultural History*. Chicago: University of Chicago Press, 1982, pp.82.
Watson, Burton. *The Complete Works of Chuang Tzu*. New York: Columbia University Press, 1968, pp.6, 143 - 153, 175 - 189, 294 - 302.

第三节　道家论象与道的关系

先秦道家文献中,"象"是一个重要的概念,其出现和发展都与"言—实"的论辩有很大关系。"象"涵盖了广义范围上的各种意思:"物象"、"心象"、超感知的"大象"和道之"象罔",以及传说中体现了古圣人对宇宙奥秘之直觉领悟的"易象"。作为一个关键哲学术语,"象"常常被当做存乎"言"与"意"之间的第三个术语。"象"究竟是矗立在"言"和"意"之间的障碍物,还是促使两者结合的媒介?上述各类"象"中,哪一种或哪几种有碍于"言"和"意"的结合?哪一种或哪几种可连通融合"言"和"意"?对这些问题,儒家本质言实论、道家解构言实论、汇合言实论都持有自己的立场,并在不同的程度上加以阐述。

先秦儒家较少谈论"象",这也许因为他们认为"言"与"实"之间没有不可消除的鸿沟,无需求助于其它中介。最先引入“象”这一哲学概念的大概是老子和庄子。他们论“象”似乎抱有双重目的：使形而上之道变得“可及”，可以感知，以及说明“言”自身没有呈现“道”的能力。《道德经》中，老子认为超感官的“象”就是“道”本身。庄子则用象罔（也就是直观想象）来得到玄珠所代表的道。此外，《韩非子·解老》中也强调老子的“臆想”或“臆”，也是强调象类似的超验功能。（见《创作论评选》§013）

《老子》中近乎将超感官的“象”等于“道”本身：

> 章二十一：道之为物，惟恍惟惚。惚兮恍兮，其中有象。恍兮惚兮，其中有物。（*LZYZ*, p.86）
>
> 章四十一：大音希声，大象无形，道隐无名。夫唯道，善始且善成（王弼注本作“善贷且成”）。（*LZYZ*, pp.164－165）

为了区分这里的“恍兮惚兮”大道之“象”与普通的视觉之象，他称前者为“大象”。《庄子·天地》中又深入解释“象罔”与道，将“象”更加具象化地引入“道”中：

> 黄帝游乎赤水之北，登乎昆仑之丘而南望，还归遗其玄珠。使知索之而不得，使离朱索之而不得，使吃诟索之而不得也。乃使象罔，象罔得之。黄帝曰：“异哉！象罔乃可以得之乎？”（*ZZJZJY*, p.302）

老子建立了一类特殊的“象”——道之超感官的“象”，而庄子则道出能得此“象”之人所需要的特殊天赋。这个寓言说了四种认知的方法：概念思维（“知”）、言语论辩（“吃诟”）、视觉感知（“离朱”）和直观心象（“象罔”）。而“道”（“玄珠”）仅仅通过“象罔”可以得之。这四种方法中的“离朱”与“象罔”貌似一样，但实际上大不相同。庄子所说的直观心象比视觉感知更加有力，更加深入：它通过“恍兮惚兮”之“象”展示了“道”（“玄珠”），而视觉感知仅仅捕捉了事物的外在面貌。通过创造“象罔”这位隐喻人物，庄子给了“象”一个新的定义。如果说，老子把他的“大象”描绘成是最初的混沌存在，庄子则将他的“象罔”刻画成一种直观的想象。

不同于道家浪漫奇特的想象，法家的韩非（前280—前233）《韩非子·解老》则重点强调意想与“无物之象”：

> 人希见生象也，而得死象之骨，案其图以想其生也，故诸人之所以意想者皆谓之象也。今道虽不可得闻见，圣人执其见功以处见其形，故曰：“无状之状，无物之象。”（*HFZXJZ*, pp.413－414）

韩非描绘了老子笔下的古圣如何通过直观心象的方式来感知“道”。在解释老子“无状之状，无物之象”的思想时，韩非强调了“臆想”（或“臆”）的能动作用——即一种推想非目睹之物的心理活动。孔子认为这一精神活动是不可信的，而老子、庄子和其他道家人士却明显有赖于“臆想”而跳脱时空界限，接近形而上之道。根据韩非的解释，这一“意想”或说“象”的行为，始于现实世界的某一实物（“死象之骨”）的刺激，以某种虚幻的意识图像的产生（“生象”）为终。韩非认为，如果普通人只可以臆想不可目睹的具体事物，那么古圣则能够臆想出道的“无状之状，无物之象”，或者说是“大象”。

【第一章第三节参考书目】

徐复观著：《中国艺术精神》，沈阳：春风文艺出版社，1987年，有关庄子“象”与“道”的讨论，见第83—86页。

钱穆著：《庄老通辨》，台北：东大图书公司，1991年，有关“老子论象”的讨论，见第168—171页。

马德邻著：《道何以言：兼论中国古代道家哲学的语言学问题》，上海：上海三联书店，2014年，有关道家“言”与“象”的论述，见第89—98页。

第四节 《易·系辞传》儒道糅合的文字实有论

如果说后来西汉董仲舒从音训来推断语言含有天意，《易·系辞传》则是从文字的原型（伏羲造八卦、文王或说周公造六十四卦）创立一种独特的文字实有论，认为文字是一种自然现象，能够直接呈现道。要之，此观点似乎延续了先秦儒家的思路，认为书写文字有实质存在，并能直接呈现出宇宙万物之道。同时，《易·系辞传》明显流露出道家语言非实有论的影响，展现了儒家和道家语言论之融合：

阖户谓之坤，辟户谓之乾，一阖一辟谓之变，往来不穷谓之通，见乃谓之象，形乃谓之器，制而用之谓之法，利用

出入民咸用之谓之神。(*ZYZY*, *juan* 7, p.82)

子曰:"书不尽言,言不尽意。然则圣人之意,其不可见乎?"(*ZYZY*, *juan* 7, p.82)

《系辞传》大概是《周易》"十翼"中最重要的一篇,传统上被认为是孔子所作。可是很多现代学者认为,孔子作《系辞传》仅是传说而已,这篇注释大概出于战国某无名氏之手。有些学者甚至质疑其作为一部儒家经典文本的地位,因为篇中明显包含了很多道家观点。也许我们不应该走极端,称其为道家著作,但是我们不得不承认,《系辞传》糅合了许多儒家和道家观点[1],其中尤为引人注目的是儒家本质言实论和道家解构言实论之汇合。以上两段选文可见一斑,第二段含有一个显著的道家论点:"书不尽言,言不尽意"。此言虽然被列作孔子所说,实际上与孔子"辞达而已"的观点恰好相反,而与老庄言非实有的观点恰好一致。并且,随后的发问"则圣人之意,其不可见乎?"正好默许了道家观的另一面——即言是不可或缺的。尽管"言"是虚无的,可就像庄子的鱼筌一样,"言"能成为传达圣人之"意"的有用工具。不过,紧接的这段引言却又回到了儒家语言实有论的立场上:

---

1 关于对《系辞传》特性的争论,见 Willard J. Peterson, "Making Connections: 'Commentary on the Attached Verbalizations' of the *Book of Changes*," *Harvard Journal of Asiatic Studies* 42.1 (1982): 77 - 79。对《系辞传》研究的概述,可见陈鼓应:《易传与道家思想》,第232—276页,北京:三联书店,1996年。陈鼓应希望通过文本校勘证实《系辞传》的道家特征。将注释的标准文本和现存的马王堆帛书对比,陈鼓应发现在后一版本中缺少详述儒家思想的几篇注释,因此认为这些篇目其实是后来对原本的道家文本的窜改。为了证明这一注释的道家源头,他将《系辞传》里面的关键哲学概念追溯到道家文本的广阔范围,并以图表格式展现了其文本校勘的成果(第225—231页)。

子曰："圣人立象以尽意，设卦以尽情伪，系辞焉以尽其言。变而通之以尽利，鼓之舞之以尽神。"（*ZYZY*, *juan* 7, p.82）

上一选段使用了两次"不尽"，而此选段则包含了五个紧密联系的排比句，每个都包含了"以尽 X"的目的从句。这五个从句陈述了圣人立象设卦的目标：（1）通过"象"想象宇宙运作，从而完全表达他们对宇宙奥秘的认知（"以尽意"）；（2）基于"象"，发明八卦和六十四卦，从而完全揭示事物本质和非本质两面（"以尽情伪"）；（3）将语言加于卦象，从而完全表达八卦和六十四卦的内容（"以尽其言"）；（4）使变化发生、运行，从而充分运用变化之利（"以尽利"）；（5）充分使用《易》，从而完全穷尽其神圣力量（"以尽神"）。

这一系列的"以尽"无疑强调了儒家语言实有的信念：语言或图像符号拥有能够展现所有现实，包括宇宙终极的神圣力量。在这五个论断中，第一个是最值得注意的，因为它需要巧妙地移用道家对"象"和"意"的观点。如果说老子的"大象"（见《创作论评选》§ 011）、庄子的"象罔"（见《创作论评选》§ 012）和"言"没有任何内在联系，那么《系辞传》的作者则希望建立这一联系。通过排比句式，作者先把"象"（圣人之直观心象）和图像符号（八卦和六十四卦）联系，然后再和实际的书写文字（系辞）联系。由于这一关系，作者使得"言"也具有了如同老子"大象"、庄子"象罔"一样的神性力量。的确，他赞颂了八卦和六十四卦能够"尽情伪"。以下两段《系辞传》选文，这种本质化“言”的努力更加明显：

> 极天下之赜者存乎卦。鼓天下之动者存乎辞。(*ZYZY*, *juan* 7, p.83)
>
> 《易》之为书也，广大悉备，有天道焉，有人道焉，有地道焉。兼三材而两之，故六。六者非它也，三材之道也。(*ZYZY*, *juan* 8, p.90)

这里，图像符号和语言被提高到不可能更高的地位，与天道、地道和人道相提并论。有趣的是，这种“言”的本质化，完全是通过老庄所说那种超感官之“象”来实现的。由此可见，《系辞传》的语言观乃是儒家语言实有论和道家语言非实有论的奇妙融合。

【第一章第四节参考书目】

牟宗三著：《才性与玄理》，台北：学生书局，1980 年，第七章《魏晋名理正名》，第 251—252 页。

陈鼓应著：《易传与道家思想》，台北：商务出版社，2007 年，第三部分“《系辞》与稷下道家”，第 71—116 页。

陈鼓应著：《王弼道家易学诠释》，《台大文史哲学报》，2003 年第 58 期，第三节“道易一体”，第 17—24 页。

朱立元、王文英著：《试论庄子的言意观》，《上海社会科学院学术季刊》，1994 年第 4 期，第 170—179 页。

朱立元著：《先秦儒家的言意观初探》，《复旦学报（社会科学版）》1994 年第 4 期，第 36—41 页。

第五节 有关意、象、言的论辩

在先秦儒家著作中，言、名主要与实、道等概念联系在一起，跟"意"没有多少关联。到了魏晋玄学，"意"已非一般所说的意，而是最高的宇宙现实，接近于道。魏晋玄学家们提出的"言尽意"论等重要观点，实际上是对儒家语言实有论进一步的理论提升。到了玄学中，王弼在《周易略例》里用偷换论证前提的策略，将其总结为"意—象—言"。

正如上一节几个选段所示，《系辞传》构建了意、象、言宇宙认识论范式的雏形。意是古圣对宇宙奥秘的直觉悟知，象是古圣此悟知的心象呈现，卦画是此心象的图像呈现，系辞则是此图像的文字转变和解释。由此可见，此范式展现了一个从至虚的宇宙最终现实，到文字的转变过程。由于每一阶段的转变都是完全彻底的（"以尽……"），此转变过程的末端"系辞"和其始端"意"之间是没有缝隙的。换言之，"系辞"就是"意"本质的直接呈现。毋庸置疑，《系辞传》这些论断将儒家对语言本质化的努力推向宇宙认识论的最高层次。

面对儒家语言实有论的这一重要发展，道家语言非实有论的信奉者自然不会听之任之，必定要反其道而行之，竭尽全力对言、象进行"去本质化"，从而掀起了魏晋时期有关意、象、言的论辩。语言能否完整准确地表达思想和事物的精微之理，是言意之辩的核心。辩论的一方，是玄学的实践者：他们试图使用《系辞传》最先建立的"意—象—言"范式来系统化老子和庄子的言实论。然而,在使用"意—象—言"范式的时候,玄学家们意识到,他们必须消除《系辞传》作者对"言"和"象"的本质化。而他们"去本质化"(de-reify)的策略是截然不同的。例如,荀粲(210—238)采用简单删除和重新定义的策略。在下面的选段中,他刻意把《系辞传》中的"象"和"言"当做无关宏旨的平常话语:

> 盖理之微者,非物象之所举也。今称立象以尽意,此非通于意外者也;系辞焉以尽言,此非言乎系表者也;斯则象外之意,系表之言,固蕴而不出矣。(*SGZ*, *juan* 10, pp.319 - 320)

根据他的观点,"立象以尽意"里面的"象"不是真实之"象",因为它无法展示出"理之微者"。同样,"系辞焉以尽其言"里面的"言"也不是真实之"言",因为它不能超越普通之言。他设想的真"意"是可"通于意外"的,而真"言"是可"言乎系表"的。正如此,这二者是常常"蕴而不出"的。

在《周易略例》中,王弼(226—249)则借用庄子鱼筌和兔蹄比喻(参§010),对言、象的所谓本质一一加以解构,强调两者仅是指涉认知对象的符号而已。然而,具有讽刺意味的是,王弼这一解构性的论述,实际上却将"意、象、言"正式建构为一个极重要的宇宙认识论的范式:

> 夫象者,出意者也。言者,明象者也。尽意莫若象,尽

> 象莫若言。言生于象，故可寻言以观象；象生于意，故可寻象以观意。意以象尽，象以言著。（*WBJJS*, p.609）

王弼对“言”“象”的去本质化策略，则是偷换论证前提。在《周易略例》里面，他以重述《系辞传》本质化“言”“象”思想开篇。从这里反复使用的“尽”一词判断，王弼显然受到了《系辞传》中描写《易》成书过程的句子的影响（参§014）。但是，如果我们把这段和§014比较，会注意到两个重要的不同。第一，在§014中，“意”“象”“言”是专属于圣人的一系列特别行为：立象、设卦、系辞。而对王弼来说，这三个术语则成为广泛的哲学术语，标示出本体从隐到显之转变的三个主要阶段。第二，如果《系辞传》的作者仅仅用意、象、言揭示圣人行为之间的因果关系，那么王弼则描绘了从一者生成另一者，三者互联不可分的过程。如果“言”生于“象”，那“言”一定也有“象”；同样，“象”生于“意”，那“象”一定也有“意”的神圣力量。按此推理，“言”也带有了相当的本体含义。我们可以很容易地重构他的三段论的推论过程：1. 大前提（未说明的）：所有血缘关系都指的是内在的，不可区分的，甚而是共同认知的关系。2. 小前提：“言”和“象”都由“意”所生，有血缘关系。3. 结论：“象”“言”皆是“意”的直接呈现，故有本体之质。

使用这一三段论，王弼明显把“言”和“象”的本质化提到了一个新的高度，不过他所复述的本质论接着就被下一段话颠覆了。

故言者所以明象，得象而忘言；象者所以存意，得意而忘象。犹蹄者所以在兔，得兔而忘蹄；筌者所以在鱼，得鱼而忘筌也。然则，言者象之蹄也，象者意之筌也。是故，存言者非得象者也；存象者非得意者也。（*WJNBCWLX*, p.68）

如果说前面一段复述了《系辞传》的本质论观点，这一段则是一个解构的论述。开头，他在“言”和“意”之间插入“象”，从而重写了庄子鱼筌和兔蹄的隐喻（参 § 010），正如“言”仅仅是“象”的鱼筌或兔蹄一样，“象”于“意”也是如此。因此，“言”和“象”不能是同体同样的，“象”和“意”的关系也是如此。进一步深入论述时，王弼声称只有逐一忘记或者去掉“言”和“象”，一个人才有希望能认知作为本体的“意”。这一观点是基于相反的、偷偷调换的前提而得出的结论：1. 大前提（未说明的）：方法和目的是两个不相关联的实体，二者没有联系。2. 小前提：“言”是达到“象”的方法，“象”是达到“意”的方法。3. 结论：“言”和“象”仅仅是达到目的的快捷方法，两者都不可能成为“意”。“言”和“象”因此都是如同庄子的鱼筌和兔蹄一样，可被丢掉。由于王弼偷偷改换了前提，成功地把《系辞传》里面的三者相通为一体的“意—象—言”改造成跟老庄子语言非实有论立场一致的宇宙认识论范式，成为魏晋玄学“言不尽意”说的理论基础。

为何王弼在前后的段落中展示出两个互相矛盾的观点？在笔者看来，这也许源自一种实用的需要。当他详述《易》的意思时，《系辞传》的本质主义观点太过重要，不能忽视。因此他觉得有必要先重申这一观点。当然，这也不能排除他真诚的，但有条件地接受了这一本质论。而王弼接着改变立场，高调地阐述“言不尽意”的观点，也许很大程度上和他力图攻击汉代《易经》解释学——尤其是汉代的象数派沉迷于僵化的具体意象之倾向有关。

王弼的本质主义和解构主义观点中，后者对当时以及后世的影响极大。实际上，前者很少被重视。然而，在文学创作论的发展过程中，却恰恰是这一被忘却的本质主义思想，产生了极大极丰富的影响。尤其在后文对陆机和刘勰的文学创作论的讨论中，这一点会变得更加清楚。

魏晋时期有关言意关系的论辩另一方，与王弼等玄学家相对立的是所谓“名教”的拥护者。他们热烈地重申儒家语言实有论，从而捍卫建立在“名”的基础上的儒家伦理社会政治体系。欧阳建（？—300）《言尽意论》即是此名教立场的最广为人知的论述：

> 夫天不言，而四时行焉；圣人不言，而鉴识存焉。形不待名，而方圆已著；色不俟称，而黑白以彰。然则名之于物无施者也，言之于理无为者也。而古今务于正名，圣贤不能去言，其故何也？诚以理得于心，非言不畅；物定于彼，非言不辩。言不畅志，则无以相接；名不辩物，则鉴识不显。鉴识显而名品殊，言称接而情志畅。原其所以，本其所由，非物有自然之名，理有必定之称也。欲辩其实，则殊其名；欲宣其志，则立其称。名逐物而迁，言因理而变，此

犹声发响应，形存影附，不得相与为二。苟其不二，则无不尽。吾故以为尽矣。（*YWLJ*, *juan* 19, p.348）

为了驳斥王弼等玄学家的观点，《言尽意论》采用了一个相反的比喻，用“形存影附”的现象来说明事物本质与语言相互依赖而存在的道理。这篇文章采用问答体，以两个虚构人物——雷同君和违众先生——的对话为形式。违众先生是欧阳建的代言人，而雷同君代表了欧阳建思想的对立者。雷同君质问违众先生为何他不愿接受“言不尽意”这一在当时风行天下的理论。回答这一问题时，违众先生给出了他自己对语言和现实的长长的评说，即如上段落。为了反对“言不尽意”论，欧阳建没有使用董仲舒的本质化论述，这大概是因为董的论述到了晋朝已不被人接受。他回到更早的荀子，而重复了《正名》篇（参§003）对名实的理性分析。像荀子一样，他首先承认“名”本身并非实体，但是接着强调，没有“名”，我们既不能分辨不同的“实”，也不能理解物之理。如荀子一样，他还自信地说出名、实的内在联系，认为“名”和“实”如“声”与“响”、“形”与“影”一样，不可分割。在某种程度上，他甚至把言提到了比荀子所说的更高的地位。在描绘“名之于物无施者也”，以及“言之于理无为者也”的时候，他其实是偷梁换柱，把道家对“道”的称颂嫁接到“名”之上。在传统道家文本中，道和古之圣人都被称赞为对万物天下“无施”“无为”。欧阳建借用著名的道家用语，充分神圣化了“名”，从而显露出他所处时代儒道思想汇合的大趋势。

【第一章第五节参考书目】

北京大学哲学系中国哲史教研室编著:《中国哲学史》上册,第1版,北京:中华书局,1980年。参第六章《王弼的唯心主义本体论》,第252—263页;第七章《裴頠和欧阳建的唯物主义思想》,第264—272页。

牟宗三著:《才性与玄理》,台北:学生书局,1980年。参第七章《魏晋名理正名》,第231—285页。

王葆玹著:《玄学通论》,台北:五南图书出版公司,1996年。参第四章《"言不尽"前提下的玄学思想方法——名理之学与言意之辩》,第195—248页。

康中乾著:《有无之辨:魏晋玄学本体思想再解读》,北京:人民出版社,2003年。参第四章《有无之辨中的认识论问题》,第384—417页。

Lynn, Richard John., *The Classic of Changes: A New Translation of the I Ching as Interpreted by Wang Bi. Translations from the Asian Classics*. New York: Columbia University Press, 1994, pp.31－32.

Rudolf G. *Wagner Language, Ontology and political philosophy in China: Wang Bi's Scholarly Exploration of the Dard* (*xuanxue*). State University of New York Press, 2002.

Peterson, Willard J. "Language, Ontology, and Political Philosophy in China: Wang Bi's Scholarly Exploration of the Dark (Xuanxue)." *Harvard Journal of Asiatic Studies* 66, no. 1 (2006): 279－289.

Ashmore, Robert. "Word and Gesture: On Xuan-School Hermeneutics of the Analects." *Philosophy East & West* 54, no. 4 (2004): 458－88.

第六节　先秦文献中有关"心"的论述

在春秋时期的文献之中,"心"不是一个热门的哲学论题。

例如，孔子《论语》虽然经常谈及“心”，但所指往往只是伦理道德内化形态，而没有涉及很多的哲学内容。对于超越理性认知的“心”，孔子更是缄默不言，“子不语怪力乱神”一语正印证了这个立场。但在战国中期出现的哲学著作中，包括《孟子》《庄子》《荀子》《管子》等，“心”一跃成为最受关注的论题之一。

各家对“心”的讨论都是围绕圣人之心展开的，其中最受关注的议题有三，即圣人感通天下之道的超验能力、圣人超验心理活动的特征以及圣人之心与形的关系。

一、圣人之心与“道”相通的论述

首先，各家对圣人之心的讨论，都着重展示它神妙的超验能力，描述它如何与“道”感通结合，浑然一体。纵观各家论圣人之作，不难发现其各自所追求的“道”有所不同，其中《管子》和《庄子》对“道”的定义较为一致，指宇宙万物永恒的变化规律。《管子·内业》有言：

> 心气之形，明于日月，察于父母。赏不足以劝善，刑不足以惩过。气意得而天下服，心意定而天下听。抟气如神，万物备存。能抟乎？能一乎？能无卜筮而知吉凶乎？能止乎？能已乎？能勿求诸人而得之己乎？思之思之，又重思之。思之而不通，鬼神将通之。非鬼神之力也，精气之极也。（*GZJZ*, p. 943）

当一个人的心志达到圣人的境界，就会发现自己心气比日月更光明，体察万物的透彻胜于父母对子女的理解，人若是具有这种宇宙精气，天下都将听从于你。无需占卜，求之于己就能通窍世界，知晓未来凶吉，这种神乎其神的能力并非源自鬼神，而是内心积蓄的精气所致。《管子》又言：

> 凡物之精，此则为生。下生五谷，上为列星。流于天地之闲，谓之鬼神，藏于胸中，谓之圣人。是故民气，杲乎如登于天，杳乎如入于渊，淖乎如在于海，卒乎如在于己。是故此气也，不可止以力，而可安以德。不可呼以声，而可迎以音。敬守勿失，是谓成德。德成而智出，万物果得。（*GZJZ*，pp.931－932）

管子认为“精气”是一种宇宙的力量，给予万物生机、形态。“精气”在任何东西里均存在，但是万物里面所蕴含的“精气”是没有形态的、捉摸不了的。“精气”会在心里自行生成及充盈，但人各种情感、思想活动会干扰心，使之无法接收精气。所以管子主张，人必须去除忧乐喜怒欲利，从而使心恢复至精气满盈的状态。

> 四体既正，血气既静，一意抟心，耳目不淫，虽远若近。思索生知，慢易生忧。暴傲生怨，忧郁生疾，疾困乃死。思之而不舍，内困外薄。不蚤为图，生将巽舍。（*GZJZ*，pp.943－945）

这段对于后来的文学批评带来了重大影响，管子认为，人不能永无止境的思考，人若无法停止思考，持续思虑过度，精神无法休息，便会衍生一系列负面个人情感，干扰内心，内心会因此生病，而外在形体，即身体亦会出现问题，若此长久下来，甚至导致死亡，因此人不要耗尽心力思考。刘勰《文心雕龙·养气》亦告诫作者，思虑过度有害身体，此观点可以追溯到管子对养气保身的论述。

> 夫道者，所以充形也，而人不能固。其往不复，其来不舍。谋乎莫闻其音，卒乎乃在于心，冥冥乎不见其形，淫淫乎与我俱生。不见其形，不闻其声，而序其成，谓之道。（*GZJZ*，p.932）

此处的“道”与上文中管子（前723—前645）提及的“精气”同义。“精气”较为形象具体，而“道”则更为抽象，两者都指最高的宇宙原则。

《管子》认为若宇宙精气相结，就会拥有了解万物规律的能力。然而庄子的观点恰恰相反，《庄子·应帝王》言：“汝游心于淡，合气于漠，顺物自然而无容私焉，而天下治矣。”庄子不谈及“知”，他认为如果人们能做到“游心于淡，合气于漠”，那么“天下治矣”（详参《创作论书稿》第§029）。这里庄子把天下“治”与“不治”，同圣人的修行状况进行对比。如果圣人能做到“游心于淡”，那么万物将彻底“天下治”。

与《管子》不同，荀子谈“道”，则又有另一番阐释：

> 虚壹而静，谓之大清明。万物莫形而不见，莫见而不

论，莫论而失位。坐于室而见四海，处于今而论久远，疏观万物而知其情，参稽治乱而通其度，经纬天地而材官万物，制割大理，而宇宙里矣。恢恢广广，孰知其极！睪睪广广，孰知其德！涫涫纷纷，孰知其形！明参日月，大满八极，夫是之谓大人。夫恶有蔽矣哉！（*XZJJ*, *juan* 15, pp.395 – 397）

荀子的“道”，并非《管子》《庄子》所讲的“宇宙之道”，而指具体事物发展的道理。人们该如何了解事物发展的道理呢？荀子指出我们要“虚壹而静”。虚，是指脑袋里面要有接纳新事物、新想法的空间。“壹”，是指要有清晰的思维，将事物之间的关系一一理解清楚。所谓“静”，是指我们在思考的过程中，不要受到其他无关事物的干扰，要能保持内心的宁静。“虚壹而静，谓之大清明”，是指洞彻了解万物之间的关系。“疏观万物而知其情”，“情”指本质，要知道万物的本质，而后在知道万物本质的情况下，来制定防止天下动乱的方针，进而主宰天下和宇宙。荀子“虚壹而静”的“知道”过程，显然属于一种以理性为主的思维活动。

二、圣人超验心理活动的特征

各家都注意到“心”有两种不同的属性，一是经验性的心理活动，包括所有通过五官获得的感知，以及由感知引起的欲念、情感、和思想。二是超经验的感通。诸子都认为，圣人非凡之处在于可以超越乃至泯灭前一种“心”的属性而实现后者。譬如，《庄子》如是描述“心斋”：

> 回曰："敢问心斋。"仲尼曰："若一志，无听之以耳而听之以心；无听之以心而听之以气。耳止于听，心止于符。气也者，虚而待物者也。唯道集虚。虚者，心斋也。"（*ZZJZJY*, pp.116－117）

何谓心斋？"心斋"是指不用耳朵听，而是用心听；不用心听，而是以气。"气也者，虚而待物者也。唯道集虚"，强调的是，如果说"心"只能做到与外界符合，"气"则能以其"虚"容纳万物，而显现"道"。这与《管子》所讲的"气"有类似之处，管子认为，人们不能将"道"逮住，只有摒弃一切感情思想活动，宇宙精气或说"道"才能进入我们的胸中：

> 心以藏心，心之中又有心焉。彼心之心，音以先言。音然后形，形然后言，言然后使，使然后治。（*GZJZ*, p. 938）

"道"布满天下，但一般百姓并不能掌握和体悟"道"，惟有圣人才能理解道，心与道同，便能察天极地，蟠满九州岛。人应物待物，关键在于要达至一个绝对静心的状况，即心中所藏的心。"心以藏心"一语中第一个"心"，指感知外界，产生情感思想的"外心"，而脏在其中的"内心"则不诉诸感官，而能与宇宙万物相通互动。接着讨论的是此"内心"与意、形、言的关系。"彼心之心，音（作"意"解）以先言，音然后形，形然后言"。换言之，在以绝对平静待物的过程中，"内心"先生出"意"，"意"后有"形"，"形"后再有"言"，而有"言"就能理顺万物，便不会产生

“乱”。从这段话，我们可以看到，王弼意象言宇宙认识论范式的源头可能是多元的，除了《系辞传》之外，《管子·内业》也是一个可能的源头，因为它描述了由超验内心的“意”，至具体化的“形”，最后到“言”三者的发展过程。

各家对超验感通描述，似乎有两个共同的趋向。一是强调“虚静”为实现超验感通的先决条件。例如，《庄子·天道》中有云：

> 圣人之心静乎！天地之鉴也，万物之镜也。夫虚静恬淡寂漠无为者，天地之本，而道德之至，故帝王圣人休焉。休则虚，虚则实，实者备矣。虚则静，静则动，动则得矣。静则无为，无为也则任事者责矣。无为则俞俞，俞俞者忧患不能处，年寿长矣。夫虚静恬淡寂寞无为者，万物之本也。(*ZZJZJY*, p.337)

庄子认为，若要领略“口不能言”“不可以言传”的“道”，则要把心安静专一下来，而所谓“心静”，呈现虚静、恬淡、寂漠、无为的状态。如果人能达到绝对的“心静”，那么心就能够像一个明镜，将万物收纳其中。这种“心静”能作为衡量天地的标准。古代圣人们致力于达到这种状态，进而是“虚则实”，即这种“虚”又能让“实”的万物生长完备，从而达到大治。

同《庄子》相似，《管子》云：

> 修心静音，道乃可得。道也者，口之所不能言也，目之

所不能视也，耳之所不能听也，所以修心而正形也。（*GZJZ*, p. 935）

《管子·内业篇》与老庄对道的描述是一致的，“道”弥漫于整个宇宙，“万物以生，万物以成”。总体而言，《管子·内业篇》关于心和道关系的论述基于道家思想，但诸如将气和形体因素引入心道关系的讨论之中，亦为新的阐发。

而描述超验感通的另一种趋向，则是将超验感通视为一种身体的“特殊功能”，例如下文孟子（前372—前289）云：“不得于心，勿求于气，可。”以及上文所引《庄子》云：“无听之以心而听之以气。”他们使用与身体有关的术语，尤其是“气”，来对之加以描述。由此可见，在孟子和庄子的术语库里，“气”显然具有指涉超验感通之义。

三、圣人超验心理活动的能动性

《管子》极为关注圣人超验之心对外界的能动作用，他说道：

内藏以为泉原，浩然和平，以为气渊。渊之不涸，四体乃固，泉之不竭，九窍遂通，乃能穷天地，被四海。（*GZJZ*, pp. 938 – 939）

《管子·内业》作者认为，当心治到一种理想的状态，外部生活一定是平安，同时心境就会产生浩然和平之气，犹如孟子所讲的“浩然之气”。这种从正心出来的气，它能够与天地相通，滋润万物。作者预设的读者显然是统治者，描述此“心治”达至“外安”的过程，显然是要为之指点迷津。

> “告子曰：‘不得于言，勿求于心；不得于心，勿求于气。’不得于心，勿求于气，可；不得于言，勿求于心，不可。夫志，气之帅也；气，体之充也。夫志至焉，气次焉；故曰：‘持其志，无暴其气。’”“既曰‘志至焉，气次焉。’又曰，‘持其志，无暴其气。’何也？”曰：“志壹则动气，气壹则动志也。今夫蹶者趋者，是气也，而反动其心。”“敢问夫子恶乎长？”曰：“我知言，我善养吾浩然之气。”“敢问何谓浩然之气？”曰：“难言也。其为气也，至大至刚，以直养而无害，则塞于天地之间。其为气也，配义与道；无是，馁也。是集义所生者，非义袭而取之也。”（*MZYZ*, pp.61－62）

“不得于心，勿求于气，可”，孟子认为气比心的位置更高，这点与管子和庄子的“气”观是一致的。但他又言“夫志至焉，气次焉”，显然是说儒家的道德意志。他在下文中还明确指出，养气须“配义与道”“集义所生”。这里的“义”指儒家的仁义，而“道”则是儒家政治伦理之道。将非精神的“气”套入儒家道德观念的做法，显示出孟子致力于超越《管子》中那种圣人被动接受宇宙精气，感通调顺万物的观点，创立一种可以能动地改变世界的儒家养气论。胸中洋溢出“浩然之气”，充塞宇宙天地，正是儒家养气论能动性的最佳写照。

四、“圣人”之“心”与“形”关系

在描绘心中圣贤画像时，各家都关注心与形体的关系，而所持的观点大致可以分出以《庄子》为代表的“离形去知”派和以《管子》为代表的心形并重派。

《庄子·大宗师》中有关于“至人”“真人”“神人”等等的描述。然而庄子所言的“圣人”，是“堕肢体，黜聪明，离形去知”。他认为，人们如果达到这种与万物相通的境界，首先需要超越自己的肢体。除此之外，《庄子·德充符》中亦虚构出不少身体残缺不全，但能体悟道的人物，藉以阐明“离形去知”的观点（详参《创作论评选》§ 028）。这样的思想与管子所讲“心全角全”的观点是恰恰相反的。可见，先秦各家对于已进入宇宙人生最高境界的“至人”都各有构想，对其具体的画像则有各自不同的勾勒。

对庄子而言，“心”达至高境界时必须超越肢体。陈鼓应认为主体形体丑、心灵美是庄子独有的审美心境，《德充符》是以浪漫主义的笔法描绘如“王骀”“哀骀它”等形体残缺者。在丑怪形象之下，其内在生命能显现出生意盎然的审美心境，流露出感人至深的精神力量。庄子对于形体丑的描写是为了衬托出心灵之美，而这种内在生命圆满的修养境界，庄子称之为“德”。《德充符》的主旨在于宣扬具有丰富生命内涵的有德者。庄子所指称的“德”由伦理性的意义提升到世界观的意义。

与庄子的立场相反，《管子》认为，心的精神活动和形体的状况是不可分割的，势必相互影响，故作出圣人“心全于中，形全于外”之论断。《管子·内业》如此描述心全角全、与天地一体的圣人：

> 心全于中，形全于外。不逢天灾，不遇人害，谓之圣人。人能正静，皮肤裕宽，耳目聪明，筋信而骨强，乃能戴大圜而履大方。鉴于大清，视于大明，敬慎无忒，日新其德，遍知天下，穷于四极。敬发其充，是谓内得。(*GZJZ*, p. 939)

管子认为，当治心达到最高境界之时，内在之心齐全圆满，外在形体亦完整周全，不会遭受天灾人祸，从而达至圣人的境界。在此境界中，非但心灵绝对心全正静，形体亦会健全完美，能够掌握天地。上文中的"大圜"实指天之圆，"大方"指的是地之方，也就是说治心成功后可顶天立地，更会"鉴于大清，视于大明"。

【第一章第六节参考书目】

北京大学哲学系中国哲史教研室编著：《中国哲学史》上册，第1版，北京：中华书局，1980年。参第六章《王弼的唯心主义本体论》，第252—263页。

李存山著：《中国哲学中身心关系的几种形态》，《北京大学学报(社会科学版)》2005年第3期，第5—14页。

陈鼓应著：《〈庄子〉内篇的心学(上)——开放的心灵与审美的心境》，《哲学研究》2009年第2期，第25—35页。

陈鼓应著：《〈庄子〉内篇的心学(下)——开放的心灵与审美的心境》，《哲学研究》2009年第3期，第51—59页。

彭国翔著：《"尽心"与"养气"：孟子身心修炼的功夫论》，《学术月刊》2018年第4期，第5—20页。

郭梨华著:《道家思想展开中的关键环节——〈管子〉“心气”哲学探究》,《文史哲》2008 年第 5 期,第 61—71 页。

第七节　汉魏时期有关形、神的论辩

有关心与道、气、形关系的论辩是战国中期哲学的核心,但到了汉代,这一论辩逐渐演变为有关神与形关系的论辩。“心”到“神”,这一核心术语的转变折射了哲学讨论语境的巨大变化。战国中期论“心”主要是围绕古圣展开的,旨在为诸侯君主展示理想统治者的楷模,但汉代论“神”则带有更加紧迫的政治现实性,即为汉代君王阐发黄老道家“内圣”的理念,提出保神养身治国之良策。

“神”与治国理念方针直接挂钩的作法,首见于司马谈(? —前 110)《论六家要旨》。他指出,“儒者博而寡要,劳而少功,而以其事难尽从”,而与此相反,“道家使人精神专一,动合无形,赡足万物”。同时,他还暗批儒家“不先定其神形,而曰‘我有以治天下’”:

> 凡人所生者神也,所托者形也。神大用则竭,形大劳则敝,形神离则死。死者不可复生,离者不可复合,故圣人重之。由此观之,神者生之本,形者生之具。不先定其神形,而曰“我有以治天下”,何由哉?(*HS*, pp.2713－2714)

司马谈言“神者生之本,形者生之具也”,认为要先定了

“神”和“形”之后，才能治天下。这种神形说的形成，显然与当时社会所注重“黄老”的养生学说有密切的关系。比如《黄帝内经》等著作，都是在讲述如何养生，但所说的养生并不是我们当今所说个人的身体保养，而是指代君王的政治举动和抱负。

在该背景下，汉代有关形神的论述可分为“重神轻形”和“形神不可分离”两派。“重神轻形”派以刘安（前179—前122）《淮南子》为代表，遵循《庄子》“离形去知”的观点，鲜明地陈述了“神贵于形”的立场：

> 夫精神者，所受于天也；而形体者，所禀于地也……故心者，形之主也；而神者，心之宝也，非直夏后氏之璜也。（《精神训》。*HNHLJJ*, pp.219, 226）

所以他认为：“以神为主者，形从而利；以形为制者，神从而害。”（《原道训》。*HNHLJJ*, p.41）意指若以精神为主宰，身体顺从之，则对个人生命有利，反之则有害。刘安将神和形对举，并视天、地为两者的最终源头。这种形神观与庄子“离形去知”的观点还是有明显区别的。《庄子·大宗师》在解释“坐忘”时，主张“堕肢体，黜聪明，离形去知”，可以说是完全忘却、否定外在形体的存在价值。而《淮南子》所言则并未全然否定“形”的地位，而是将其与“神”分出主次、高下，并纳入天、地的模拟和对举。在此情形下，他称：

> 是故圣人内修道术，而不外饰仁义，不知耳目之宣，而游于精神之和。若然者，下揆三泉，上寻九天，横廓六合，揲贯

万物，此圣人之游也。（《俶真训》。*HNHLJJ*, pp.60－61）

较之《庄子·内篇》中所描述“真人”“至人”“神人”之游，刘安笔下的“圣人之游”多少带有社会政治的含义：

> 万乘之主卒，葬其骸于广野之中，祀其鬼神于明堂之上，神贵于形也。故神制则形从，形胜则神穷。聪明虽用，必反诸神，谓之太冲。（《诠言训》。*HNHLJJ*, pp.487－488）

这里将万乘之至的遗骸与鬼神区别对待，既默认神能够脱离形而存在，也再次申明对神的看重与保护应远高于形体，而人的聪明技巧，虽有用处，但仍须返归于精神，达到虚静中和的状态境界。

在汉代，以宣扬庄子为宗旨的重神轻形派对当代政治和社会形态没有产生太大的影响。但源自《管子》和黄老哲学的形神不可分离派却如日中天，几乎所有汉代儒家典籍都在不同程度上吸收了此派的观点。形神不可分离派以司马谈《论六家要旨》为先导，继承和发展了稷下道家《管子》“心全角全”的思想。此外，董仲舒“元神”说和扬雄（前53—18）“存神潜心”说都明显带有道家形神不可分离说的成分。董仲舒在《春秋繁露·立元神》中将神形关系与君臣关系并论：

> 为人君者，其要贵神。神者，不可得而视也，不可得而听也，是故视而不见其形，听而不闻其声。声之不闻，故莫

得其响，不见其形，故莫得其影。莫得其影则无以曲直也，莫得其响则无以清浊也。无以曲直则其功不可得而败，无以清浊则其名不可得而度也。所谓不见其形者，非不见其进止之形也，言其所以进止不可得而见也。所谓不闻其声者，非不闻其号令之声也，言其所以号令不可得而闻也。不见不闻，是谓冥昏。能冥则明，能昏则彰。能冥能昏，是谓神人。君贵居冥而明其位，处阴而向阳。……故人臣居阳而为阴，人君居阴而为阳。阴道尚形而露情，阳道无端而贵神。（*CQFLYZ*, p.171）

董仲舒此处运用汉代道家尚形贵神的观点来阐述典型的儒家的君臣观，甚有创意。这种形神一体不可分离的观念，既强调了“神”之贵，具有形而上的神秘色彩，同时又兼顾了执行与维护君权的有效性，以神之形、声等外在显现来实现进退之仪和号令闻达，从而完成神之化。

此外，董仲舒还在《春秋繁露·同类相动》中谈及意、神、气、心的关系：

故君子道至，气则华而上。凡气从心。心，气之君也，何为而气不随也。是以天下之道者，皆言内心其本也。故仁人之所以多寿者，外无贪而内清净，心和平而不失中正，取天地之美以养其身，是其且多且治……故养生之大者，乃在爱气。气从神而成，神从意而出。心之所之谓意，意劳者神扰，神扰者气少，气少者难久矣。故君子闲欲止恶

以平意,平意以静神,静神以养气。气多而治,则养身之大者得矣。(*CQFLYZ*, p.452)

董仲舒言:“是以天下之道者,皆言内心其本也。”也就是说想要感通“道”,也离不开自身的养心,而养心实际上是一个养气的过程,即以天地中和之美来养我们自己的身,这样“气”便会多且恰当。董仲舒认为,养气的成功关键在于“平意”和“静神”这两个步骤。这里的“意”指意欲,而“神”,是较为低层次的,不是最高范畴的神,而是指一个人的精神状态。要控制住意欲,在一个平静的精神状态下,才能够“养气”,而“养身之大者得矣”。养身大得之后,“气则华而上”,便可以达到“道”。董仲舒肯定了“心”是可以超越身体,直接与“道”相通的,方式便是通过“养身”,这种论述显然受到了《管子》和黄老“神形不可分离”论的影响。

在董仲舒之后, 扬雄(前 53—18)《法言 · 问神》提出存神潜心的主张:

或问“神”。曰:“心。”“请问之。”曰:“潜天而天,潜地而地。天地,神明而不测者也。心之潜也,犹将测之,况于人乎? 况于事伦乎?”“敢问潜心于圣。”曰:“昔乎,仲尼潜心于文王矣,达之。颜渊亦潜心于仲尼矣,未达一间耳。神在所潜而已矣。”天神天明,照知四方;天精天粹,万物作类。人心其神矣乎? 操则存,舍则亡。能常操而存者,其惟圣人乎? 圣人存神索至,成天下之大顺,致天下之大利,

和同天人之际，使之无间也……（*FYYS*, pp.137－141）

扬雄的"潜心"说延续了庄子重神轻形的传统，主张圣人的心能够超脱于形之外、上天入地，甚至能与古圣的心也相通；但与庄子"游心"离开天下、进入无有的境界不同，扬雄的"潜心"更像《易传》所说的"圣人立象以尽意……有以见天下之赜"，主张用超验的直观把握宇宙万物之道，最终普惠天下、给天下带来大顺。

到了东汉，王充（27—约97）跳出了以圣人为中心论述形神的藩篱，将司马谈所创立的形神不可分离的治国理论发展成为一种旨在荡涤迷信鬼神，追求厚葬等社会陋习的社会学说。《论衡·订鬼篇》云：

夫人[之]所以生者，阴、阳气也。阴气主为骨肉，阳气主为精神。人之生也，阴阳气具，故骨肉坚，精气盛。精气为知，骨肉为强。故精神言谈，形体固守。骨肉精神，合错相持，故能常见而不灭亡也。太阳之气，盛而无阴，故徒能为象，不能为形。无骨肉，有精气，故一见恍惚，辄复灭亡也。（*LHJS*, p.946）

王充认为，骨肉形体由阴气组成，精神由阳气而生，"知"是精气的作用。精神是在骨肉之外的一种阳气，而骨肉则属于阴气，两种气相辅相成，缺一不可。人死后骨肉化解，而精神也就同时泯灭了。不存在人死后鬼魂仍存，为祸害人之说。王氏这种形神论旨在摧毁东汉迷信鬼神，乃至厚葬等社会陋习。

汉魏之际,形神不可分离派的影响日益彰显,不仅为刘劭(约168—约240)人物品藻的兴起和发展打下理论基础,而且还为赵壹(122—196)、曹丕(187—226)描述艺术创作过程提供了独特视角。在汉代各种形神并重说的影响之下,刘劭将政治人物的内在精神质量与身体特征联系起来,视人的语言为"心质"的外部呈现,如《人物志·九征》曰:

> 故心质亮直,其仪劲固;心质休决;其仪进猛;心质平理,其仪安闲。夫仪动成容,各有态度:直容之动,矫矫行行;休容之动,业业跄跄;德容之动,颙颙卬卬。夫容之动作,发乎心气;心气之征,则声变是也。夫气合成声,声应律吕:有和平之声,有清畅之声,有回衍之声。夫声畅于气,则实存貌色;故诚仁,必有温柔之色;诚勇,必有矜奋之色;诚智,必有明达之色。(*RWZ*, pp.27-28)

刘劭在此论证心气、声、容的关系:心气既会影响人的举动包括声音,又会再进一步影响人的神色。因此仁的品质最终表现出温柔的神色,勇的品质就会体现出矜奋的神色,不同的品质对应的容也是不同的。这种由内而外,由神及形的阐释思维无疑由形神并重之论为理论支撑。

赵壹在《非草书》提出书法与心、手之间的联系:

> 凡人各殊气血,异筋骨。心有疏密,手有巧拙。书之好丑,在心与手,可强为哉?若人颜有美恶,岂可学以相若

耶？昔西施心疹，捧胸而颦，众愚效之，只增其丑；赵女善舞，行步媚蛊。学者弗获，失节匍匐。（*FSYL*, p.2）

赵壹认为，书法是手和心两者关系的体现，好的书法不仅要有缜密的心，还要有灵巧的手。而这些就像人的外貌一样往往是与生俱来的，并不能直接模仿，强行模仿就只会像东施效颦一样徒增其丑。

至于曹丕，其《典论·论文》的内气外文之说已将气论的阐释深化到文学创作中：

文以气为主。气之清浊有体，不可力强而致。譬诸音乐，曲度虽均，节奏同检，至于引气不齐，巧拙有素，虽在父兄，不能以移子弟。（*WX*, *juan* 52, p.2316）

这里的“气”指作家的生命力和创造力，包含作者生理和心理两个方面。“气之清浊有体”意思是说，每个作者禀受清而上扬的精气（阳气）和浊而下沉的形气（阴气）的状况不同，故形成自己特有的、“不可力强而致……虽在父兄，不能以移子弟”的气质。曹丕认为，这种高度个性化的气质表现在作品里就成为独特的艺术风格，故发出“徐幹时有齐气”“孔融体气高妙”等议论。曹丕的文气论与西方“风格即人”的论点貌似相同，实际上有本质的不同。绝大多数西方批评家认为文学创作是纯精神活动，很少会想到作者生理素质会对作品产生的影响。“风格即人”的“人”似乎仅涉及作者的精神世界。相反，曹丕认为，作者的生理和精神都与风格的形成有着不可分割的关系。

相对而言,重神轻形派在文艺领域的影响要到刘勰《文心雕龙》中才真正显示出来。然而,即使在谈论从身体飞越而出的“神思”时,刘勰仍念念不忘形对神的制约:“神居胸臆,而志气统其关键;……关键将塞,则神有遁心。”由此可见,形神不可分离说对文艺创作论影响的程度是何等之深。在更为宏观的层次上,我们可以说,形神不可分离说给予中国文学创作论一个独特之处,即认为作者的身体和生活与文学创作的关系甚为密切,乃至可以是决定文学创作成功与否的关键因素。

【第一章第七节参考书目】

方立天著:《中国古代哲学问题发展史》,中华书局,1990 年。参第六章《中国古代形神论》,第二节《两汉时期形神观》,二、《淮南子》的“神主形从”说,三、司马迁父子形神观,五、王充的“生无不死”和“死不为鬼”的思想,第 267—269、269—270、274—280 页。

冯契著:《中国古代哲学的逻辑发展》,上海人民出版社,1983 年。参第五章《独尊儒术与儒家神学的批判》,第二节《董仲舒:道之大原出于天》,四、“形神”之辩上的“尊神”,第 34—38 页。

叶朗著:《中国美术史》,文津出版社,1996 年。参第七章《〈淮南子〉的美学》,第二节《以神制形》,第 104—108 页。

牟钟鉴著:《〈吕氏春秋〉与〈淮南子〉思想研究》,齐鲁书社,1987 年。参第二部分《〈淮南子〉的思想》,四、《淮南子》的生命观,第 214—220 页。

第二章　六朝时期：陆机和刘勰植根于中土哲学的创作论

从东吴建国到陈朝结束三百多年间有关文学创作的论述，可以统称为六朝创作论。六朝是创作论开创时期，同时也是其达到巅峰的时期。汉代以降，文学创作日益被视作有意义和价值的活动，可为作者赢得社会地位，因此自然有需要描述文学创作的方法和过程，从而进一步抬高文学创作的意义。六朝创作论既是开始，也同时成为后代难以企及的高峰，这是很奇特的现象。这种高峰主要表现在两个方面：一是其系统性。关于创作论的讨论，几乎所有内容，包括创作条件、作者的身体、精神状态，创作具体的每一个过程，文章成文的步骤，都有极为详尽的描述，六朝之后就再没有这种全方位的讨论了。后世各种创作论的发展，都可以看作只是对六朝创作论其中一部分的发展、扩充，或者作出相反的阐述。二是其理论性。与后世诗格一类作品不同，陆机和刘勰面对的对象不是一个学习写诗的新手，而是跟他们地位相同或者更高的人，他们所写的不是具体创作步骤的指南，而是有关创作过程的理论阐述。陆刘虽然十分关注具体文学语言，对各种各样修辞的描写细微繁杂，但目的仍在于总结具体的行文规律，故仍呈现出鲜明的理论性。

六朝创作论的发展，我们可以按照创作论框架以及创作活动的先后次序，分五个单元来加以整理。第一单元选录了陆机和刘勰有关意、象、言的论述。先秦至汉魏的哲学言实之论及其最后催生的“意—象—言”范式，被陆机和刘勰别具匠心地采用，从而发展为一个全面而精深的文学创作论。在六朝时期，论文学从“言志”到“言意”的转变是一个值得细察的重要现象。六朝以前，文学活动常常被认为是“言志”的过程。“诗言志”的论述在汉以前以及汉代的著作中大量出现。不过，在陆机的《文赋》中，这一非常重要的论述却不见踪迹。陆机提到文学活动是一个表达或说外在化“意”而不是“志”的过程。

“意”和“志”这两个词，实可互换使用，而且也互相融合成为了新的复合词“志意”。《说文解字》中，许慎紧接“志”而列“意”，并以前者解释后者：“意，志也。从心音。察言而知意。”(SWJZZ，P.876)许慎认为“意”和“志”都意味心之活动。他还指出“意”和“言”的内在联系也体现在其字体结构中——“音”加上“心”。因为“意”是“心中之音”，许慎相信“察言而知意”。尽管“意”和“志”在语源上都指“心之活动”，但是，它们在早期论文学的文本中，常常被用以指大为不同的各种心理活动。

如果再联系汉之前和汉代文本中“诗言志”的论断，我们可以很容易看到“言志”常常指的是回应某种社会政治状况或者事件的自发言辞行为[1]。这一行为常常出现在公共情境下，特别是在上古时代，常常是音乐和舞蹈的先导。在大部分情况下，“言志”也许可以看做一种社会政治行为，在这些行为中，大家通过赞扬或者批评朝廷来达到某种实际功用[2]。可是，当我们来看陆机对“言意”的解释时，我们注意到了另一种完全不同的行为：不是公开的、自发的言辞行为，而是一种私人的、唯我的写作过程。不同于“志”这个词，“意”几乎没有积累什么社会政治内涵。所以，以“意”代替“志”，陆机有效地甩开了从前的社会政治包袱，把文学活动视为一个没有公开功用目的的美学追求。

和目前所接受的观点相反，比起道家的解构言实论，陆机和刘勰更多的，受到了儒家本质言实论思想的影响。这主要是因为，本质论，特别是《系辞传》的本质论，促使他们来重新认识和定义文学行为。他们不是从直接感情抒发（“言志”）的方面来讨论，而是从个人艺术构思的进程方面来分析阐述文学创作的。尤其是，《系辞传》中所建立的“意—象—言”范式，使得他

---

1 “志”被理雅各翻译为“诚挚的思想”（“earnest thought”），见 James Legge, *The Shoo King or the Book of Historical Documents*, *The Chinese Classics* vol. 3.（rpt. Taibei：Wenxin, 1971）, p.48。被刘若愚翻译为“心之意志”（“the heart's intent”），见 James J. Y. Liu, *Chinese Theories of Literature*, p.75。刘若愚的翻译似乎更适当，因为这个翻译避免了理雅各翻译的理性主义之内涵，而且精妙的暗示了这个词的道德倾向。不过，“志”一词基于其出现的特别文本和历史语境包含了很广泛范围内的不同意思。因此，刘若愚认为很有必要在其他语境下翻译为“情感意图”（“emotional purport”），“道德目的”（“moral purpose”），或者“心之意向”（“heart's wish”）（p.184）。刘若愚的翻译被余宝琳采用，并加以小小改动。见 Pauline Yu, *The Readings of Imagery in the Chinese Tradition*（Princeton：Princeton Univ. Press, 1987）, p.31。关于对“志”的翻译的讨论，参见 Stephen Owen, *Readings in Chinese Literary Thought*（Cambridge, Massachusetts：Harvard Univ. Press, 1992）, pp.26－29。

2 参见笔者对“诗言志”传统的详细讨论。见 *Configurations of Comparative Poetics: Three Perspectives on Western and Chinese Literary Criticism*（Honolulu：University of Hawaii Press, 2002）, pp.35－49。

们能够将个人文学创作当做从“意”到“象”到“言”的三段式创作过程而加以考察，因为这一过程和圣人创《易》的过程可以类比。陆机和刘勰在这三个阶段中对“言”极为重视，这也足以说明本质论思想的巨大影响。他们重视古代经典对第一阶段所形成的“意”（最初的艺术构想）之催化发酵作用。同样，他们突出了情、象、言对第二阶段所形成的“意象”（最终的艺术构想）之工具作用。在最后阶段，他们强调了在成功把意象转变为完美文学作品（“言”）的过程中，语言和修辞的严格训练和自然灵感皆不可缺。对比之下，道家的解构论主要给陆机和刘勰提供了术语、概念和类比来描绘某些超感官的思想状态，比如说第一阶段的超验神思，最后阶段的灵感迸发。多亏了陆机和刘勰对不同言实之论的巧妙移用，他们对文学创作的过程作出了精湛的理论阐述，并辨别了所有最能反映我们实际创作经验的内在心理、精神、言语活动，从而取得了极为辉煌的成功。正因如此，尽管他们生活于中国文学理论的形成期，仍然能建立最为全面完整的文学创作论。

第二节讨论身体与文学创作关系的论述。在传统的西方文论中，身体与文学创作几乎是风马牛不相及的。在西方二元对立的世界观中，肉体与精神之间有着不可逾越的鸿沟，在这种文化语境中，身体与文学创作的论题自然不会产生。相反，在以阴阳对立统一为圭臬的儒道世界观中，身体和精神是相辅相成，不可分割的。这点在战国汉魏各家对“气”的论述中反映得尤为明显。战国稷下道家学派代表作《管子》将精气等同于道，称“下生五谷，上为列星，流于天地之间，谓之鬼神”，但同时又称“藏于胸中，谓之圣人”（见《创作论评选》§ 019）。存于圣人之中的精气具有“全知”天下的能力，在现代哲学的话语中显然属于精神范畴，甚至与西方“神”和“绝对精神”的全知也有可比之处（见《创作论评选》§ 024）。孟子浩然之气也同样包含我们现在所说的物质（“塞于天地之间”）和精神的双重性质（见《创作论评选》§ 026）。东汉王充则将《管子》的圣人精气说推至所有人，称“夫人所以生者，阴、阳气也。阴气主为骨肉，阳气主为精神。人之生也，阴阳气具，故骨肉坚，精气盛。精气为知，骨肉为强。故精神言谈，形体固守”（§ 038）。在这些风行战国两汉的气论影响之下，汉魏之际刘劭评鉴人物德行材质，曹丕论作者与文章风格的关系，都从“气”的角度切入，着重阐述身体与精神互动的重要性。近三百年后，刘勰致力揭示文学创作的奥秘，仍深深地受到先前各种气论的影响，写下《养气》篇，深入探索创作过程中身体与精神的相互制约，一方面讨论身体年龄对创作精神状态的影响，另一方面阐述文思钻砺过度对作者生命的危害。

第三节聚焦创作意愿产生的过程。六朝批评家都采取一种感物论。例如，陆机《文赋》篇首具体写到“遵四时以叹逝，瞻万物而纷披。悲落叶于劲秋，喜柔条于芳春”（见《创作论评选》§ 046）。陆机同时还讲到历代文章的奥府，即阅读前人的作品也是创作意愿产生的一个诱因。刘勰《文心雕龙》有专门的《物色》篇，首先状写自然界“四时动物”和“物色相召，人获谁安”的情景，继而描述《三百首》风人感物联类的活动，从《三百首》选出连绵字名句，展示风人“目既往返，心亦吐纳”“情往似赠，兴来如答”的感物过程(见《创作论评选》§ 049)。钟嵘《诗品》没有像刘勰那样专门描述感物过程,作出高度的理论总结,但对于如此感物缘情而写成的诗篇则赞誉有加,认为它们足以感天地,动鬼神。

第四节讨论有关“神思”的论述。陆机《文赋》和刘勰《神思》篇都是按照创作过程的先后阶段来展开论述的。创作肇始,作者“收视反听,耽思傍讯”,进入超越时空的神游。陆机云:“精骛八极,心游万仞。”(见《创作论评选》§ 049)刘勰云:“思接千载,视通万里。”(见《创作论评选》§ 050)这种神思的描述,无疑源自庄子的“心游”之说。然而,两者的目的却大相径庭。《庄子》《淮南子》中所描绘的“游心”是超脱经验世界,永恒地与道结合在一起,遨游天地宇宙。但在陆刘的创作论中,神思却是往返的双程,超越时空奔向天外,只是短暂之旅,随之是返回感知世界的归程。陆刘对此归程的描述极为一致,都聚焦于其间情感、物象、言辞之间激烈的互动。陆机《文赋》:“情曈昽而弥鲜,物昭晰而互进。倾群言之沥液,漱六艺之芳润。”(见《创作论评选》§ 052)刘勰《文心雕龙》:“故思理为妙,神与物游。神居胸臆,而志气统其关键;物沿耳目,而辞令管其枢机。”(见《创作论评选》§ 054)情、象、辞互动的归程最终以“意象”的生成而结束。

第五节分析最后成文的过程。如果说我们可以将神思往返之旅视为创作的第一、二阶段,那么“窥意象而运斤”,即将“意象”这一神思的硕果付诸文字,就是文学创作的第三也是最后的阶段。如何用有形的语言来表达无形的心象?在整个创作过程中，这是难度最高的论题。陆机花了很多笔墨，谈论结构、修饰、言辞的使用原则，但最后还得加上一段灵感的描写，也就是说，掌握了所有语言技巧和规则之后，并不见得能表达意象，真正的成功还有赖于创作中自然而然的灵感。刘勰也持有相同的观点，但没有用诗的语言描绘灵感降临的状况，只是用《庄子·天运》中轮扁斫轮的典故来说明，对语言技巧的掌握尽管重要，但最后还得在不自觉的状态中达到“得之于心而应之于手”的境界。

在文论篇目之外，本章节录了王羲之和宗炳论书画创作的文章。王羲之的书论拓展了“意”的内涵和外延，对后来文学创作论的发展影响颇大。在先秦汉魏文献中，“意”虽然已经被用于指涉与超验体悟有关的心理活动，如上一章中《庄子》《管子》《系辞传》选段所示，但很少具体描述“意”所包含的心理活动，更少将其与“象”联系起来，唯有《韩非子·解老》描述了“意/臆想”大象的过程，实属一个例外（见《创作论评选》§ 013）。王羲之比韩非子论意、象再进一步，创造性地将“意”用于阐述书法创作过程，即指下笔前想象具体字形的心理活动。“凝神静思，预想字形大小、偃仰、平直、振动，令筋脉相连，意在笔前，然后作字”，王氏这段话生动地描绘了写字之前想象文字形象运动、飞舞的状况。如果说刘勰“意象”之说已经显示王羲之“意”说影响文学创作论的端倪，那么唐王昌龄《诗格·论文意》则表明，此说已催生出更为富有理论性、以“意”为中心的文学创作论。

综上所述，陆机和刘勰的创作论对后世的影响极为深远。

在古代文学创作论的发展史上，陆机《文赋》和刘勰《文心雕龙》犹如两座巍然矗立，不可逾越的高峰。陆、刘创造性地吸收运用先秦各种意、象、言的学说，深入地探究艺术想象活动的奥秘，并揭示了自觉努力和自然成文之间复杂的辩证关系，所取得的成就堪称前无古人后无来者。的确，后世再没有出现全面论述整个创作过程，足以与陆机《文赋》、刘勰《文心雕龙》相抗衡的著述。后世的文论家多对文学创作中某一特定阶段进行详尽的描述，其中很多是追随陆机和刘勰，在"意—象—言"范式中探究文学创作过程，但也有人回到了早期"言志"传统，或转而使用禅宗顿悟的话语来描述创作过程，从而扬弃传统的"意—象—言"的范式。无论被追随或反对，陆刘创作论始终是后世研究文学创作的基本理论参照。同时，陆机和刘勰也为中国美学接受理论规定了方向。刘勰在《隐秀》等篇中颠倒"意—象—言"而成"言—象—意"，为中国美学建立了一个非常重要的理念，对"X 外之 X"的追求，比如"言外之意""象外之象""景外之景"等等。

陆机和刘勰的文学创作论其实也超越了文学思想的范畴。著名的书法家批评家王羲之（303—361）基本上采用陆机的方法来理解和阐述书法创作的过程[1]。很难想象大概出生于陆机去世那年的王羲之，在写书法创作论的论文之前没读过或者没

---

1 见王羲之《书论》："令意在笔前，笔居心后，未作之始，结思成矣。"又见《题卫夫人笔阵图后》："夫纸者阵也，笔者刀稍也，墨者鍪甲也，水砚者城池也，心意者将军也，本领者副将也，结构者谋略也，飏笔者吉凶也，出入者号令也，屈折者杀戮也。夫欲书者，先干研墨，凝神静思，预想字形大小、偃仰、平直、振动，令筋脉相连，意在笔前，然后作字。"

听说过陆机的《文赋》。另外,陆机和刘勰身后大约五百年,苏轼(1037—1101)采用和陆、刘相似的方式来创立绘画创作论,甚至他引用的《庄子》的典故和刘勰的都完全一样[1]。这两个例子足以证明陆机和刘勰的文学创作论已然影响到更为宽泛的美学思想领域。

第一节 意、象、言框架

在陆机和刘勰文章中,从"言志"到"言意"的转换意味着对文学活动之起源、形式、功能、目的的重新定义。他们对文学的新认识无疑折射出了当时文人如何写作文学作品的实际情况。

陆机和刘勰的文学创作论借鉴诸多早期哲学思想。早期哲学思想的影响可以在两个不同层面上进行追溯:术语上和概念上。在术语层面上,这一影响最为明显,而且已受到陆、刘文学创作论注疏和研究者的关注。然而,在概念层面上,尚无或者至少没有什么较为满意的研究。在辨识陆机和刘勰的术语来源时,很多学者仅引用这些术语最为人所知的例子,特别是在《庄子》和魏晋玄学文本中能找到的例子,所以相关来源研究

1 见苏轼《文与可画筼筜谷偃竹记》:"竹之始生,一寸之萌耳,而节叶具焉。自蜩腹蛇蚹以至于剑拔十寻者,生而有之也。今画者乃节节而为之,叶叶而累之,岂复有竹乎!故画竹必先得成竹于胸中,执笔熟视,乃见其所欲画者,急起从之,振笔直遂,以追其所见,如兔起鹘落,少纵则逝矣。与可之教予如此。予不能然也,而心识其所以然。夫既心识其所以然而不能然者,内外不一,心手不相应,不学之过也。故凡有见于中而操之不熟者,平居自视了然,而临事忽焉丧之,岂独竹乎?子由为《墨竹赋》以遗与可曰:'庖丁,解牛者也,而养生者取之;轮扁,斫轮者也,而读书者与之。今夫夫子之托于斯竹也,而予以为有道者,则非耶?'子由未尝画也,故得其意而已。若予者,岂独得其意,并得其法。"

仅停留于这一步。而继续采用这一术语研究方法的学者却又似乎忽视一个简单的事实：在中国的哲学或者批评文本中，一个术语往往传达出多层次的且互相矛盾的概念。“意”“象”“言”这些术语尤其如此，而这些术语对陆机和刘勰的文学创作论之论述又是至关重要的。所以，要探寻陆机和刘勰的文学思想的源头，最好应该在概念层面上得以追溯。

陆机和刘勰对“言意”过程的说明揭示了解构言实论和本质化言实论的影响。其中，解构论的影响在表面上看非常明显。陆机明确提到他对自己言语价值的担心：“恒患意不称物，文不逮意。”同样，刘勰提到“意”与“言”可能“疏则千里”。这些陆机和刘勰的论断很多都可以追溯到庄子关于“意”和“言”的论述（见《创作论评选》§ 007），陆机和刘勰的论述似乎和庄子的看起来一样，但是实际上却恰好相反。庄子强调“物”和“意”、“意”和“言”的内在距离。相反，陆机仅仅表达了他担心在创作文学作品过程中不能缩小这些距离。有趣的是，刘勰对“意”“言”不可沟通的担心泄露了他相信二者结合的可能。只有因为他有这样的信念，他才会担心失败。对于不可能的事，我们不会担心失败而只会在绝望中完全放弃。确实，当承认他想要捉住文学创作的精妙秘密也有局限性的时候，陆机表达出“佗日殆可谓曲尽其妙”的希望。单单根据这一论述，似乎可以安全论证陆机的“意—象—言”范式不是建筑在庄子的解构论基础上，而是建立于《系辞传》的“言象”和“象意”关系的本质论基础之上。

刘勰的意、言范式比陆机更受《易 · 系辞》的影响。刘勰追溯了从思到意到言的渐进式因果关系，则正是《系辞传》作者所说的意、象、言是一者生出另一者的关系（见《创作论评选》§ 014）。而且，他和《系辞传》作者一样，从这一关系链推导出同样的本质主义结论。虽然承认“言”和“意”可以相距甚远，刘勰也表达了他认为这二者也可以天衣无缝地结合：“密则无际”。

对陆机和刘勰而言，以《系辞传》所代表的语言本质论是其创作论的基础。如果“言”和“意”不能完美地结合，那么有关文学创作的理论阐述也就失去了价值。所以语言本质论立场是他们唯一的选择，而且是颂扬文学力量者的必然选择。当要提高文学地位时，没有什么可以胜过本质论，因为本质论表示，作为媒介的语言，有能力展示内在之“道”。因此，陆、刘都采用《系辞传》意—象—言框架，将文学创作视为从“意”到“言”的发展过程。《文赋》的序言中说得很清楚，他之所以要创作《文赋》，是因为“恒患意不称物，文不逮意”，所以要将文章的奥妙揭示出来，后世之人才能真正懂得如何创作和欣赏美文。《文心雕龙·神思》更是说：“意授于思，言授于意。”值得注意的是，陆、刘讨论“意”与“言”关系，并没有像王弼那样明确地在两者之间加上“象”。然而，在描述意转变为言过程之时，他们则不惜笔墨地描写脑海中如何出现纷呈生动的形象，随即被捕捉而化为美文。

在六朝创作论之中，“意”字用得并不算多，比起唐代王昌龄《论文意》60 次的使用频率不可同日而语。然而，它在陆机《文赋》和刘勰《神思》篇中却担任着建构创作论框架的关键作用。陆刘认为，文学创作从“至虚”精神活动到“至实”文字的转变,完全有赖于“意”充当贯通和促进两者互动的枢纽。

陆、刘将先秦哲学典籍中“意”引入创作论,所看中的就是其连接“至虚”和“至实”的特殊作用。《庄子·天道》云:“世之所贵道者书也。书不过语,语有贵也。语之所贵者意也,意有所随。意之所随者,不可以言传也。”(见《创作论评选》§ 008)这里,“意”一端紧随至虚的、不可言传的道,另一端则被语、书所随。《系辞传》云:“子曰:‘圣人立象以尽意,设卦以尽情伪,系辞焉以尽其言。变而通之以尽利,鼓之舞之以尽神。’”(见《创作论评选》§ 014)此处,“意”往实处转变便是卦象,随后是系辞。圣人之“意”往虚的方向有所随吗?《系辞传》的另一段给出了肯定的答案:“圣人有以见天下之赜,而拟诸其形容,象其物宜,是故谓之象。”(*ZYZY*, p.67)“天下之赜”,即至虚玄妙的道,即是意之所随。

在陆机《文赋》中,“意”被放在同样的枢纽位置。陆机云:“恒患意不称物,文不逮意,盖非知之难,能之难也。”虽然陆机没有对“物”加以定义,但从行文判断此处的“物”绝非实在之物,而是“意”难以契合的虚物。而且,在序言中,陆机提到文学活动是一个表达或说外在化“意”而不是“志”的过程。在汉之前和汉代文本中,“诗言志”常常指的是回应某种社会政治状况或者事件的自发言辞行为。这一行为常常出现在公共情境下。在大部分情况下,“言志”也许可以看做一种社会政治行为,在这些行为中,大家通过赞扬或者批评朝廷来达到某种实际功用。可是,当我们来看陆机对“言意”的解释时,我们注意到了另一种完全不同的行为:不是公开的、自发的言辞行为,而是一种私人的、唯我的写作过程。不同于“志”这个词,“意”这个字相对而言在早期有关文学的讨论中并不常见,几乎没有积累什么社会政治内涵。所以,以“意”代替“志”,陆机有效地甩开了从前的社会政治包袱,把文学活动视为一个没有公开功用目的的美学追求,并重新从自主、私人创作的纯艺术角度去反思文学创作的过程。这种文学创作的去社会政治化不是以“意”取代“志”的唯一好处。他重新把文学创作的概念定义为“意”以“言”的形式作出的外在表达,他容许自己在考虑“意”的外在表达时,同时探索“象”的角色,并运用各种有关“意—言”“意—象”“象—言”的哲学分析来发掘所有文学创作的精巧的部分。

在《神思》中,刘勰则对“意”所对的两边都加以明确描述:“意翻空而易奇,言征实而难巧也。是以意授于思,言授于意,密则无际,疏则千里。”“意翻空”,显然是指作者的艺术构想,而比它更为虚的“思”是什么呢?其实是至虚超验的神思。另一边则是至实之言。这一段概括了按照从思到意到言所描绘的文学活动轨道。这里“思”指代的不是思想的理性活动,而是在前段中所描绘的无意识的神游。

刘勰的第一个论断“意授于思”强调了最初神游非常重要。刘勰和陆机一样,他相信这神思会唤起许多情感、形象、文字,并使它们汇聚为一体。对于刘勰来说,情感、图像、文字的融合代表了意象的形成或文章的构想。下一个论断“言授于意”强调了作品心象的重要性。只有在作者已经形成了作品之虚幻心象之后(或可用刘勰新造的词“意象”),作者才有希望以有形文字为媒介，创造出真正的作品。虽这段话里没有提及“象”在意转变为言过程中所起中介作用，但其前一段“独照之匠，窥意象而运斤”一语已点明意与象的紧密关系。两者的结合体意象乃是作者运斤，即施展文字技艺的对象。

另外，如果我们换一个角度，改从反向的审美接受过程来分析“意”的枢纽作用，其化实在文字为审美虚象的作用同样显赫。事实上，“意象”一词日后更多在审美论出现。所以，就此而言，在接受本质论“言—意”立场的同时，陆机和刘勰都引入了第三个术语“象”，并且为讨论文学创作而建立了一个宽广的理论范式，这一范式包含了三个阶段的活动过程：从“意”（最初的艺术构想）到“意象”（最终的艺术构想），再到“言”（最终的语言成品）。在许多方面，这个三段过程也是对“意—象—言”范式本身的重新发明。的确，在《系辞传》中，这一范式仅仅刻画出圣人作《易》的三个阶段。《系辞传》的无名作者或者王弼都没有说清楚每一阶段起作用的具体精神活动。但是，这些过于简单的描绘，其实对陆机和刘勰来说，是一件好事，因为他们可以在框架中填入文学创作中格外重要的精神和语言活动：情感的过滤，超验神思，形象联想，写作成文。正如我们下面看到的，在他们描绘文学创作的三个阶段时，陆机和刘勰对这些精神和言语活动都给予了充分描绘（本节所涉文论参见《创作论评选》§ 042、043）。

【第二章第一节参考书目】

郭绍虞著：《照隅室古典文学论集下》，第 1 版，上海：上海古籍出版社，

1983 年。参《论陆机〈文赋〉中之所谓“意”》，第 140—151 页。
孔繁著：《魏晋玄学和文学》，第 1 版，北京：中国社会科学出版社，1987 年。参第四章《魏晋玄学言、意之辨与文学创作》，第 45—58 页。
蔡彦峰著：《玄学“言意之辨”与陆机〈文赋〉的理论建构》，《文艺理论研究》，第 2 期(2009 年)，第 124—129 页。
牟世金著：《文心雕龙研究》，第 1 版，北京：人民文学出版社，1995 年。参下篇《创作论》第二节《艺术构思论》，第 316—321 页。
钱志熙著：《魏晋诗歌艺术原论》，北京：北京大学出版社，1993 年。参第四章《西晋诗风及其文化背景》，第 210—328 页。

第二节 文学创作的身体与心理条件

陆机和刘勰都十分关注身体和精神状况对文学创作的影响，但他们讨论的切入点有所不同。陆机在《文赋》中揭示精神状况与创作成败之关系：

> 及其六情底滞，志往神留。兀若枯木，豁若涸流。揽营魂以探赜，顿精爽于自求。理翳翳而愈伏，思乙乙其若抽。是以或竭情而多悔，或率意而寡尤。虽兹物之在我，非余力之所勠。故时抚空怀而自惋，吾未识夫开塞之所由。(*WFJS*, p.168)

陆机围绕文学创作就事论事，劝诫作者勿在“六情底滞，志往神留”之时仍执意苦思冥想，否则必定劳神而无功，给自己带来挫败的沮丧。

刘勰同样也集中讨论文思过于钻砺的害处，但对此论题"上纲上线"，从文学的失败上升为作者自我折寿之举：

> 夫耳目鼻口，生之役也；心虑言辞，神之用也。率志委和，则理融而情畅；钻砺过分，则神疲而气衰；此性情之数也。

刘勰追溯远古重质到后世崇文的过程，揭示竭情钻砺、舍命创作风气形成的历史原因。他从养生保命的高度来讨论文学创作方法的优劣，可能会让现代人感到诧异费解，但放在当时的语境则似乎有老生常谈之嫌。我们重温司马谈《论六家要旨》的选段：

> 凡人所生者神也，所托者形也。神大用则竭，形大劳则敝，形神离则死。死者不可复生，离者不可复合，故圣人重之。由此观之，神者生之本，形者生之具。不先定其神形，而曰"我有以治天下"，何由哉？（*HS*, pp.2713－2714）

就可以看出，刘勰实际上是套用司马谈从养生保命的角度论道家、儒家优劣的作法，用以分析"率志委和"之利与"钻砺过分"之大弊。

刘勰《养气》中最有原创的观点，应是篇末将文学创作说成近乎"胎息"的养气之术：

是以吐纳文艺，务在节宣，清和其心，调畅其气，烦而即舍，勿使壅滞，意得则舒怀以命笔，理伏则投笔以卷怀，逍遥以针劳，谈笑以药倦，常弄闲于才锋，贾余于文勇，使刃发如新，凑理无滞，虽非胎息之迈术，斯亦卫气之一方也。（*WXDLZ*，*juan* 9，p.647）

刘勰强调了“吐纳文艺，务在节宣”对文学创作成功，乃至延年益寿的关键作用。对于文学精神疗效的表述，中外文论多有论及，如亚里士多德《诗学》中悲剧净化说（catharsis），但文学养生保命之说则极为少见。

【第二章第二节参考书目】

王元化著：《文心雕龙创作论》，第 1 版，上海：上海古籍出版社，1979 年。参下篇《释〈养气篇〉率志委和说——关于创作活动的直接性》，第 219—223 页。

王元化著：《文心雕龙创作论》，第 1 版，上海：上海古籍出版社，1979 年。参下篇《陆机的感兴说》，第 224—228 页。

徐复观著：《中国文学精神》，第 1 版，上海：上海书店出版社。参《陆机文赋疏释》，第 296—299 页。

第三节　创作阶段一：感物过程

感物是指人因受到外物的刺激而产生各种情感反应。刘勰《文心雕龙·明诗》云：“人禀七情，应物斯感，感物吟志，莫非自然。”将感物视为六朝之前诗歌自然产生的原因，指出古人所感之物多是种种不同的社会政治现象,包括“大禹成功”“太康败德”等,而有感而言则是“吟志”,即直接表达带有明显的政治意味的情感。但到了六朝,“感物”的内涵产生了根本的变化。陆机《文赋》开篇即云:“伫中区以玄览,颐情志于典坟。遵四时以叹逝,瞻万物而思纷。”直接点明,诗人所感之物是四季的自然现象和文籍,而有感之言则是“颐情志”之唯美诗篇。随着感物对象的变化,感物的形式也产生了质的变化,不再是情感对外物刺激的被动反应,而是物与情之间双向的互动。陆机“悲落叶于劲秋,喜柔条于芳春。心懔懔以怀霜,志眇眇而临云”两联中,首联言观秋叶春条而生悲喜之情,而次联则言怀懔懔之心、眇眇之志而进行观物。刘勰则用《物色》专篇详尽地分析感物过程景物与情感互动、交融的过程,并在赞语中作出极为精辟的总结:“目既往还,心亦吐纳……情往似赠,兴来如答。”(见《创作论评选》§ 047)

陆机在《文赋》中有一段唯美的感物论:

> 伫中区以玄览,颐情志于典坟。遵四时以叹逝,瞻万物而思纷。悲落叶于劲秋,喜柔条于芳春。心懔懔以怀霜,志眇眇而临云。咏世德之骏烈,诵先人之清芬。游文章之林府,嘉丽藻之彬彬。慨投篇而援笔,聊宣之乎斯文。(*WFJS*, p.14)

此段谈及文学创作的第一阶段,开篇点出两个精神活动,即与自然情感交汇和在典籍中发酵感情,随即讲作者与自然的情感交汇有两种模式，一是对四季转换的情感反应（第3—6句），二是先有情感在胸，以情观物，移情于自然（第7—8句）。陆机接着转谈作家沉浸于典籍中所得：学习古人道德风范和文章艺术（第7—12句）。必须注意的是，陆机唯美的"情"观在这些句子中得以表达。《诗大序》按照对特定社会政治现实的直接情感反应来定义"情"，而陆机没有这么做，也没有把文学创作和直接情感抒发相等同。他把"情"仅仅看做创作的原材料，需要在古代经典中得以沉淀和滋养。用当代批评的话来说，滋养情感就是在历代文本的互文视野中升华为艺术情感的努力。在尾联，陆机暗示，通过情感的互文升华，一个作者在脑中获得了某物，并感到"聊宣之乎斯文"的冲动。尽管陆机没有告诉我们作者获得的为何物，但似乎就是后来刘勰所说的"意象"，即浮现脑海中的作品虚象。"聊宣之乎斯文"，即是将此心象付诸文字。

刘勰《文心雕龙·物色》有：

> 春秋代序，阴阳惨舒，物色之动，心亦摇焉。盖阳气萌而玄驹步，阴律凝而丹鸟羞，微虫犹或入感，四时之动物深矣。若夫珪璋挺其惠心，英华秀其清气，物色相召，人谁获安？是以献岁发春，悦豫之情畅；滔滔孟夏，郁陶之心凝；天高气清，阴沈之志远；霰雪无垠，矜肃之虑深。岁有其物，物有其容；情以物迁，辞以情发。一叶且或迎意，虫声有足引心。况清风与明月同夜，白日与春林共朝哉！是以诗人感物，联类不穷，流连万象之际，沈吟视听之区；写气图貌，既随

物以宛转;属采附声,亦与心而徘徊。(*WXDLZ*, *juan* 10, p.693)

刘勰以同样的观点来阐述文学创作的第一阶段,但是他没有像陆机一样对此阶段进行全面讨论。他最感兴趣的似乎是作家对外界刺激的情感反应。《物色》一章的大部分都在讨论这一点。他认为此时作家只是在简单的心理层面上对自然过程作出反应。季节交替和随之而来的物色之变化,引发作者内心的喜悦、忧虑、愁思或悲伤,这唤醒了作者抒写内心的渴望。其后又云:

故灼灼状桃花之鲜,依依尽杨柳之貌,杲杲为出日之容,瀌瀌拟雨雪之状,喈喈逐黄鸟之声,喓喓学草虫之韵;皎日嘒星,一言穷理;参差沃若,两字穷形:并以少总多,情貌无遗矣。虽复思经千载,将何易夺?……赞曰:山沓水匝,树杂云合。目既往还,心亦吐纳。春日迟迟,秋风飒飒。情往似赠,兴来如答。(*WXDLZ*, *juan* 10, pp.693—695)

赞语精辟总结了外物与人情间双向的互动,耳目所触的山水云树,会牵引出心神摇荡,而以情观物,触物感兴,就如人与人间的往来赠答,富有灵动诗意。

钟嵘在《诗品》中也探讨了感物摇荡性情的意义:

气之动物,物之感人,故摇荡性情,形诸舞咏。照烛三

才，晖丽万有，灵祇待之以致飨，幽微藉之以昭告。动天地，感鬼神，莫近于诗。（*LDSH*, p.2）

钟嵘虽未展开分析感物的过程，却将诗人感物的意义提高至不可逾越的地位，足以“照烛三才，晖丽万有”，“动天地，感鬼神”。这一表述实袭用《毛诗序》对诗的评价，只是不再强调诗“正得失”，而是感物摇荡性情的作用，由此可见“感物”的内涵和方式在六朝时期所产生的质变。

【第二章第三节参考书目】

王元化著：《文心雕龙创作论》，第1版，上海：上海古籍出版社，1979年，参下篇《释〈物色篇〉心物交融说——关于创作活动中的主客关系》，第72—75页。

杨明著：《魏晋文学批评对情感的重视和魏晋人的情感观》，《复旦学报》1985年第1期，第59—65页。

童庆炳著：《〈文心雕龙〉“物以情观”说》，《北京师范大学学报（社会科学版）》2011年第5期，第30—41页。

第四节　创作阶段二：神思过程

在文学创作过程的讨论中，陆机和刘勰均认为文学创作始于作者超验的心理活动，并对其中的双向旅程进行了详细阐释。范晔则最早提出“以文传意”“以意为主”这一观点，强调了“意”的重大意义，继承并发展地阐释了创作过程“情”“志”和“意”三者之间的关系。

提炼情感所生成的最初艺术构想（“意”）基本上是一种创作冲动所驱使的非常模糊的心理状态，而且对写作的表达来说，还不成熟。陆机和刘勰认为，一个作者需要经历两个心理过程——超验神思和形象联想，从而将最初的构想转变为“意象”，或说整个作品的心象。陆机和刘勰都认为，文学创作肇始于作者超验的心理活动，即刘勰所称的“神思”。陆刘对神思的描述具有高度的一致性，分别都强调以下三点。其一，神思是一个神奇的双向旅程，先从感知世界飞翔到超验世界，然后又回到感知世界。其二，神思的去程是在感官停止运作、绝对虚静的状态中进行，非此则无以展开超越时空的飞翔。其三，神思的归程是内视内听的动态过程，其间物象、情感、言辞持续在脑海中飞动，相互交接，乃至融合成刘勰所称的“意象”，或说是脑海中作品的虚拟存在。但在描述超验神思的双向旅程这一观点时，两人的描述也具有各自的特点。

> 其始也，皆收视反听，耽思傍讯，精骛八极，心游万仞。

陆机在《文赋》中将超验神思的双向旅程描绘为一个超验神思的忘我行为。陆机指出，超验神思以所有感官静止开始，跟着是神游万里，即“心游”。陆机提炼的“心游”概念将庄子的“游心”一词倒置，但基本上是同样的意思。庄子写道：“且夫乘物以游心，托不得已以养中，至矣。”（《庄子·人间世》）无疑，陆机对心游的描绘是基于庄子“游心”的范本，和庄子一样，陆机强调，神游的准备条件是感官活动的停止和精神的凝注，而且神游超越了所有时空界限,可到达宇宙的尽头。不同于庄子的是,陆机认为作者的神游只是短暂的。如果说道家希望永远在“太清”中超验神游,那么一个作家让自己的精神远游,不是为了达到时空的永久超脱,而是为了得到文学创作不可思议的力量。

> 其致也,情曈昽而弥鲜,物昭晰而互进。倾群言之沥液,漱六艺之芳润。浮天渊以安流,濯下泉而潜浸。……观古今于须臾,抚四海于一瞬。(*WFJS*, p.25)

在描绘了“精骛八极”之后,陆机立刻描绘了一个作者的精神如何回到情感、物象、语言的世界中。这里的“物”不是直接感知的物象,而是作者脑海中的虚象。同样,“情”不是对外在刺激的粗糙情感反应,而指的是沉思中升华的艺术感情。而且,这里说的“言”也不是真正的出于笔尖的言,指的是作者对语言的思索。

陆机对超越的沉思和其间浮现的形象、情感、文字的相互作用的描写,似乎也能够勾勒出一个从意到象再到言的线性推进相似的过程。陆机的超越的沉思使我们意识到创作中也有类似圣人的“意”或对宇宙奥秘的直观认识(意)的元素。正如圣人的直观认识(意)能完整地通过“象”(卦象)来表达,陆机超越的沉思也产生了丰富的形象。其实,王弼所云“象生于意”可巧妙解释陆机的作品虚象如何生成,诚如它解释《易经》中的“象”的生成一般。两者唯一的分别大概是陆机把形象与情感混而不分。这种调整是必需的，因为情感作为文学的基本元素，在讨论创作的过程中不能不予以考虑。同样地，王弼所云“言生于象”也一样能适用于陆机所描述的文字和语句的产生之上。这些经过修饰的文字作为内心的建构，与图像的涌现同时出现；另外也提供了一种语言学的“坐标”，使图像可以以它作为媒介，融合成为对将要完成的作品的设想。

与《文赋》一样，刘勰相信紧接超验神游的是回到情感、意象、语言世界的返程旅行。《文心雕龙·神思》：

> 古人云：形在江海之上，心存魏阙之下。神思之谓也。文之思也，其神远矣，故寂然凝虑，思接千载；悄焉动容，视通万里；吟咏之间，吐纳珠玉之声；眉睫之前，卷舒风云之色；其思理之致乎。

刘勰也追溯了神游之精神如何把物象从远方带回作者眼中耳中，从而非常清楚地描绘了精神的“往返旅行”。《神思》开篇就讨论文学创作开始时的超验心理活动，而且同样描绘了作者心神的双向旅程，先从作者身体向外飞翔，上通云天、漫游八方，但瞬间又回归到现象世界，出现在作者耳目之前，唤起“珠玉之声”和“风云之色”。在作者达到“虚静”的精神状态之后，刘勰坚持，其最深处的精神能神接万物，超越时空限制。这里对神游的描绘让我们回想到陆机的描绘，与陆机不同，刘勰不仅生动地描绘这个超验心理活动，举出感官静止和不被时空所拘的漫游为特征，而且拈出“神思”一词定义这个活动过程。

另外，对于超验神思的双向旅程，刘勰有着自己的原创阐发：

> 故思理为妙，神与物游。神居胸臆，而志气统其关键；物沿耳目，而辞令管其枢机。枢机方通，则物无隐貌独照之匠，窥意象而运斤：此盖驭文之首术，谋篇之大端。（*WXDLZ*, *juan* 6, p.493）

虽然刘勰在此前没有提到情感，但是随后这些句子，已呈现出象的纷至沓来总是和情感、思想混合在一起。按照刘勰的说法，有很多重要因素影响了神游万里之旅程和回到意象世界之归程。他告诉我们，神思启程是否顺利，与“志”“气”等身体因素有关。他将感性过程（耳目之用）和思维过程（语言之用）看作是筛选提炼从远处接踵而来的物象的重要因素。而其归程是否顺畅而有成效，则取决于耳目和辞令所起的中介调节作用。神思往返之旅顺利完成，情、物、辞必定巧妙配合，融为作品的心象，即他所称的“意象”。为了取得这一理想效果，作家必须培养使神思顺利完成所必备的各种才能。他必须学会达到令心神遨游天外所必须的“虚静”状态（“是以陶钧文思，贵在虚静”），必须“疏瀹五藏，澡雪精神”，即必须增强其生命活力和道德品质。他还必须积累学问提升思维能力（“积学以储宝，酌理以富才”）和获得敏锐的认知力（“研阅以穷照，驯致以怿辞”）。刘勰认为，只有培养了上述所有才能之后，作家方能有效地在直觉、生理、感知和智力诸层面上进行互动，最终创作出一部伟大的作品。

作为超验神思双向旅程的重要元素，范晔(398—445)也重点诠释了“情”“志”和“意”之间的关系。其《狱中与诸甥侄书》用具体论断阐释了“意”的重大意义：

> 常耻作文士。文患其事尽于形，情急于藻，义牵其旨，韵移其意。虽时有能者，大较多不免此累，政可类工巧图缋，竟无得也。常谓情志所托，故当以意为主，以文传意。以意为主，则其旨必见；以文传意，则其词不流。然后抽其芬芳，振其金石耳。此中情性旨趣，千条百品，屈曲有成理。自谓颇识其数，尝为人言，多不能赏，意或异故也。

之前的诗歌创作论，如“诗言志”等等论断，从来不提“意”，而到了陆机、刘勰时，如陆机《文赋》“恒患意不称物，文不逮意”(见《创作论评选》§ 116)，认为意很难表达出来，整个创作过程是从意到言的过程，而刘勰《文心雕龙·神思》篇则认为“意授于思，言授于意”(见《创作论评选》§ 117)，而“意”的出现之重大意义在范晔的这段话得以很好的表达。“情志所托，故当以意为主”是说诗歌创作不是直接把情志表达出来，而是应该用“意”对“情志”进行加工和艺术提炼。文人写作并不是有“情”就可以表达，而是将“情”转化为艺术的情感，即这里所说的“意”。范晔是最早提出“以文传意”“以意为主”这一观点的，以后的批评家们反反复复重复的就是“以意为主，则其旨必见”。这里的“意”并非简单的意思。而是对情感的重新升华和改造。“以文传意，则其词不流”，指的是这样的言辞不会堕入流俗，不会失于浅薄，而“抽其芬芳，振其金石”指的是其艺术方面，即不是直接用文来表情，而是传意的时候会出现文学的芬芳。由此可见，“意”是讨论艺术创作方面的重要术语。后来明清学者又对这一段的主要意思加以阐述，讲得更为清楚。

陆机和刘勰对超验神思的描绘和随后的情、象、言的相互作用明显生发于《系辞传》所描绘的从“意”到“象”到“言”的线性渐进过程（见《创作论评选》§ 014）。正如王弼所说，“意—象—言”进程是一者产生另一者的过程：“象者，出意者也。言者，明象者也。”（见《创作论评选》§ 016）在陆机和刘勰的文章中，我们可以看到同等的三段进程：从“意”到“象”到“言”。圣人之直观认知产生了八卦、六十四卦之“象”，而作者的超验神思也引领产生了“意象”。同样的，圣人系辞以明象，作者的精神之象也通过语言而传达——或者用刘勰的话“辞令管其枢机”。

在陆机和刘勰的段落中，也有在《系辞传》中没有见到的：他们引入“情”，将它当做“象”不可分割的关联物，还详细描绘了情和象如何互动并联合成为“意象”。对他们来说，将“情”引入“意—象—言”范式在所必然，因为情是文学的基本要素，在文学创作论的讨论中不可或缺。在笔者看来，陆机和刘勰描绘了情和象的互动以及最终融合，是他们对“意—象—言”范式最为精妙的改造。

【第二章第四节参考书目】

王元化著：《文心雕龙创作论》，上海：上海古籍出版社，1979 年，参下篇《陆机的感兴说》，第 224—228 页。

刘勉著:《神思:神的下降与思的上升——刘勰神思论的哲学背景及理论内涵》,《文艺研究》2013 年第 2 期,第 47—54 页。
张少康著:《中国古代文学创作论》,北京:北京大学出版社,1983 年。参第一章第二节　神思,第 21—27 页。
Chen Shih-Hsiang, trans. *Essay on literature*. Rev. ed. Portland, Maine: Anthoensen Press, 1952, pp.xx－xxj.

第五节　创作阶段三:从意象到言的转换

神思在超验之域与感知世界之间一往一返,可称为创作的第一、二阶段,而接下的第三,也是最后阶段,则是刘勰所说“窥意象而运斤”之事,也就是把神思的硕果、即作品的心象转变成文字作品的努力。对于最后的成文阶段,陆机和刘勰都极为关注,不惜笔墨,作出详尽的论述。他们都赞誉从虚无到实有的艺术创造,陆机云“课虚无以责有,叩寂寞而求音”,而刘勰则云“规矩虚位,刻镂无形”。陆刘同时论及成文过程给作者带来的特有喜悦和挑战。在他们看来,成文阶段要取得巨大的成功,不仅需要自觉的努力和理性思维,如结构安排、修辞、用事、选辞等,还且有赖于非自觉努力可得、难以言传的神助。陆机称此神助为“来不可遏,去不可止”的灵感,而刘勰则发出“伊挚不能言鼎,轮扁不能语斤,其微矣乎”的感叹。

刘勰独创“意象”一词,将“意”与心象紧密地联系在一起,并将其定义为神思的结果、作品书写所据,在文学创作论中实为首创。然而,如果我们把视野扩大到整个文艺理论,那么就会发现,西晋王羲之早在一个半世纪前就将“意”引入书论,用于描述书法家在挥墨之前对字形粗细大小、字句排列的视觉想象，而“意”的这种用法很可能对刘勰产生了影响。为此，本章最后一节专门附上王羲之书论对“意”的阐述。

一、陆机和刘勰论从意象到言的转化过程

陆机于《文赋》中强调了艺术创作的心理状态，作者有时灵机一动，一挥而就，有时思路闭塞，苦思茫然，久久不能落笔。展示了诗性灵感有助于创作传递，关注了作者在转换意象到言过程遇到的困难。从虚空的意象到实质的文字的转化，陆机称其为“笼天地于形内，挫万物于笔端”之盛事，又认为成文过程必定为作者带来无限的愉悦：

> 伊兹事之可乐，固圣贤之所钦。课虚无以责有，叩寂寞而求音。函绵邈于尺素，吐滂沛乎寸心。（*WFJS*, p.64）

接着，为了分析这个成文过程，陆机首先探讨影响意象转化到言的不同因素，包括题材、文辞选取等问题，云：

> 然后选义按部，考辞就班。抱暑者咸叩，怀响者毕弹。或因枝以振叶，或沿波而讨源。或本隐以之显，或求易而得难。或虎变而兽扰，或龙见而鸟澜。或妥帖而易施，或岨峿而不安。（*WFJS*, p.43）

对于这种有意识的语言处理，陆机认为，一个作者必须内

观心象，并依此安排作品结构。然后他必须细查用词，并恰当组合词语顺序。读到“选义按部，考辞就班”两句，我们自然期望陆机马上要将成文活动落实到文章结构、遣词用字之中。但出乎意料的是，陆机突然间来上一大段植物、鸟兽、地形的比喻，变得更加抒情化和模糊不清。这些描绘和比喻与“选义按部，考辞就班”有何关系？陆机没有交代，令古今读者困惑不已。在笔者看来，这一行文的断裂表现出陆机描述从无形“意”到有形“言”之转变过程时遇到了困难，因为这一转变是从无到有，从零到一的过程，从未有人描述过，这一转变自身就完全没有固定的规则，因而陆机就来个避实就虚，改用四联充满物象的对句予以喻示：

1. “或因枝以振叶。或沿波而讨源。”（从本到末势和从末到本势）

2. “或本隐以之显。或求易而得难。”（从隐到显势和从易到难势）

3. “或虎变而兽扰。或龙见而鸟澜。”（离心扩散势和向心聚合势）

4. “或妥帖而易施。或岨峿而不安。”（言辞的妥帖流动势和言辞凝滞不安势）

著者认为，以上四联旨在展示四种相反相成的行文动势，如以上括号中著者的解释所示。陆机列出了这四对相反相成的文势，看起来想要说明，作品心象到文字的转换，有赖于文势发展的推动。除此之外，《文赋》行文还有另一个出人意料的断裂。在讨论了所有“言”的冗杂技术问题后，《文赋》结尾部分又回头谈论超感官经验：

> 若夫应感之会，通塞之纪。来不可遏，去不可止。藏若景灭，行犹响起。方天机之骏利，夫何纷而不理。思风发于胸臆，言泉流于唇齿。纷威蕤以馺遝，唯毫素之所拟。文徽徽以溢目，音泠泠而盈耳。（*WFJS*, p.168）

陆机显然要强调，艺术心象转化为文字，也依存超验的创作活动。与创作肇始的“心游”不同，此时的超感官经验是瞬间迸发的灵感。这段对灵感的壮丽描绘，乍看上去是行文失误，但实际上可能有两个目的，一是采用以虚对虚之法，以求解脱无法用言语描述意象→文字转变过程的困境。二是要突出强调，文学创作实质上是感性和超感性经验之间、有意识行为和无意识自发行为之间、学问和才华之间的节奏律动，陆机相信，没有这样创作力的律动，伟大的文学作品是不可能产生的。

刘勰《神思》篇则直截了当地中陈述了从意象转化为文字之困难：

> 夫神思方运，万涂竞萌，规矩虚位，刻镂无形，登山则情满于山，观海则意溢于海，我才之多少，将与风云而并驱矣。方其搦翰，气倍辞前；暨乎篇成，半折心始。何则？意翻空而易奇，言征实而难巧也。（*WXDLZ*, *juan* 6, pp.493－494）

刘勰指出，无形的意可自由驰骋，言辞却有形固定，因此作家在写作时,往往难以将意完全转换成文辞。此转换过程若要成功,作者必须做到“窥意象而运斤”。刘勰使用“运斤”之语,似乎是引用《庄子》庖丁解牛的故事来说明,完美作品得力于两个因素:既需长年累月的技巧训练,也要有出于自然、非自觉创作举动的导引。刘勰是从这两个相反相成的反面来描述成文过程的。一方面,他写出很多专章,对主要的写作技术问题逐一加以论述。例如在《镕裁》篇中,刘勰还制定了一系列行文的“三准”:

> 是以草创鸿笔,先标三准:履端于始,则设情以位体;举正于中,则酌事以取类;归余于终,则撮辞以举要。然后舒华布实,献替节文,绳墨以外,美材既斫,故能首尾圆合,条贯统序。若术不素定,而委心逐辞,异端丛至,骈赘必多。故三准既定,次讨字句。句有可削,足见其疏;字不得减,乃知其密。(*WXDLZ*, *juan* 7, p.543)

在此“三准”中,所谓“设情以体位”,即用适当方式处理情感;“酌事以取类”,即取不同的事类比喻等等;“撮辞以取要”,即文字上的推敲。同时,刘勰也像陆机那样意识到,光讲成文的准则是无法揭示完美成文的奥秘的。如果说陆机试图借灵感的描绘来摆脱困境,刘勰则老老实实地发出感叹,成文的奥秘是难以用语言解释清楚的:“至于思表纤旨,文外曲致,言所不追,笔固知止。至精而后阐其妙,至变而后通其数,伊挚不能言鼎,轮扁不能语斤,其微矣乎!”

二、王羲之论书法中意象到言的转变过程

要深入了解六朝人对意象到文字转变过程的认识，我们还需超越文学理论的范围，探究东晋书法家王羲之（303—361）的书论。从“意”的角度解释书家想象文字形态、运笔、成文的过程，是王羲之书论最大的成就。他的书论很可能受到了陆机的影响，另一方面又可能对刘勰产生了影响。王羲之云：

> 令意在笔前，笔居心后，未作之始，结思成矣。（*MCB*, *juan* 2，p.54）

我们不妨先考察先秦时期诸子如何解读“意”。《论语》中有几次将“意”用作“臆想”，即他所不赞同的想象和猜想（见《创作论评选》§ 013）。《韩非子·解老》，描述如何通过（死）象的骨头来想象活象，从而将臆想与“象”联系起来。如果说陆机《文赋》序言勾勒了物、意、言的关系，稍后的王羲之《书论》则首先用“意”字来描述书法家的想象活动。这段话中的“意”不是意思之意，而是对字形的想象。“意在笔前”是指下笔之前预想字形的大小、偃仰、平直、振动等等，也就是在落笔之前的构思活动。这种“意”是通过“结思”而成。虽然是名词，但其实际所指则为一个想象的过程，具有某种动词性。《文心雕龙·神思》言：“意授于思，言授于意”（见《创作论评选》§ 043），很可能受到了王羲之这一思路的影响。在《题卫夫人笔阵图后》，王羲之还讨论了“意”与“势”

的关系：

> 夫纸者阵也，笔者刀矟也，墨者鍪甲也，水砚者城池也，心意者将军也，本领者副将也，结构者谋略也，飏笔者吉凶也，出入者号令也，屈折者杀戮也。夫欲书，先干研墨，凝神静思，预想字形大小、偃仰、平直、振动，令筋脉相连，意在笔前，然后作字。若平直相似，状如算子，上下方整，前后齐平，此不是书，但得其点画尔。昔宋翼作此书，翼是钟繇弟子，繇乃叱之。翼三年不敢见繇，潜心改迹。每画一波，常三过折笔；每作一点，常隐锋而为之；每作一横画，如惊蛇之曲；每作一戈，如百钧弩发；每作一点，如高峰坠石；屈折如钢钩；每作一牵，如万岁枯藤；每作一放纵，如足行之趣骤。翼先来书恶，晋太康中，有人于许下破钟繇墓，遂得《笔势论》，翼乃读之，依此法学，名遂大振。欲真书、行书，皆依此法。（*MCB*, *juan* 2, p.47）

这段文字中，王羲之主张每个笔画不是仅仅通过外部结构而成的，这一想象带来的仅仅是“点画”。每一笔画中其实都有一动态发展的“势”，而对每一笔画的想象就要想象这些“势”的发展过程。

上述引文中，王羲之集中讨论了下笔前的“意”，指一种创作意图和构想，另外，他从观赏角度关注下笔后的“意”，这里的“意”转变为字形所蕴藏的“意”——即笔意、意态、神韵等，观赏者从有形的“意”推断创作者在创作时无形的“意”，而在《自论书》，他便主要论述了点画之间的"意"：

> 吾书比之钟、张当抗衡，或谓过之，章草犹当雁行。张精熟过人，临池学书，池水尽墨；若吾耽之若此，未必谢之。后达解者，知其评之不虚。吾尽心精作亦久，寻诸旧书，惟钟、张故为绝伦，其余为是小佳，不足在意。去此二贤，仆当次之。顷得书意转深，点画之间，皆有意。自有言所不尽得其妙者，事事皆然。平南、李式论君不谢。（*MCB*, *juan* 4, p.101）

这里的"意"不是说所写文字之意，而是说观书法者从笔画中体验出书法家用笔之前的"意"。

【第二章第五节参考书目】

中国教育学会书法教育专业委员会编：《中国书法批评史》，第1版，天津：天津古籍出版社，2010年。第三章《魏晋南北朝：自觉时代的自觉理论》，第二节《象意之辨与"意"的深化》，第23—28页。

王镇远著：《中国书法理论史》，第1版，合肥：黄山书社，1990年，第43—49页。

吴功正著：《六朝美学史》，南京：江苏美术出版社，1994年。参第五章第二节《书法美学》，第401—406页。

王元化著：《文心雕龙创作论》，上海：上海古籍出版社，1979年。参下篇《释〈神思篇〉杼轴献功说》，第95—99页。

Chen, Shih-Hsiang, trans. *Essay on literature*. Rev. ed. Portland, Maine:

Anthoensen Press, 1952, pp.xxj – xxiij, xxix.

Fang, Achilles, trans. "Rhyme-prose on Literature: The Wên-Fu of Lu Chi (A.D. 261 – 303)" *Harvard Journal of Asiatic Studies*, vol. 14, no.3/4, 1951: 544, Reprinted in Studies in Chinese Literature, edited by John L. Bishop, Cambridge: Harvard university press, 1966: 9 – 10, 20.

Liu, James J. Y. *Chinese Theories of Literature*. Chicago and London: University of Chicago Press, 1975, Chapter 2 "Metaphysical theories."

Knoerle, Sister Mary Gregory. "The Poetic Theories of Lu Chi, with a Brief Comparison with Horace's 'Ars Poetica.'." *The Journal of Aesthetics and Art Criticism*, 25.2 (1966): 137 – 143.

Owen, Stephen. *Readings in Chinese Literary Thought*. Cambridge: Harvard University Press, 1992, Chapter 4 "The Poetic Exposition on Literature," pp.107 – 108.

第三章　六朝时期：宗炳植根于佛教的创作论

六朝经常讲感物论。感物论的描写，总是说四季变化引发人的情感。传统道家的观点，讲心游的时候都要关闭具体的感官，这样才能进行一种凝思。所以他们在讨论时都不讲具体的物象。六朝文论家无论刘勰、陆机，在文学讨论中都很少讲具体物象跟创作的关系。而且在中国传统道家那里，包括在《易传》中，凡以具体物象来解释卦画时，这些象都是死板的象，而非超越的象，象外之象。但是到了唐朝例如王昌龄这里，就已经讲到诗人是如何凝思具体的物象，并以之为创作起点。我认为这是受到佛教的影响，尤其可追溯到宗炳的《画山水序》。

宗炳（375—443）《画山水序》是一篇论画的文章，在古代文论史的著作中用专章进行讨论，本书大概是首例。著者认为，宗文对于理解古代文学创作论的历史发展有着十分重要的意义，因为它将佛家的“象”“神”观引入文艺领域，运用佛教概念对视觉对象、视觉方法、视觉作用作出了极为原创精辟的阐述，打破道家和玄学重虚象轻物象、恍惚依稀“大象”的垄断倾向，发展了以呈现山水中不灭之神为宗旨的绘画理论，为诗人和画家开辟了一条由具体物象直通宇宙总相、实相的路径，唐代王昌龄的物境说就是遵循此路径发展出来的。

然而，宗文这一筚路蓝缕之功，从当时到现在一直没有被人认识，因为准确把握宗文的旨归并非易事。文章虽然篇幅不长，但用了很多释道，甚至是释道儒通用的术语，如圣、贤、道、灵、应、神、象等，而且还将它们组合成在先前文献中未见的命题，如“圣人含道应物，贤者澄怀味像”等。围绕这些术语、概念、命题，宗炳还进一步对观山水、画山水作了许多独特的表述。因此，《画山水序》文艺观的哲学渊源和属性，自然成为开放性的、似乎永远纠缠不清的议题。对此议题，历代学者见仁见智，莫衷一是，而其立论所据通常是各家自己所钟爱的内容，对与之矛盾的部分则视而不见。

为了超越《画山水序》的传统解读，克服以偏概全、流于空泛的倾向，著者将细读全文，对每段中关键术语、概念、命题、表述一一加以深入而系统的考释。关键术语在不同哲学流派、不同时期的语境中，会表达不同的概念，组成不同的命题，所以必须还原到相关历史语境和思想范畴中去定位其涵义。为此本章首节介绍张融道家命题“目击道存”和周颙佛教命题“目击高情”之辩，藉以帮助读者了解宗炳撰写《画山水序》的历史和宗教语境。在周颙“目击高情”命题的框架中，著者从视觉观演变的角度重读宗炳《画山水序》，对每段中关键术语、概念、命题、表述一一加以深入的考释。考释分三步进行。第一步是确定宗炳所用关键术语的概念内涵。首先比较区别每个关键术语在道释典籍中所表达的不同概念，说明为何佛家的概念更为切合《画山水序》的上下文，即与文中其它相关术语概念保持最为高度的一致性。为此，文中征引了宗炳《明佛论》以及庐山僧人集团的诗文以及其他内典著作，以确保对所有关键术语的佛教解释有可靠的文献支撑。第二步进而确定各种命题所表述的佛教涵义，而使用的考证方法与第一步相同。第三步分析此文首尾圆合结构，藉以揭示文中五大段中术语、概念、命题、表述如何形成一个逻辑连贯、全面系统的佛教文艺观，为唐代王昌龄佛教物境说的产生、唐人以境论诗风气的兴起奠定坚实的基础。

第一节 “目击道存”与“目击高情”之辩

史载张融有慨于佛道对立而作《门律》，主张佛道合一，认为两者没有根本区别，持一种融合派的观点。张融又将所作送给何胤（446—531）、何点（437—504）、周颙等人，征求回应。周颙站在佛教为主的立场上，尤其强调佛教的特出之处，认为佛高于道，随之与张融展开论争。《弘明集》卷六《周剡颙难张长史融门律》记载了周颙和张融的一段论争：

通源曰：殊时故不同其风，异世故不一其义。吾见道士与道人战，儒墨道人与道士狱是非。昔有鸿飞天首，积远难亮，越人以为凫，楚人以为乙。人自楚越耳，鸿常一鸿乎？夫澄本虽一，吾自俱宗其本。鸿迹既分，吾已翔其所集。

周之问曰：论云“时殊故不同其风”，是佛教之异于道也。“世异故不一其义”，是道言之乖于佛也。道佛两殊，非凫则乙。唯足下所宗之本，一物为鸿耳。驱驰佛道，无免二失。未知高鉴，缘何识本？轻而宗之，其有旨乎？

张融认为，佛教与道教的区别相当于凫和乙称名的不同：虽然越人称鸿为凫，楚人称之为乙，但两者所指乃是同一种鸟[1]。人在不同地方看到同样的事物，虽然用了不同的称呼，但所指代的概念无异。张融认为佛教与道教的区别，即称名的不同。周颙的观点则恰恰相反，他引用张融自己的话来攻击张融的观点：“‘时殊故不同其风’，是佛教之异于道也。‘世异故不一其义’，是道言之乖于佛也。”张融所谓时代不同，风俗不同，思想义理也不同，本身就说明佛教与道教必然互异，勉强地用凫和乙的例子来模拟佛道关系，恰恰会损失两者各自的义理。张融继而回应周颙：

非凫则乙，迹固然矣。迹固其然，吾不复答。
吾与老释相识正如此，正复是目击道斯存，
得意有本。何至取教？
诚哉！有是言。吾所以见道来一于佛。

1 “司徒从事中郎张融作《门律》云：‘道之与佛，逗极无二。吾见道士与道人战儒墨，道人与道士狱是非。昔有鸿飞天首，积远难亮，越人以为凫，楚人以为乙。人自楚越，鸿常一耳。’以示太子仆周颙。”（［唐］李延寿撰：《南史》，北京：中华书局，1975年，卷七五，第1879页。）

张融转而从本迹关系的角度持论，认为从外在的“迹”来看，凫和乙自然不同，“迹固其然，吾不复答”，但外在之迹的不同，不代表背后之本的不同。张融引《庄子》中“目击道斯存”来说明自己领会佛老之道的途径，目击之对象为迹，而“迹”背后所存之“道”，这里即所谓老与释之“道”，是共通一致的。《庄子》中载，孔子一直想见温伯雪子，但见到后却不作声。子路不明原因，孔子解释说：“若夫人者，目击而道存矣，亦不可以容声矣。”[1]一见此人，则不需要语言。所谓“目击道存”，这里的意思是，眼睛一接触，就能体会到对方的内心志向或道德境界。同样的用法也见于《世说新语》，文中称阮籍《大人先生传》中的“大人”与阮籍本人无异，“观其长啸相和，亦近乎目击道存矣”，目见其人，则可领会到其人格性情[2]。张融借用“目击道存”这个说法来证明“目击”只是手段、外在方式，不影响道的根本所在。同样地，他又说到“得意有本”，意之本既然是一致的，又何必用不同的言辞作为区分。因而，佛与道的本义是融通一致的。周颙反驳他说：

> 足下之所目击道存，得意有本，想法性之真义，是其此地乎？佛教有之。足下所取非所以，何至取教也？目击之本，即在教迹，谓之凫乙，则其鸿安渐哉？诸法真性，老无

1 《庄子 · 外篇 · 田子方》：“子路曰：‘吾子欲见温伯雪子久矣，见而不言，何邪？’仲尼曰：‘若夫人者，目击而道存矣，亦不可以容声矣。’”（见《庄子今注今译》，第533页。）

2 《世说新语 · 栖逸》刘孝标注引《竹林七贤论》：“籍归，遂着大人先生论，所言皆胸怀间本趣，大意为先生与己不异也，观其长啸相和，亦近乎目击道存矣。”（余嘉锡撰，周祖谟、余淑宜整理：《世说新语笺疏》，北京：中华书局，1983年，下卷上，第648页。）

其旨;目击高情,无存老迹;旨迹两亡,索宗无所。(*HMJ*, *juan* 6, pp.39－40)

周颙捕捉到“目击道存”这个命题,借用它来进一步阐述自己的观点:周颙首先把《庄子》中的“目击道存”联系到佛教的法性真义,接着反驳张融的立论基础:“目击之本,即在教迹”,眼睛所接触到的就是“教迹”,既然外在之迹为凫为乙,那张融所说的鸿又从哪里看得出呢?佛之神迹所代表的“诸法真性”,在老庄哲学里并不存在,而“目击高情”的佛教宗旨中,也没有老庄的思想迹象。周颙在“目击道存”命题中加入“教迹”,即“目击之本”,把“迹”与“本”,意即目击的对象与本质,直接联系起来,认为抛开外迹而求其“旨”,则“旨迹两亡,索宗无所”。

综上所述,张融借用《庄子》中“目击道斯存”一语来说明,释道的表面差别犹如可目击之迹,但智者瞬间无意识地目击此“迹”,就可体悟到佛老共通一致的道。为了驳斥此佛老相同论,周颙独创“目击高情”一语,藉以挑战张氏“目击道斯存”的观点。他认为,佛家对“目击”和被目击对象的理解与道家截然不同。道家将“目击”视为悟道的筌蹄,无论是被目击的物象,还是目击的视觉活动,都没有自身意义。但对佛教而言,尤其是当时盛行的小乘诸宗,目击具有非凡的意义。具有物质形态的佛像以及山水,作为被目击的对象,正是佛陀寓栖之处,而信众通过有意识的、持续的目击观照,就可穿透物象而心通佛神,与之同体,即获得周颙所说的“高情”。在周颙看来,“目击高情”与“目击道斯存”之别，不仅楬橥了释与道本质的不同，还可用作褒佛贬道的理论根据。周颙“目击高情”观点的阐发，是在抽象的哲学层次上展开的，称之为哲学命题，乃是实至名归。此哲学命题不仅对佛教造像、观照山水等活动作出了高度的理论总结，而且还将对物象、视觉的认识之深浅定为判别佛道两家优劣高下的标准。

在文艺理论的领域，“目击高情”这个从未有人关注过的哲学命题得以被发现，意义尤为重大。首先，它足以证明，5 世纪期间许多文人已经摆脱道家轻视视觉和具体物象的传统，积极参与晋宋期间盛行的造像拜佛、观照山水实践。他们不仅亲身体悟到物象和视觉呈现超验神体的奇妙力量，还引用内典的术语概念对两者加以深刻的理论阐述。再者，在张、周“目击道斯存”和“目击高情”之辩所证实的文化语境中，我们可以重读宗炳《画山水序》，从物象观和视觉观的崭新角度切入，对其中关键术语、概念、命题进行分析，厘清它们与佛、道、儒相关观点的复杂关系，从而对宗文的思想渊源和特征作出可信的判断，开发其中蕴含的深邃理论意义。

第二节　“圣人含道应物”与“贤者澄怀味象”：佛教命题的设立

《画山水序》一文主要讨论的问题也是视觉对象，视觉方法，视觉效果这三方面，由五部分对“目击高情”这一不同维度的阐发与延伸构成。下文将由对宗炳《画山水序》展开细读，联系同时期庐山僧团的作品与佛教活动，对照佛道各自的思想系统，深入分析并定位文中关键概念的理论来源及其思考脉络，探究《画山水序》一文所具有的理论价值及其所发挥的历史意义。

> 圣人含道应物，贤者澄怀味像。至于山水，质有而趣灵，是以轩辕、尧、孔、广成、大隗、许由、孤竹之流，必有崆峒、具茨、藐姑、箕、首、大蒙之游焉。又称仁智之乐焉。夫圣人以神法道，而贤者通；山水以形媚道，而仁者乐。不亦几乎？[1]

《画山水序》第一段是其核心观点的立论，也是理解整篇文章的基础。开头“圣人含道应物，贤者澄怀味像”，简单的两行包含了文章所使用的主要概念与术语。结构上，这是两个并列的主谓宾句，主语分别是“圣人”“贤者”，每个主语分别下接两个谓语——“含道应物”与“澄怀味像”。每一句的主谓宾三个部分都需要仔细研讨。首先，所谓“圣”与“贤”虽然借用了儒家的语词，但其具体含义与儒家经典中的意义完全不同。在宗炳的个人作品以及当时庐山僧团等人所传的文献中，“圣人”和

1　现存文献中，《画山水序》最早著录于唐张彦远的《历代名画记》，通行版本有《津逮秘书》《学津讨原》《四库全书》《佩文斋书画谱》《王氏书画苑》本。“圣人含道应物”一语中，《津逮秘书》《四库全书》本“应”作“暎”，《佩文斋书画谱》《王氏书画苑》本作“应”。参［唐］张彦远：《历代名画记》，北京：商务印书馆，1936 年影印《津逮秘书》本，卷六，第 208 页；［明］王世贞辑：《王氏画苑》，金陵：明万历十八年（1590）徐智刻本，卷三，第 21—22 页；［清］孙岳颁等：《佩文斋书画谱 · 论画五》，北京：清康熙四十七年（1708）内府刻本，卷一五，第 4—5 页。

“贤者”常常指代不同修行阶位的佛陀或高僧[1]，“以有漏智修善根者”，称为贤者，“以无漏智证见正理者”，称为圣人[2]。句中第一个动宾结构是“含道”，对比中土儒道文献中圣人和道的关系，这个表述背后的意义很不寻常。老庄典籍中很少出现“含道”这样的表达，而儒家的圣道关系在《文心雕龙·原道》篇中被清晰界定为：“道沿圣以垂文，圣因文而明道。”[3]“道沿圣以垂文”，句中圣是道传文的工具，道是主动的，圣是联系道与文的媒介，处于被动接受的位置。这种主次关系通过“沿”表现在空间关系上：道在上而圣在下，道沿着圣以垂示其“文”。道为本，圣为末，圣与道之间是一种静态消极，而非动态的关系。宗炳的“圣人含道”则相反，这个表述中，圣人为主，道含于并归摄在圣人之下。宗炳《明佛论》中，经常用到“含”一词，“含”所出现的场合，往往是在讲佛神与中土神话人物，佛经与中土经典文献的关系，如“知尧恶亡之识，常含于神矣”，意谓尧之个别心识包含在无所不在的佛神当中；“则向者神之所含知尧之识，必当少有所用矣”，承上而来，谓神超越于具体的心识，包含、通化于尧之识；“今以不灭之神含知尧之识”，恒常不变，随其所作的主体同样是“不灭之神”，即佛神。宗炳讲佛经也用到“含”：

1　如宗炳《明佛论》：“夫佛也者非他也。盖圣人之道。不尽于济生之俗。”《王弘敬谓答王卫军问》：“由教而信，而无入照之分，则是暗信圣人。”何承天《与宗居士（即宗炳）书论释慧琳白黑论即均善论》：“近得贤从中郎书。说足下勤西方法事。贤者志大。岂以万劫为奢。但恨短生，无以测冥灵耳。”（见《大正藏》，第52册，第13页中、第227页上、第17页下。）

2　佛光大辞典编修委员会编：《佛光大辞典》，台北：佛光出版社，1988年，第5577页。

3　［梁］刘勰著，范文澜注：《文心雕龙注》，北京：人民文学出版社，1962年，卷一，第3页。

“彼佛经也……含老庄之虚，而重增皆空之尽。”（*HMJ*, *juan* 2, p.9）佛经包含“五典之德”与“老庄之虚”，意即佛经包含了儒家道德观与道家之虚空义理。这些文本例证说明，“圣人含道应物”中的“含道”，意思是说，圣人主动地包含、显现出道。而这里的“道”，亦是佛理中的“道”，在宗炳的理解中，它容纳并超越了中土儒道思想中的道。

那“含道”下接的“应物”，是反映道家的应物观，还是佛家的应物观？首先，应与感是一种互文关系，在中土道家的文献里面，“应”通常意为感应、响应[1]。但在佛典里面，它虽然借用了同样的语词，当用于描述佛教义理中圣人与物的关系时，则完全属于另一种意义范畴。宗炳在《明佛论》中论到“应”：

> 夫佛也者，非他也，盖圣人之道，不尽于济主之俗，敷化于外生之世者耳。至于因而不为，功自物成，直尧之殊应者。夫钟律感类，由心玄会，况夫灵圣以神理为类乎？凡厥相与冥遘于佛国者，皆其烈志清神，积劫增明。故能感诣洞彻，致使释迦发晖，十方交映，多宝踊见，镫王入室。岂佛之独显乎哉！（*HMJ*, *juan* 2, p.13）

中土文献中，“应”是被动、静止，响应道的一种程序，但这里所描述的情况则显然与之不同。宗炳首先说明佛之“应”超

---

1 如《庄子·齐物论》：“枢始得其环中，以应无穷。”《庄子·天运》：“彼未知夫无方之传，应物而不穷者也。”《庄子·刻意》：“感而后应，迫而后动，不得已而后起。”（见《庄子今注今译》第 54、373、396 页。）

越尧的“殊应”，针对具体对象的个别的感应。“夫钟律感类，由心玄会”，声音和心感类相通，心是感通声音乐律的载体，而佛则是通过神道，“以神理为类”，来主动显应、通化于万物。他接着说，“凡厥相与冥遘于佛国者，皆其烈志清，神积劫增明，故能感诣洞彻”，凡是能在佛国相遇的人，也就是抵达佛国净土，进入泥洹界的人，情志会转变为清澈的精神，神能明了朗照，因而可以“感诣洞彻”，继而化身于万物，映照发挥，看到多宝佛涌见，须弥灯王入室[1]。“岂佛之独显乎哉”，是说佛的法身并不会单独显现，而会通过种种化身显应出来。所以这里的“应”是一种主动的显应、应化。正是如此，宗炳在描写佛之“应”的活动时，常常用“光”“照”这些动词来形容，而光和照本身就是一种主动照亮，映射的行为。同样可以作为佐证的是“应”字在《津逮秘书》及《学津讨原》的版本中作“暎”。“暎”，同“映”，照亮、返照，注照而显示出事物的本相。“含道应物”一语中，“应”与“暎”在不同版本中的共存，显示出“应”这一概念在《画山水序》中丰富的语义谱系。“应”与“暎”在宗炳的用法中，本来就有可以互通、重叠之处，简单索求唯一的正字，反而会限制它的表达语境。

佛把神的本质化身于具体的物之中，宗炳这种观点实际上

1 多宝佛，据《法华经》卷四《见宝塔品》之说，多宝佛系《法华经》之赞叹者，为东方宝净世界之教主。亦为五如来之一。此佛入灭后，以本愿力成全身舍利，每当诸佛宣说《法华经》时，必从地踊出，现于诸佛之前，以为《法华经》之真实义作证明。（参《佛光大辞典》，台北：佛光出版社，1988 年，第 2337 页。）须弥灯王，为东方须弥相世界之佛。据三国吴支谦所译《维摩诘经》卷上《不思议品》载，此佛身长八万四千由延，其狮子座高六万八千由延，高广净好，严饰第一。以维摩诘显神通力，故此佛实时遣三万二千狮子座入于维摩诘丈室。（参佛光大辞典编修委员会编：《佛光大辞典》，第 6258 页。）

来源于他的老师慧远[1]。慧远在《沙门不敬王者论·形尽神不灭第五》中做了清楚的阐述："神也者，圆应无主，妙尽无名；感物而动，假数而行。感物而非物，故物化而不灭；假数而非数，故数尽而不穷。"（*HMJ*, *juan* 5, p.31）慧远描述神之应乃"圆应"，圆通无差别之显应，神一方面接物感物而动，即接触具体的事物形式，依据事物的规律来运转，但它"感物而非物"，因而物化可以尽，但神依旧永存。佛的"圆应"，实际上就是化身的过程，即把自身的神理化现在具体物象之中。这个观点在谢灵运的《佛影铭》里换了一种表述："夫大慈弘物，因感而接。接物之缘，端绪不一。难以形检，易以理测。"（*GHMJ*, *juan* 15, p.199）佛顺着事物的特点，在与万物的感会中接触它们，在不同的因缘和合下化身其中。佛之化应的现象也是当时及唐代以后佛教特别关注的问题，《广弘明集·佛德篇》中列举了几十例"应物"的例子，作为"佛像感应相"，讲述佛怎样化身于佛像之中（*GHMJ*, *juan* 15, pp.201－203）。这些同时期的文献例证说明，宗炳在《画山水序》开首所说的"应物"当是佛教义理范畴中的"应"，说明佛怎样现身于具体的视觉现象中。"含道应物"放在当时佛教的观念系统中去理解，才可以实现全文意义的连贯，得以把握这句话背后的哲学内涵。

---

1 宗炳与慧远的关系主要见于《宋史》本传及《高僧传》中慧远传记，如："征西长史王敬弘每从之，未尝不弥日也。（宗炳）乃下入庐山，就释慧远考寻文义。"（［梁］沈约：《宋书》，北京：中华书局，1974年，卷九三，第2278页。）"远内通佛理外善群书。夫预学徒莫不依拟。时远讲丧服经。雷次宗宗炳等。并执卷承旨……（慧远）遗命使露骸松下。既而弟子收葬。浔阳太守阮保。于山西岭凿圹开隧。谢灵运为造碑文铭其遗德。南阳宗炳又立碑寺门。"（［梁］慧皎：《高僧传》，卷六，收于《大正藏》第50册，第361页。）

“贤者澄怀味像”是从视觉对象的角度来讲这种超验实现。“味像”，体味、沉思、凝观视觉对象，与“观道”互文[1]。对于像的具体理解，需要联系当时对待具体佛像的态度。作为佛教历史发展阶段的重要特点，当时出现了很多佛像序赞文，支遁的《阿弥陀佛像赞并序》中言：“讽诵阿弥陀经，誓生彼国，不替诚心者，命终灵逝，化往之彼，见佛神悟，即得道矣。”（*GHMJ*，*juan* 15，p.196）在“讽诵阿弥陀经”的修习中，“见佛神悟，即得道矣”，也就是目见佛像，便可神悟而得道。这里的“道”即佛道。造像、观像，观想阿弥陀佛像，是当时庐山僧团宗教活动的重要组成部分[2]。

宗炳《画山水序》中的“象”字，有些版本写作“像”[3]，这两个字的共存，不能仅仅归因于不同版本的误写，而是在字体形式上具体地呈现出宗炳本人及当时佛教思想中，佛像之“像”（iconic image）与自然之“象”（natural image）之间的关系。在慧远及宗炳对佛影的描述中，一个很大的特点即佛像与自然景象的互相融合。这跟支遁对佛像的描述不同，支遁的像赞文中没有自然景象的位置。慧远的《佛影铭》则如此描绘佛像：“廓矣大象，理玄无名。体神入化，落影离形。回晖层岩，凝映虚亭。在阴不昧，处暗逾明。婉步蝉蜕，朝宗百灵。应不同方，迹绝而

1 本传记载：“（宗炳）好山水，爱远游，西陟荆、巫，南登衡岳，因而结宇衡山，欲怀尚平之志。有疾还江陵，叹曰：‘老疾俱至，名山恐难遍睹，唯当澄怀观道，卧以游之。’”（［梁］沈约：《宋书》，卷九三，第 2279 页。）

2 可参汤用彤：《汉魏晋南北朝佛教史》，北京：中华书局，1955 年，第 365—372 页。

3 《津逮秘书》《学津讨原》《佩文斋书画谱》《王氏画论》中均作“像”，清代严可均辑的《全宋文》中作“象”，当代学者研究中常用“象”，亦有参用“像”。参［清］严可均辑：《全宋文》，北京：商务印书馆，1999 年，卷二〇，第 191 页；赵超：《画山水观念的起源：重新批注〈画山水序〉和〈叙画〉探明画山水观念的起源》，收于金观涛、毛建波编：《中国思想与绘画》，杭州：中国美术学院出版社，2015 年；陈传席译解：《画山水序》，北京：人民美术出版社，1985 年，第 1 页。

冥。”(*GHMJ*, *juan* 15, p.198)开头“廓矣大象,理玄无名”显然融入了老庄文辞中对“大象”的描述,但之后的“体神入化,落影离形”,则转向慧远的佛教观点,把佛看作永恒的神,化应于万物中,又超越于具体形象而存在。描述了物象之后,慧远接着描述自然现象,“回晖层岩,凝映虚亭。在阴不昧,处暗逾明”,自然之象与佛像之象已被看作共通的存在。谢灵运的另外一段描述说到建佛影的过程:“幽岩嵁壁,若有存形,容仪端庄,相好具足……于是随喜幽室,即考空岩。北枕峻岭,南映彪涧。摹拟遗量,寄托青采。岂唯象形也笃,故亦传心者极矣。”(*GHMJ*, *juan* 15, p.199)引文先是对自然风景的描述,“幽岩嵁壁”,然后是对地理位置的说明,“北枕峻岭,南映彪涧”,最后“摹拟遗量寄托青采”,根据空间安排来选取佛影建像的位置,继而付诸丹青。同样地,在谢灵运的描述中,自然之象与佛像之间难以区别,两者为互相融合的存在。

往下的长句“至于山水,质有而趣灵,是以轩辕、尧、孔、广成、大隗、许由、孤竹之流,必有崆峒、具茨、藐姑、箕、首、大蒙之游焉”,与上文读来有断裂感,句中所讲的主要人物如大隗、广成子、许由,都是中土传说中的仙人、神人,他们的活动地点,如崆峒、具茨,也是道家神仙所居之地,乍看上去跟佛教圣地毫无关系。正是如此,这段话往往如英文所说的“红鲱鱼”设置(red herring),引起读者的误解,分散注意力。也因此有很多人把《画山水序》理解为建立在道家思想系统内的艺术理论[1]。但借

1 可参陈传席:《〈画山水序〉点校注译》,《陈传席文集》,合肥:安徽美术出版社,2007年,第164—180页。

用道家的语词、概念，并不代表其背后的逻辑脉络就是属于道家哲学系统的。语词上的相似，虽然会必不可免联系到它本来的使用语境，但表面上的相似属性并不能定位其理论所属的一致。如果按照表面意思理解这段话，就会与开头“圣人含道应物，贤者澄怀味象”产生矛盾。参照宗炳《明佛论》中一段类似的表述，这段话的意思就会变得明了：

> 史迁之述五帝也，皆云生而神灵，或弱而能言，或自言其名。懿渊疏通，其智如神。既以类夫大乘菩萨，化见而生者矣。居轩辕之丘，登崆峒，陟几岱，幽陵、蟠木之游。逸迹超浪，何以知其不由从如来之道哉？……广成、大隗、鸿崖、巢许、支父、化人、姑射四子之流……岂至道之盛，不见于残缺之篇，便当皆虚妄哉！今以神明之君，游浩然之世，携七圣于具茨，见神人于姑射，一化之生，复何足多谈……广成之言曰：“至道之精，窈窈冥冥。”即首楞严三昧矣。“得吾道者，上为皇，下为王。”即亦随化升降，为飞行皇帝、转轮圣王之类也。（*HMJ*, *juan* 2, p.12）

宗炳的认识中，三皇五帝即大乘菩萨化现出来的“生者”，虽然游于传说中的神山，所遵循的依旧是如来之道。借道家人物广成子之口所说的“至道之精，窈窈冥冥”，在宗炳看来即佛教义理中的首楞严三昧。宗炳把佛道放在最高位置，贯穿于儒家与道家之道，因而引文末尾说，沿佛道者，上为皇，下为王，“随化升降为飞行皇帝转轮圣王之类也”。飞行皇帝、转轮圣王，是佛经故事中在人间治理四天下的帝王[1]，在宗炳的理解中，佛道是最高的真理，儒家的皇帝与道家的神仙都依循佛道而生转。《画山水序》中出现的三皇五帝之名及神山，因而也是统摄于佛教义理之中的。

最后一句话，“圣人以神法道，而贤者通；山水以形媚道，而仁者乐”，是对本段的总结，同时照应开头“圣人含道应物，贤者澄怀味象”。句中“以神法道”所界定的神和道的关系，跟道家对神道关系的认识截然不同。道家思想中的神和道，《易·系辞传》给了清晰的描述“一阴一阳之谓道”“阳不测之谓神”，而宗炳在《明佛论》中把它放在佛教的神道关系中，用佛教思想重新诠释了这种观点：

> 今称“一阴一阳之谓道，阴阳不测之谓神”者，盖谓至无为道，阴阳两浑，故曰一阴一阳也。自道而降，便入精神，常有于阴阳之表，非二仪所究，故曰阴阳不测耳。君平之说一生二，谓神明是也。若此二句皆以无明，则以何明精神乎？然群生之神，其极虽齐，而随缘迁流，成粗妙之识，而与本不灭矣。（*HMJ*，*juan* 2，pp.9－10）

宗炳首先解释了何为“阴阳不测之谓神”，转而把形容事物变化不可思议之力的神联系到佛教的神。佛家讲的神，是群生之神的根本，随缘显现于具体事物的个别之神，被称为“识”。而“识”有粗细之别，不是佛神那样作为超验的最终现实，永远

1 佛光大辞典编修委员会编：《佛光大辞典》，第6624页。

不灭。所以道家的神道关系和佛教截然不同。道家之神是对道的运作方式之神妙的一种表述，而在宗炳的神道关系论述中，神在道之上，统摄道。这样的认识在《明佛论》里直接表述作："唯佛则以神法道，故德与道为一，神与道为二。二故有照以通化，一故常因而无造。夫万化者，固各随因缘，自于大道之中矣。"（*HMJ*, *juan* 2, p.13）宗炳特别区分神与道为二，指明佛教中的神道关系为"以神法道"，神是统摄道的本体，佛法中的神可以通化贯穿一切变化，同时永存。这个观点还可以参考慧远的《沙门不敬王者论》："天地之道，功尽于运化；帝王之德，理极于顺通。若以对夫独绝之教、不变之宗，故不得同年而语其优劣。"（*HMJ*, *juan* 5, p.31）这里，慧远明确区分开佛教与儒道的思想体系，把佛教放在最高地位，认为佛教乃"独绝之教""不变之宗"，不可与儒道两家相提并论。

《画山水序》第一段从两个方向来讲神、道、象之间的关系。前者是讲佛神作为超验的神（transcendental spirit），怎样化身于万物之中，在所有视觉事物，实事实景中化入其神迹，显现其道；另一方面，是讲贤者怎样通过凝观"象"，即视觉对象（visual object），与神相通。文章的第二部分则转入了视觉感知的力量及山水画作为目击对象的意义。

第三节　"以形写形，以色貌色"：山水、山水画、佛教视觉观

第二段是一种过渡，从抽象立论转谈宗炳本人画山水的活

动。他称自己因为年老,没有气力去游山水,因而选择了自己画山水。

> 余眷恋庐、衡,契阔荆、巫,不知老之将至。愧不能凝气怡身,伤砧石门之流,于是画象布色,构兹云岭。夫理绝于中古之上者,可意求于千载之下。旨微于言象之外者,可心取于书策之内。况乎身所盘桓,目所绸缭,以形写形,以色貌色也。

但在有关宗炳的研究里,很少有人讨论这一段,只把它看作简单的描述。这段话实际上包含了视觉方式的一种重要转变,以及对视觉对象新的评价与认识。要理清宗炳对视觉对象的理解,首先需要分析中土经典对"象",包括具体视觉对象和其他形式的象的表述。

在典型的玄学论述中,能够切入道之最高现实的象,不是一种具体的象,而是抽象的、恍恍惚惚的象,如《老子》中:"道之为物,惟恍惟惚。惚兮恍兮,其中有象。恍兮惚兮,其中有物。窈兮冥兮,其中有精","大音希声,大象无形"(见《创作论评选》§ 011)。"大象"是不具有实际存在形式的象,对于外在的具体视觉对象,道家哲学并不重视。这个观点在《庄子》里面用了离朱和象罔的寓言来象征呈现:离朱具有很敏锐的视觉能力,把事情都变得很清楚,但这样的视觉能力看不到玄珠,即得不到道,而模糊不切、没有形迹的象罔则可以求得道(见《创作论评选》§ 012)。离朱和象罔之别,也就是有形与无形之象的隐喻。这一点跟老子对“道之为物”的描述相吻合，不同的是庄子从认识论的角度，讲道的实现方式：通过一种含糊不清，没有形状、象征性的象，可以得到玄珠，即感知到道。《韩非子·解老》篇中同样有一段话描述无状之象，“人希见生象也，而得死象之骨，案其图以想其生也，故诸人之所以意想者皆谓之象也。今道虽不可得闻见，圣人执其见功以处见其形，故曰：‘无状之状，无物之象。’”（见《创作论评选》§ 013）有具体形状的物象，是死象之骨，只能诱发人的意想，而透过没有具体形状的象，则可看到圣人，理解到大象。

这类象征性的象常被转化为卦象、符谶、文字，中土文献中，这种抽象之象的神化很常见。《文心雕龙·原道》篇中列举了无形之象——包括原始卦象、图谶符命，乃至于文字出现的一整个谱系，将之作为文明的起源，如：“人文之元，肇自太极。幽赞神明，易象惟先。庖牺画其始，仲尼翼其终。而乾坤两位，独制文言。……若乃《河图》孕乎八卦，《洛书》韫乎九畴，玉版金镂之实，丹文绿牒之华”，“《易》曰：鼓天下之动者存乎辞，辞之所以能鼓天下者，乃道之文也”[1]。刘勰把文字与庖牺氏所作的卦象、《河图》《洛书》所代表的符谶等“象”关联到一起，认为文字也属于无形之象的衍生物，从而建立起整个文化、文明的谱系。刘勰的表述中，这些不具有外在具体形态的象作为“道之文”，可以鼓动天下，成为文明的代表。

正是如此，相关文学创作理论中的想象活动是一种内视

1 ［梁］刘勰著，范文澜注：《文心雕龙注》，卷一，第 2—3 页。

(suprasensory visualization)而非外视(sensory visualization)的视觉呈现。陆机(261—303)《文赋》描述创作的起兴状态,"收视反听,耽思傍讯,精骛八极,心游万仞"(见《创作论评选》§ 049)。"收视反听",即向内收揽,用内视呈现内象,"心游"于无形之象,而不是向外感知有形状之物。除了作文,王微(415—443)在讲书画创作时也论到内视与内象:"辱颜光禄书,以图画非止艺行,成当与易象同体。而工篆隶者,自以书巧为高。欲其并辨藻绘,核其攸同。"[1]王微认为图画与易象,即抽象、象征性的象属于同一性质。为了提高图画的地位,他将绘画与书法同题并论,把绘画归类于抽象之象的范围,以此来实现他认为的绘画更高的意义,而不单是绘制具体形象的技艺。

但六朝佛家对画像的理解则与之恰恰相反。支遁在《阿弥陀佛像赞》里说道:"夫六合之外,非典籍所模,神道诡世,岂意者所测。"佛像的神力,不是典籍,意即文字能够实现的,而中土传统里透过无形之象得到的"意",并不能够揭示佛之神道。接着,他讲到具体佛像的超越性力量:"讽诵《阿弥陀经》,誓生彼国,不替诚心者,命终灵逝,化往之彼,见佛神悟,即得道矣。遁生末踪,忝厕残迹,驰心神国,非所敢望。乃因匠人,图立神表,仰瞻高仪,以质所天。"(*GHMJ*, *juan* 15, p.196)讽诵经书,信仰坚定的人,临终时就会见到阿弥陀佛像,神悟而得道。因为向往佛国净土,支遁请人立下神表,即佛像,作为神道的体现,以供瞻仰。慧远在《沙门不敬王者论》里将释教之"象"与道家卦

1 [南朝宋]王微:《叙画》,收于俞建华编著:《中国历代画论类编》,北京:人民美术出版社,1998年,第4编,第585页。

象理论，即抽象、象征之象，做了自觉区分："夫神者何耶？精极而为灵者也。精极则非卦象之所图，故圣人以妙物而为言。"（*HMJ*, *juan* 5, p.31）佛家之神乃"精极而为灵者也"，不是卦象所能图示的。慧远对抽象之象的批评在这里讲得很清楚：能包含、揭示最高神道的，是具体的佛像，而非象征性的卦象。在象的超验意义上，慧远将佛教的象置于易象之上，批评中土道家"象"理论的限制。

那么为何具体的视觉对象，能够超越抽象的易象，实现神道？是什么元素区分了目击之象，它的独特潜力何在？宗炳在这段话中提供了解释："且理绝于中古之上者，可意求于千载之下，旨微于言象之外者，可心取于书策之内。况乎身所盘桓，目所绸缪，以形写形，以色貌色也。"具体的视觉对象所以能超越抽象的言象书策，是因为它使得无限具体化，用具体形象直接触及人的感觉，即"身所盘桓，目所绸缪"。山水画的超越性也在于"以形写形，以色貌色"，将抽象的神理付诸具体的视觉形象，使观者用感官直接接受、体验抽象精神。表示进一层推论的"况乎"一词说明，宗炳的宗教艺术思想中，视觉形象具有超越抽象易象，超越文字的特殊能力，这点跟道家对具体物象的轻视恰恰相反。

第四节　"张绡素以远映"：比例的发现与佛教大小无碍之相观

第三段从视觉的力量转而论述可视化的方法、山水画家的观物法，同时也是山水转化为山水画的机制——透视的比例法则[1]。视觉的神妙之处是可以把宏伟的现象变小，纳于寸眸之中，昆阆嵩华因而可以收入画幅的咫尺之间：

> 且夫昆仑山之大，瞳子之小，迫目以寸，则其形莫睹，迥以数里，则可围于寸眸。诚由去之稍阔，则其见弥小。今张绢素以远暎，则昆、阆之形，可围于方寸之内。竖划三寸，当千仞之高；横墨数尺，体百里之迥。是以观画图者，徒患类之不巧，不以制小而累其似，此自然之势。如是，则嵩、华之秀，玄牝之灵，皆可得之于一图矣。

这种观点跟传统绘画理论对大小比例的观点，有很大不同。王微的画论里，虽然没有明确提出比例的观点，但隐含将其贬低为单纯技艺而缺乏生命力的观念："且古人之作画也，非以案城域，辨方州，标镇阜，划浸流。本乎形者融灵，而动变者心也。灵亡所见，故所托不动；目有所极，故所见不周。……横变纵化，故动生焉；前矩后方，而灵出焉。"[2]王微认为作画并不是绘制地图，"案城域，辨方州，标镇阜，划浸流"，不是对河流山川城镇的描绘。地图的描画实际上就是利用比例把广阔的地

1 宗白华从西方透视法的角度解读《画山水序》，认为宗炳提出了定点透视的比例法则（参宗白华：《美学与意境》，北京：人民出版社，1987 年，第 169 页）；对定点透视法的观点，黄景进先生提出质疑（参黄景进：《重读〈净土宗三经〉与〈画山水序〉——试论净土、禅观与山水画、山水诗》，《中国文哲研究通讯》2006 年第 4 期，第 230—231 页）。本文所说的"透视"不等同于西方画论的定点透视法，而是指山水画家特殊的观物方法。

2 ［南朝宋］王微：《叙画》，收于俞建华编著：《中国历代画论类编》，第 4 编，第 585 页。

理景观缩小到一张图纸中，王微批评到，这样绘出的景物只是形状而已，是没有生命动感的死物。要赋予景物动感的话，必须要依赖笔法与运墨，展示自然万物内在生命的脉动，表现出景物的灵性。这种抽象的笔墨运动并不是宗炳在他的画论里强调的，相反，宗炳特别阐述、重视的正好是王微所贬低的比例法则。

关于佛教的观象之法，黄景进先生《重读〈净土宗三经〉与〈画山水序〉——试论净土、禅观与山水画、山水诗》一文做了很有意义的讨论[1]。他在分析中讲了两方面的例子，其一为芥子纳须弥，"以须弥之高广，内芥子中亦无增减"[2]；另一则是菩萨将大千世界置于掌中，"又舍利弗，住不可思议解脱菩萨，断取三千大千世界，如陶家轮，着右掌中"[3]。以极大之须弥山放入极小一粒芥子中，须弥山不缩小，芥子亦不膨胀；大千世界可以置于菩萨手掌之中，而世界本相如故，莹然自现。这两个例子都涉及大小无碍之转换，是佛教思想之特有。尤其是芥子纳须弥，佛教不同宗派常共享这个譬喻，来解释真相和现象两者间的关系。宗炳在讲山水与山水画时，所特别强调的以大千世界入尺幅之画的思想，即与佛教思想中大小转化的观象之法相合。

这一段另外需要解决的问题在末尾句中，"则嵩、华之秀，玄牝之灵，皆可得之于一图矣"，嵩华、玄牝，明显借用了道家的

1 黄景进：《重读〈净土宗三经〉与〈画山水序〉——试论净土、禅观与山水画、山水诗》，第 236—239 页。

2 《维摩诘所说经 · 不思议品第六》，卷中，收于《大正藏》第 14 册，第 546 页中。

3 《维摩诘所说经 · 不思议品第六》，卷中，收于《大正藏》第 14 册，第 546 页下。

语词、概念。道家神仙出现在山水中，同样的结构存在于慧远的《庐山东林杂诗》：

> 崇岩吐清气，幽岫栖神迹。希声奏群籁，响出山溜滴。有客独冥游，径然忘所适。挥手抚云门，灵关安足辟。流心叩玄扃，感至理弗隔。孰是腾九霄，不奋冲天翮。妙同趣自均，一悟超三益。（*GSJ*, *juan* 1, p.9）

诗上半段，山水与道家仙境合一，"云门"与"灵关"都是道教中仙界的代称。在游仙诗的表象下，诗句在"灵关安足辟"后，转至描述对神道真理的了悟。"流心叩玄扃，感至理弗隔"，虽然依旧使用了玄学化的语词，但其实质所指却是佛教之神理，"妙同趣自均，一悟超三益"，"三益"即直接翻译的佛教词汇，谓修行的三种得益[1]。诗句意为，在游山中悟得道后，即可超越修行的三种阶段。整首诗的结构代表了由道家游仙到佛教实现的过程。慧远的《庐山记》里描述庐山乃"神仙之庐"[2]，也说明佛教真理之实现并不排斥道家游仙传统，而是将之容纳于其中。山水是道教的仙境，同时也是释教的净土，而佛教的最终实现，并非道家式的游仙，而是了悟神理的涅槃之境。宗炳这一段也是沿着这样的思路，在山水中包揽了道家的游仙式

---

1 "三益"指修行有三种得益，分别为下种益、调熟益、解脱益（参佛光大辞典编修委员会编：《佛光大辞典》，第5873页）。

2 ［晋］慧远：《庐山记》："有匡续先生者，出自殷周之际……受道于仙人，而适游其岩，遂托室岩岫，即岩成馆，故时人感其所止为神仙之庐而名焉。"（严可均辑：《全晋文》，卷一六二，第1778页。）

想象,继而从第三段末尾的道家神仙转到第四部分的佛教境界。

第五节 “应目会心”与“神超理得”：山水中的宗教与审美

第四段从山水画创作转向山水画的接受过程,描述凝观山水画超验的审美经验。开头紧接第三段的结尾,从山水画所包罗的道家仙境,进入到更高层次的佛教“神超理得”的境界：

> 夫以应目会心为理者,类之成巧,则目亦同应,心亦俱会。应会感神,神超理得。虽复虚求幽岩,何以加焉？又神本亡端,栖形感类,理入影迹,诚能妙写,亦诚尽矣。

“应目”,用目光接触、感知视觉对象,“会心”,目光从外界摄取的形象显映在心中,“应目会心”,则目亦相触,心亦感会,主客契合。画家观看山水时应目会心,继而将它巧妙地形之于画,于是观画的人“目亦同应,心亦俱会”,观看山水画便有如画家亲临山水,画家观山水的经验因为山水画被传递到观画的人。画家和观画者在即目会心的状态中创作、观赏山水画,最终“应会感神,神超理得”,实现宗教与审美的理想境界。“应会感神”,即在心目应接、领会山水中感通山水所显现的神,继而“神超理得”,精神超越于形质,体会到佛道之理。

为什么山水画,不光能表现出“嵩、华之秀,玄牝之灵”,而且能够使创作者和观看者“应会感神，神超理得”？画家眼中的山水之“神”从何而来？宗炳论道“神本亡端，栖形感类，理入影迹”，佛神无端，没有具体的存在形式，不受限于时间和空间存在，通过与万物感通相会，寄托在具体形象之中，佛神之理同时进入可见可形的“影迹”。这里的形与影并没有不同层次的特别区分，而是与无形的神相对而言，表示神怎样栖身于有形之物，化入具体形象中显示自身。不论是形或影，都是佛神的化身。就佛神通化万物的功能来说，“神”化现于万物之中，同时因其灵明注照万物。这个万物自然也包括山水，在画家对山水精妙的描绘下，神同样能够进入到画的境界中。

宗炳的这种认识来源于佛教思想中神与象关系的论述，慧远《佛影铭》中的表达与之密切相关：“然后验神道无方，触像而寄。百虑所会，非一时之感。于是悟彻其诚，应深其信，将援同契，发其真趣。故与夫随喜之贤，图而铭焉。”慧远在听闻了佛影的传说后[1]，召集同道者，在庐山立佛影台画佛像，佛影即模仿佛之色身所作的佛像。这段引文是慧远自述作像缘由，其用语与理路，与宗炳所述画山水之缘由彼此相通，“神道无方，触像而寄”，即宗炳论山水画中化入佛神之“神本亡端，栖形感类，

1 《洛阳伽蓝记》中记载佛影传说，引《道荣传》言：“至那迦罗阿国，有佛顶骨，方圆四寸，黄白色，下有孔，受人手指，闪然似仰蜂窠……入山窟，十五步，四面向户，遥望则众相炳然，近看则瞑然不见。以手摩之，唯有石壁，渐渐却行，始见其相。容颜挺特，世所希有。窟前有方石，石上有佛迹。窟西南百步，有佛浣衣处。窟北一里，有目连窟。窟北有山，山下有六佛手作浮图，高十丈，云此浮图陷入地，佛法当灭。并为七塔，七塔南石铭，云如来手书，胡字分明，于今可识焉。”（[北魏]杨衒之撰，范祥雍校注：《洛阳伽蓝记校注》，上海：上海古籍出版社，1978年，卷五，第341页。）关于中土翻译佛经文献中佛影的多种传说，可参萧驰：《大乘佛教的受容与晋宋山水诗学》，《佛法与诗境》，北京：中华书局，2005年，第39页。

理入影迹”。观想佛像作为修持禅定的一环，背后的观念基础是佛的法身、神明化现于万象之中，世界万物皆是佛的影迹，因此在观像中见到佛的法身，即意味着与佛感通，感受到佛神。慧远在前文中藉助批评道家“有待”与“无待”的观念，细致诠释了佛之法身感化的理论：

> 独发类乎形，相待类乎影，推夫冥寄，为有待邪？为无待邪？自我而观，则有间于无间矣。求之法身，原无二统，形影之分，孰际之哉？而今之闻道者，咸摹圣体于旷代之外，不悟灵应之在兹，徒知圆化之非形，而动止方其迹，岂不诬哉？（*GHMJ*, *juan* 15, p.198）

佛之法身，本来没有区别显应的原则，不论形或影，都是佛神的化身、感应相，因此形复印件无差别。佛教的法身化应超越了道家“有待”与“无待”的二元思考，佛神化现于万象之中，并不是说神依赖或独立于具体形象而存在。“灵应之在兹”，“灵”即“神”化应、显现于具体物象的作用，佛之“神”无所不在的感化、显应、明照，为万物赋予了灵性。因此，观像同时是修持，是在观看具体物象的状态中感会到佛神[1]。在观看山水，创作山水画时，“应目会心”“神超理得”，即佛教之观像理念推演到山水画领域的理论实践。

1 黄景进先生仔细讨论了庐山僧团之观像与净土宗的关联，详参黄景进：《重读〈净土宗三经〉与〈画山水序〉——试论净土、禅观与山水画、山水诗》，第224—229页。

第六节 “按图幽对”与“畅神”：目击高情的境界

《画山水序》的第五段,也是最后一段转而讨论观画,描述作者观摩自己所作的山水画,从中获得自我超越的审美与宗教体验：

于是闲居理气,拂觞鸣琴,披图幽对,坐究四荒,不违天励之藂,独应无人之野。峰岫峣嶷,云林森眇。圣贤暎于绝代,万趣融其神思。余复何为哉,畅神而已。神之所畅,孰有先焉?

理解这段话,我们面对的第一个问题是,这种观看方式究竟是“以玄对山水”[1],还是以佛对山水。开头“闲居理气,拂觞鸣琴”,描述了道家式的养气状态,但“披图幽对,坐究四荒”,是不是也承接上两句而来,属于道家养气活动的一环,应放在“以玄对山水”框架中去理解呢?要准确定位这句表达背后的哲学依据及宗炳的思考路径,需要将它还原到相关语境和思想范畴中去理解。对于其时观图、观像经验的描述,可以参照玄与佛两种典型的论述,一是孙绰《游天台山赋》中的游观山水,另一是慧远《佛影铭》中的观像。据李翰的批注,孙绰本人并没有去

1 《世说新语·容止》注引孙绰《庾亮碑文》曰:“公雅好所托,常在尘垢之外。虽柔心应世,蠖屈其迹,而方寸湛然,固以玄对山水。”(余嘉锡撰,周祖谟、余淑宜整理:《世说新语笺疏》,卷下之上,第618页。)

过天台山，而只是听闻后心生向往，因此使人图画其状，为之作赋[1]。但孙绰的整篇文章并没有在讲“观画”，或是专注于观山水，而是采取了游仙式的想象，在意想自己的游踪中展开对山水及其中仙境的铺写，山水与仙境合而为一。孙绰的观看山水是一种动态的游观，而非静止的凝观。至于佛教的观看模式，慧远在《佛影铭》组诗其五中描述道：

> 铭之图之，曷营曷求。神之听之，鉴尔所修。庶兹臣轨，映彼玄流。漱情灵沼，饮和至柔。照虚应简，智落乃周。深怀冥托，霄想神游。毕命一对，长谢百忧。（*GHMJ*, *juan* 15, p.198）

“铭之图之，曷营曷求”，开头设问画像刻像是为了什么？“神之听之”是说观像的人要把佛像看作神，听到其所含所传之道。佛像虽然是经众人之手刻画出来，但一旦成型后，便显出神迹，所以观者面对佛像时要“鉴尔所修”，在观像中反思自己的修行。下面几句，“照虚应简，智落乃周。深怀冥托，霄想神游”，同是对这种观像经验反思性、哲学化的描述，观像本身成为实现宗教理想境界的一种修行方式。跟孙绰《游天台山赋》中动态的游观不同，这里我们看到的模式是自己创造佛像，然后自己来凝观佛像的过程。这跟宗炳在《画山水序》讲述的情

1 李翰注：“孙绰为永嘉太守，意将解印，以向幽寂。闻此山神秀，可以长往，因使图其状，遥为之赋。”（［唐］李善等注：《六臣注文选》，北京：中华书局，1987 年，卷一一，第 209 页上。）

况一致：因为视觉比例之精妙，自然山水可以收纳于尺幅之间，作画者看到山水时“应目会心”，继而将山水形之于画，因而观画者见画如作画者见山水，也可以“目亦同应，心亦俱会”，进而达到“神超理得”的境地。在最后这一段里，宗炳使他本人成为观画者，讲述凝观自己所作山水画的精神活动。因此“披图幽对”的思想背景与思维架构，并不是孙绰在想象中游观天台山的典型玄学模式，而是慧远所记述的直接凝观佛影的佛教观像模式。在慧远和宗炳对于“象”的理解中，神迹通显于万物之中，佛像、山水、山水画，已经融为一体，同为神迹之征显。因而观山水画与观山水、观像，共通为一种精神修行，是实现圣智的观照。

下两句“圣贤暎于绝代，万趣融其神思”，首先“暎”并不仅仅是我们一般所理解的“反照”意，还包括圣明之光主动照射到具体事物之中，即将其神化身其中，光明彻照万物，在万物中显映神迹，因而宗炳用“神通”“神映”这样的句型很多[1]。佛之神化现到全部自然界之中，所以下句接“万趣融其神思”，相应地，万物中流通着圣贤之神思。结尾处，宗炳转到自己来收束此文：“余复何为哉？畅神而已。神之所畅，熟有先焉？”这里涉及的问题是宗炳所说“畅神”的性质。孙绰在《游天台山赋》里讲到“畅超然之高情”，而周颙在驳斥张融佛道合一的观点时，又讲到“目击高情”，这两个“高情”是否一样？首先，孙绰赋中所谓的“高情”，并未成为一个代表宗教审美经验的哲学概念，而

1 如宗炳《答何衡阳书》：“皆灵奇之实，引绵邈之心，以成神通清真之业者。”（*HMJ*, *juan* 3, p.19）《明佛论》：“老子明无为之至也，即泥洹之极矣。而曾不称其神通成佛，岂孔老有所不尽。”（*HMJ*, *juan* 2, p.12）《明佛论》：“竺法护于法兰道邃阙公，则皆神映中华。”（*HMJ*, *juan* 2, p.14）

跟晋宋名士一般所强调的高尚之情没有区别[1]，意指高隐超然物外之情怀。“高情”在孙绰整篇赋中并未被赋予独特的审美及宗教实现意义，“释域中之常恋，畅超然之高情”是放在整个游观山水及仙境的过程中提到的，虽然赋的后面用了个别佛教字眼，但全文中“畅超然之高情”，着重在道家隐士的情怀，跟佛教讲的高情，两者并不相同。为了区别“高情”在佛教中的特殊意义，可以参看慧远的《庐山诸道人游石门诗序》，里面说道：

> 斯日也，众情奔悦，瞩览无厌。……想羽人之来仪，哀声相和，若玄音之有寄。虽仿佛犹闻，而神以之畅。虽乐不期欢，而欣以永日。
>
> 当其冲豫自得，信有味焉，而未易言也。退而寻之，夫崖谷之间，会物无主，应不以情而开兴。引人致深若此，岂不以虚明朗其照，闲邃笃其情耶？并三复斯谈，犹昧然未尽。
>
> 俄而太阳告夕，所存已往，乃悟幽人之玄览，达恒物之大情，其为神趣，岂山水而已哉！……灵鹫邈矣，荒途日隔。不有哲人，风迹谁存？应深悟远，慨焉长怀。各欣一遇之同欢，感良辰之难再，情发于中，遂其咏之云尔。（*GSJ*，*juan* 47，pp.10－11）

开头描述的“众情奔悦”，是讲游山水的畅快尽兴，起初是

1　如谢灵运《山居赋并序》：“迈深心于鼎湖，送高情于汾阳。”（严可均辑：《全宋文》，卷三一，第296页。）《世说新语·栖逸》：“何骠骑弟以高情避世，而骠骑劝之令仕。答曰：‘予弟五之名，何必减骠骑？’”（余嘉锡撰，周祖谟、余淑宜整理：《世说新语笺疏》，卷下之上，第653页。）

一种审美的乐趣，接着在游山水中引发了对道家神仙的想象，“想羽人之来仪”，进而在游山水中，“神以之畅”。“虽乐不期欢，而欣以永日”，是说虽然不属于一种很激烈的欢乐，但这种愉悦很持久，跟康德对审美感觉的描述很有吻合之处。接下来是慧远对游观山水的反思与升华，“夫崖谷之间，会物无主，应不以情而开兴，引人致深若此，岂不以虚明朗其照，闲邃笃其情邪”，在观山水时，虚明朗照、宁静深远，接物无端、应物无形，这样的凝观状态超出了玄学范畴，进入了佛教禅定修行的状态。接着，慧远将观照的对象从山水推而远之，“乃悟幽人之玄览，达恒物之大情，其为神趣，岂山水而已哉”，将神趣所显映之形迹，从山水推而广之，至于自然万物。对于佛教畅神的理想状态，慧远描述为“灵鹫邈矣，荒途日隔。应深悟远，慨焉长怀”，灵鹫山是佛陀说经之处，也是佛教修行所向往的净土世界。虽然灵鹫山绵邈不可至，但佛之神迹化身在整个世界之中，因而观山水即见佛陀之神迹。在慧远的描述中，山水、净土已互相融合，同为神迹之显映，“应深悟远，慨焉长怀”也超越了道教游仙式的想象，而具有佛教之宗教理想实现的意义。宗炳《画山水序》也是同样的思维路径，凝观山水画也是观象修行，“畅神”因而是结合了宗教与审美体验的自我超越。周颙所提出的佛教特有的“目击高情”与慧远在此的描述，正可以作为理解宗炳“神之所畅”的观念背景。

第七节 《画山水序》的结构和历史意义

《画山水序》最后一段揭示了文章首尾圆合的环形结构。

文章结尾的语句与开头一一照应："披图幽对，坐究四荒"对应开头的"贤者澄怀味象"；"圣贤映于绝代，万趣融其神思"，对应"圣人含道应物，至于山水质有而趣灵"；"余复何为哉？畅神而已。神之所畅，孰有先焉？"则与"圣人以神法道而贤者通，山水以形媚道而仁者乐，不亦几乎？"相照应。宗炳在文章末尾对个人经验的引用，直接呼应着开头对贤者的描述：画家之披图幽对在回应贤者之澄怀味象，画家之畅神在回应贤者之通神。在创作与凝观山水画中，宗炳的"畅神"说把自己提升到圣贤的理想境界里。《画山水序》全文收束于设问，而首段也是以问题作结，句式安排上也是很巧妙且有意为之的收尾圆合。

《画山水序》的结构严谨别致，明显展现了起承转合的论证过程。第一段为"起"，首先点明视觉对象的超验意义，作为神之化迹，山水"质有而趣灵"，"以形媚道，而仁者乐"。第二、三段为"承"，从观山水过渡到作者自己画山水，讲画家目击山水之法，及山水得以形之于画幅的原因及方法。宗炳的"目击"之法，不是庄子偶然无意为之的观看，而是有意为之，经过训练的观察、凝视。第四段为"转"，从山水画创作转向山水画的接受过程，描述凝观山水画超验的审美经验："目亦同应，心亦俱会。应会感神，神超理得"。第五段为"合"。在首尾圆应的结构下，宗炳本人观山水画的"高情"与远古圣贤含道应物的"高情"，相互照应，融为一体，从而悄悄地把自己提升到与圣贤同样的地位。

《画山水序》无疑可视为唐宋近体诗以及明清时文中起承转合结构的滥觞。著者还认为，此文乃属六朝骈体论述文的极品。陆机《文赋》和刘勰《文心雕龙》严守赋和骈文的骈偶原则，故思辨清晰，文辞庄重典雅，却又有失于板滞单调。与陆、刘之文不同，《画山水序》以骈对的四言、六言句为主，但又兼用散句以及古文的排比，故尤为灵动自然，加上宗炳打破论述文不涉作者自我的常规，在关键的第二段和末段直接进入文中，介绍自己的生活经历，讲述自己观山水、画山水、观看自己山水画的审美感受和宗教体悟，所以读来尤觉亲切生动。在中国文艺理论史上，像《画山水序》这样将论述和个人抒情熔为一炉的专论是罕见的。

这里必须强调的一点是，著者对《画山水序》起承转合结构的重构，以及对其审美感召力的评议，完全是建立在对文中所有关键术语、概念、命题、表述的佛教解读的基础上的。这些解读的连贯一致足以揭示，宗炳接受了新兴佛教视觉观，从目击之对象，目击之方法，目击之效果三个方面持续推进，探究山水画的创作和接受的审美、宗教意义，达到了前所未有的深度和系统性。这里不妨反向设问，对文中关键术语、概念、命题、表述的儒道解读，能够每每做到有文献证据支持，而彼此又连贯一致，层次深入，衔接近乎天衣无缝的程度吗？在现有关于《画山水序》的研究中，的确难以看到这种可能性。以上正面的论证和反面的设问，应该足以确定，宗炳《画山水序》构成了一种前所未见的、以佛教思想为主导的文艺理论。

虽然我们可以将宗炳《画山水序》视为周颙哲学命题的先声，但它并没有在晋宋齐梁书画领域激起很大波澜。然而，到了唐代王昌龄的时代，宗炳的理论性思考得以实现及发展，并对诗歌创作理论产生重要影响。在没有《画山水序》的参照下阅读王昌龄的《诗格》，虽然每个字似乎都不难理解，但是它具体所指又似懂非懂，文中所用概念的特殊理论意义也消解在后来对情境观的一般理解中。透过《画山水序》的系统分析，我们可以看到，王昌龄物境说的内在思路实际上沿循了《画山水序》有关“目击高情”的论述：

> 夫置意作诗，即须凝心，目击其物，便以心击之，深穿其境。如登高山绝顶，下临万象，如在掌中。以此见象，心中了见，当此即用。（*QTWDSGHK*, p.162）
>
> 诗有三境：一曰物境，二曰情境，三曰意境。物境一。欲为山水诗，则张泉石云峰之境，极丽绝秀者，神之于心。处身于境，视境于心，莹然掌中，然后用思，了然境象，故得形似。（*QTWDSGHK*, p.172）

诗人作诗时，“即须凝心，目击其物，便以心击之，深穿其境”，透过凝心，即沉心净虑，达到纯粹专注的状态，使得内在清澈而能鉴照出物象，这与宗炳的“澄怀味象”理路一致。“目击”不是道家思想中引发意想的诱因，而是与佛教观具体物象的修持彼此相通，目击其物的过程也是以心击之，以神领悟。《画山水序》中宗炳说画家观山水，观画者观山水画时，“目亦同应，心亦俱会”，心和目同时穿临外物，这种内化的视觉过程，即王昌龄《诗格》中所说的凝心目击。在目击与心击的过程中“深穿其境”，意谓具体的物象通过凝心观看，已经不是单个的物象，而是一整个“境”。就像《维摩诘经》中所讲，菩萨将大千世界放在右掌中，整个世界都包含在具体凝观的物象之中，所以“下临万象，如在掌中”，“以此见象，心中了见”。这又是对《画山水序》里有关视觉之妙用、大小无碍之转换，是一种更直接运用佛教典故的表述。《诗格》里面讲“物境”，特别强调身在景色当中，“处身于境，视境于心”，而宗炳论画家观山水时要“应目会心”，论山水画的独特潜力时，着意强调“身所盘桓，目所绸缭。以形写形，以色貌色”。这种对直接视觉经验的重视，无疑在王昌龄物境说中得以承继。

同时，哲学和美学命题“目击高情”也能引导我们从视觉使用的角度来观察东晋到唐代之间的山水诗写作。道家对山水的描述是动态的，孙绰的观山水是游仙诗的游观，在游踪中想象山水及仙境；陶潜的山水田园，是生活节奏和自然变化节奏的和谐；而谢灵运的山水是一步一景，是视点移动与自然景观的互动。王维则恰恰相反，他的诗中，尤其是绝句中，诗人观摩世界，是在一个定点上，在静止的凝观中，看到万物的变化；在一个视象之中，在很小的诗歌意象里，呈现出无限的世界。王维诗中的“目击高情”，是用一个具体的物象，而不是像书法这种意象性的挥动，在个相里面呈现出总相，来揭示整个的禅观境界。这种超验的凝观目击，似乎可以视为《画山水序》中艺术理想在诗歌中的实现[1]。

---

1 但王维这种超验的体悟跟慧远所说有很大不同。慧远的观像是透过自然景象观想到佛陀，即佛圣的形象。而王维由于所信奉的佛教宗派不同，其最终现实不是一个阿弥陀佛的佛像，而是般若宗里既空既无的真如之境，即在个别变幻的视觉听觉中，感受到整个世界，即空即色，不落两边的禅观境界。

【第三章参考书目】

袁济喜著：《六朝美学》，北京：北京大学出版社，1989 年，参第三章第三节《绘画领域理论》，第 144—149 页。

李幸玲著：《六朝居士佛教艺术的理论与实践——以宗炳〈画山水序〉为中心》，《中国学术年刊》，2007 年，第 21—42 页。

陈传席著：《六朝画论研究》，北京：中国青年出版社，2015 年。

汤用彤著：《汉魏晋南北朝佛教史》，北京：中华书局，1955 年。

金观涛、毛建波编：《中国思想与绘画》，杭州：中国美术学院出版社，2015 年。

陈传席译解：《画山水序》，北京：人民美术出版社，1985 年。

宗白华著：《美学与意境》，北京：人民出版社，1987 年。

黄景进著：《重读〈净土宗三经〉与〈画山水序〉——试论净土、禅观与山水画、山水诗》，《中国文哲研究通讯》2006 年第 4 期，第 224—239 页。

萧驰著：《大乘佛教的受容与晋宋山水诗学》，《佛法与诗境》，北京：中华书局，2005 年，第 39 页。

第四章　唐代：以意为主的创作论

唐宋时期创作论发展的路径与六朝的情况大相径庭。陆机《文赋》和刘勰《文心雕龙》都致力于对整个创作过程作出详尽的描述。入唐及以后，这样的专论就不复出现了。唐人有关文学创作的讨论多见于诗格、诗式、作诗指南这类著作，而宋代则更喜欢在书信中探讨文学创作过程。从内容上讲，唐宋创作论的发展有三个重要的里程碑，一是盛唐王昌龄（698—757）以意为主的创作论，二是中唐韩愈（768—824）以气为主的创作论，三是南北宋交替之际兴起的禅悟创作论。

所谓以“意”为主的创作论，可以从“意”在文论著作中的出现和演变来考察。首先，我们要弄清楚情和意的关系。在六朝之前，对关于诗文中的创作过程的讨论较少涉及“意”，如《毛诗序》的“情发于内而形于言”，还只涉及诗歌产生中情与志的关系。那么，如何理解意和情两者的关系。许慎（约 58—约 147）《说文解字》把情和意基本作为同义来互训，认为意就是一个心理的情，基本认为情、意二者没有区别。刘勰《文心雕龙·神思》篇言“登山则情满于山，观海则意溢于海”（见《创作论评选》§ 056），情与意对举，两者基本同义。但二者还是有所区别的。较之“情”，“意”带有更明显目的性，因而与艺术创作关系密切。这点我们可以从范晔“常谓情志所托，故常以意为主”（见《创作论评选》§ 051）这段话中窥见消息。

在王昌龄《论文意》中，“意”是最重要的术语，出现了 60 次之多，用于描述和阐发创作过程的所有阶段。基于对上下文的揣摩和与历代各类文献的比较，笔者发现王昌龄所用的“意”字承载了三种来源不同的意义，一是佛教唯识类文献中超验之意，二是书论中源于道家思想的超验之意，三是《解文说字》所列与情互文通解之意。在以下章节，我们将集中分析王昌龄如何妙用“意”的这三种不同意义，对创作不同阶段作出与前人迥然有别的阐述，从而建立了一种新的创作论范式。

和陆机和刘勰一样，王昌龄也是在意—象—言的框架之中建立一个完整的创作论，涵盖了创作的整个过程。然而，他对意和象这两个术语来了一番脱胎换骨的改造，融入了佛教的概念。首先，他吸收了“意”在佛典翻译中获得超验意义，用它来取代陆机的“心游”和刘勰的“神思”，并用“起意”“作意”“用意”等常用的佛家术语来指涉创作开始时超验的心理活动。在描述创作的第二阶段“象”之时，他则更多地使用了佛教家术语“境”，还根据“象”的不同内涵和生成方法分出“物境”“情境”“意境”三大类。如果说在陆机《文赋》和刘勰《文心雕龙》中“象”生成是一个纷呈物象、情感、言辞激烈地互动的过程，那么王昌龄的“境”的生成则完全是在虚空静寂中完成的。同样，如果说陆刘追求的“意象”体现情与物最完美的结合，王昌龄心仪的“境”则是像苏东坡所说那样“空而纳万境”，即揭示宇宙万物之实相。

然而，在描述创作的最后阶段之时，王昌龄转而采用中土书论对“意”的动态描述，分析执笔成文的全部过程，谋篇布局，遣词用句，无所不包。王昌龄将“意”定义为创作的最佳心理境界，这种境界不是短暂的心理过程，而是贯穿整个创作的过程，他开创了以“意”论创作的模式，而这种模式对明清时代的创作论的影响很大。在中国文论中，这种对情和物互动的描述，以后像谢臻等明清评论家在讨论近体诗情感的互动结合时，都以王昌龄的这一论述作为承前启后的转折。

《文心雕龙》中讲“物以貌求，心以理应”（《神思》），“萌芽比兴”（《比兴》），又有专门的《物色》篇。但陆机和刘勰都只讲抽象的情物互动，但没有联系到具体创作的语言使用。从王昌龄开始，不光从创作原则的理论层次，而且在具体作品写作的层面，谈情和物的相互关系。这方面以后的诗论家谈得很多，王昌龄这里实开先河，而且对以后诗学中情景论的发展而言是一个重要转折。

在中国文学批评史上，由“意”一以贯之的创作论，除了王昌龄别无他例。综上所述，王昌龄建构了一个极为缜密的“意”的网络，贯穿意→境→象→言的全部过程，从这个形而下、最基本实在的“意”，延伸至道家形而上的第二义，最后进而到最为形下的言词组合。这种系统性的理论体系，成为分析中唐以后各种创作论的坐标。

皎然（约720—约803）也是用“立意”做相关论断，但意思与王昌龄有较大分别。王昌龄的“立意”是一种艺术想象、思维过程，而皎然的“立意”是指用较为抽象的语言来陈述篇章的意思。皎然的“取境”则更在乎主观的、有意思的文字功夫，要苦思冥想而非自然而然，才能到达佳境。

王昌龄《论文意》和唐代其他诗格类著作无不带有明显的唯美主义倾向，内容上主要表现在对传统儒家道德伦理、圣人文章的忽视，形式方面则主要表现在强调学习写作方法和技巧。因此，为了摧毁纤弱萎靡的齐梁文风，以韩愈为首的古文家论及文学创作，必定是反其道而行之，一方面学习圣人文章作为写文章的思想来源，而且采取一种完全超越有意识文字雕琢的写作方法，并用孔子“辞达”一语来形容完全摈弃刻意修饰，瞬间自然成文的方式。韩愈所创立的养气创作论，无疑就是这种文风变革的产物，虽稍嫌语焉不详，却极具原创性，因为它用“养气→辞达”的模式取代了陆机、刘勰“意→象→言”和王昌龄“意→境→象→言”的框架，成功地改造了有关圣人立言之说，使之成为人人都可遵循的文学创作方法。到了宋代，在风靡天下的禅宗的影响之下，另一个新的二重创作框架，即悟→至言，又应运而生。此论发轫于吴可等人借禅语对江西诗派的批判，而成于严羽（？—1245）熟参唐诗、一味妙悟之说。

第一节 书论有关“意”的论述

对初盛唐书论家来说，王羲之的书意说是颠扑不破的书法原则。像王羲之那样，他们分别从创作和接受两个相反的角度来论“意”。讲创作，必称“意在笔前”，谈接受则必强调字中

"见意"。但较之王羲之,他们论"意"已呈现出明显的"超验化"的倾向。如说王羲之所说的"意"只是对文字形态的想象,那么李世民(599—649)、孙过庭(646—691)、张怀瓘(生卒年不详)等人则将"意"描述为作者之思与神灵的互动交汇,并认为这种通神活动犹如庖丁解牛之神遇,是书法家超越技艺,写出书法神品的原因。在王昌龄《论文意》中,这种新的书意说的影响是有迹可循的。

我们在《书论》中可以发现"意"含义的转变轨迹。首先,李世民在《指法论》中讨论了书意与字形的关系,其对"意"的理解与王羲之并不相同。王羲之讲"意在字前",即在书写之前,脑海中要想象字的形态,想好之后方可下笔,强调作品的内视,即心对作品视觉的呈现;而李世民认为,书意在于"思与神会,同乎自然",作品自然地流入笔端,他在《指法论》写道:

> 神,心之用也,心必静而已矣。虞安吉云:未解书意者,一点一画皆求象本,乃转自取拙,岂是书耶?纵仿类本,体样夺真,可图其字形,未可称解笔意,此乃类乎效颦未入西施之奥室也。故其始学得其粗,未得其精,太缓者滞而无筋,太急者病而无骨,横毫侧管则钝慢而肉多,竖笔直锋则干枯而露骨。及其悟也,心动而手均,圆者中规,方者中矩,粗而能锐,细而能壮,长者不为有余,短者不为不足,思与神会,同乎自然,不知所以然而然矣。(*QTW*, *juan* 10, p.48)

这里说的"思"与"神"相遇,显然出自《庄子·养生主》:

“臣以神遇而不以目视，官知止而神欲行。”在这里，“书意”已经不是王羲之所说的书法家对字形动态的想象，而是指书法家超验的神思，神思先于感官体验。意先笔后，由神所发，对此，孙过庭的《书谱》也有论述：

> 夫运用之方，虽由己出，规模所设，信属目前，差之一豪，失之千里，苟知其术，适可兼通。心不厌精，手不忘熟。若运用尽于精熟，规矩谙于胸襟，自然容与徘徊，意先笔后，潇洒流落，翰逸神飞。亦犹弘羊之心，豫乎无际；庖丁之目，不见全牛。尝有好事，就吾求习，吾乃粗举纲要，随而授之，无不心悟手从，言忘意得；纵未穷于众术，断可极于所诣矣。（*SGTSPJZ*, p.91）

通过上文，我们可以看出，孙过庭对“意”的理解与李世民完全相同，即意不仅是想象字形的动态变化，更是超越经验的艺术想象，是冥思、与神灵交往的过程。正如庖丁解牛，书法家先要通神，忘言得“意”，才能写出出神入化的作品。

到了盛唐年间，张怀瓘《书断序》进一步阐释了意和神灵的关系：

> 心不能授之于手，手不能受之于心，虽自己而可求，终杳茫而无获，又可怪矣。及乎意与灵通，笔与冥运，神将化合，变出无方：虽龙伯挈鳌之勇，不能量其力；雄图应箓之帝，不能抑其高。幽思入于毫间，逸气弥于宇内，鬼出神入，

追虚捕微,则非言象筌蹄,所能存亡也。(*FSYL*, p.184)

与孙过庭相比,张怀瓘更进一步,不仅直接点明意和神灵相通,而且还用诗的语言描述了书法运意神思的过程。书法家有此神思才可以鬼出神入,超越自然。书法极品,无不是书法家之"意"与天地神灵交互沟通的结果,其手法也与冥冥之神相通。"神将化合",才能创造出体现宇宙气概和力量的作品。此处的冥想之"意"的动态性质尤为明显。

到了宋代,苏轼(1037—1101)《文与可画筼筜谷偃竹记》也表现出意对于画的重要性,指出意在画前:

> 竹之始生,一寸之萌耳,而节叶具焉。自蜩腹蛇蚹以至于剑拔十寻者,生而有之也。今画者乃节节而为之,叶叶而累之,岂复有竹乎!故画竹必先得成竹于胸中,执笔熟视,乃见其所欲画者,急起从之,振笔直遂,以追其所见,如兔起鹘落,少纵则逝矣。与可之教予如此。予不能然也,而心识其所以然。夫既心识其所以然而不能然者,内外不一,心手不相应,不学之过也。故凡有见于中而操之不熟者,平居自视了然,而临事忽焉丧之,岂独竹乎?子由为《墨竹赋》以遗与可曰:"庖丁,解牛者也,而养生者取之;轮扁,斫轮者也,而读书者与之。今夫夫子之托于斯竹也,而予以为有道者,则非耶?"子由未尝画也,故得其意而已。若予者,岂独得其意,并得其法。(*SSWJ*, *juan* 11, pp.365–366)

这里的“胸有成竹”之说，与以上几位唐代论书家所说的笔意之说，意思一致，都是参照《庄子》庖丁解牛故事来论述艺术创作奥秘的产物。

另一位北宋藏书家董逌（北宋人）则在《徐浩开河碑》中体现书家的笔意：

> 书家贵在得笔意，若拘于法者，正似唐经所传者尔，其于古人机地不复到也。观前人于书，自有得于天然者，下手便见笔意。其于工夫不至，虽不害为佳致，然不合于法者，亦终不可语书也。（*GCSB*, *juan* 8, p.96）

这里说的“古人机地”，指刻写经书之匠无法理喻的书法关键，即“得于天然者”，也就是说在不自觉超验状态中所得到的笔意。

第二节　王昌龄创作论：超验的创作起端——静观之“意”

与陆机和刘勰一样，王昌龄认为文学创作是从超验的心理活动开始的，特别强调这种心理活动超越时空限制的特征。然而，他不用为人熟悉的词语去描述这种超验活动，如陆机“心游”、刘勰“神思”之类，而是选择使用“意”以及动词+意组成的词组，如“起意”“生意”“作意”等等。王昌龄这样的做法并非为在用词上标新立异，而是要按照佛教，尤其是唯识宗“意”的概念来重新定义文学起端的超验心理活动，为建立创作论新范式打下基础。“动词+意”组成的词组鲜见于中土文献中，但在内典里则大量使用。佛典中的“意”与儒、道、玄学文献之中的意截然不同。在早期内典翻译中，心、意、识三个字已被用作与佛教 *citta*、manas 和 *vijñāna* 概念相对应的术语。后来《楞伽经》把心分为八识，并用意和意识命名其中两识：“复次，大慧！言善不善法者，所谓八识。何等为八？一者阿梨耶识，二者意，三者意识，四者眼识，五者耳识，六者鼻识，七者舌识，八者身识。”八识在唯识宗也同样重要，但次序与此不同。阿梨耶识是八识，意是第七识，第六识是意识。第七识往往翻译成末那，作为第七识的“意”是超验的心理状态。

王氏所说的“意”“用意”“作意”和陆机“心游”、刘勰“神思”不同，不是在往返天地之间的精神飞翔，而是一种静态的观照。用王昌龄在《诗格》中的两个例子，与陆机“心游”、刘勰“神思”的描述作比较，我们可以看到这种静态观照所启动的创作过程，与以动态“神思”所引领的创作过程，是存在巨大差异的。这样的差异突出表现在王昌龄对“意”的定义，对“用意”结果的概括以及对“见意”的深入诠释上。

> 凡作诗之体，意是格，声是律，意高则格高，声辨则律清，格律全，然后始有调。用意于古人之上，则天地之境，洞焉可观。（*QTWDSGHK*, pp.160－161）

首先，王昌龄首先把意定义为诗之格。虽说在张伯伟《全唐五代诗格汇考》所录 29 种著作中，有 11 种冠以诗格之名。但是这些诗格著作多是讲诗歌创作中的修辞技术性的问题，作深入理论阐述的唯有王昌龄《诗格》。在上面引文中，“意是格”之“意”，指的不是作品内容，而是作者的超验的创作，紧接着的下一句“用意于古人之上，则天地之境，洞焉可观”，正好印证了这一解释。所谓“天地之境，洞焉可观”，是指“用意”的结果是揭示宇宙天地的实相。

> 古文格高，一句见意，则“股肱良哉”是也。其次两句见意，则“关关雎鸠，在河之洲”是也。其次古诗，四句见意，则“青青陵上柏，磊磊涧中石。人生天地间，忽如远行客”是也。又刘公幹诗云：“青青陵上松，飕飕谷中风。风弦一何盛，松枝一何劲。”此诗从首至尾，唯论一事，以此不如古人也。（*QTWDSGHK*, p.161）

王昌龄对“见意”概念的诠释，取自前人的书论论断，有据可依。不同于现代语境下“一句见意”的字面意思，在古代书论和诗论的语境中，“一句见意”有截然不同的解读。“见意”在历代书论中具有共同意义。从王羲之到唐代书论家均用“见意”一词，来指创作者从书法作品体悟书法家种种创作心理活动，包括对字形状态的想象直至与神灵的感通。据此，遵循书论家的解释，将“意”理解为作者创作时的心理活动，“一句见意”便可解释为读一句就立即可以体会作者创作心理活动的高妙之处。观书法作品时会看笔墨背后是否存在“生气”及创作者身心的律动，同理，读诗歌作品时的"一句见意"也是同样的审美感受。此外，王昌龄对"见意"的解释还有文本实证支撑。王昌龄所言："凡作文，必须看古人及当时高手用意处，有新奇调学之。"（*WJMFL*，p. 305），即是说要认真观察古人是如何展开创造想象的。《论文意》中"意"字出现六十次之多，其中绝大部分指涉创作活动的方方面面，而它们当中又有三种不同之义，所以读者"见意"可以是三义共见，也可以只见其中一二。

第三节　王昌龄创作论：静观之"意"产生的方式和身体条件

王昌龄认为静观之"意"产生的方式是"兴发意生"，且这一方式具有瞬间性。与"作意""用意""起意"等词源于内典相同的是，王昌龄对"兴发意生"瞬间性的强调也出于内典。

> 凡神不安，令人不畅无兴。无兴即任睡，睡大养神。常须夜停灯任自觉，不须强起。强起即惛迷，所览无益。纸笔墨常须随身，兴来即录。若无纸笔，羁旅之间，意多草草舟行之后，即须安眠。眠足之后，固多清景，江山满怀，合而生兴。须屏绝事务，专任情兴。因此，若有制作，皆奇逸。看兴稍歇，且如诗未成，待后有兴成，却必不得强伤神。（*QTWDSGHK*，p.170）

在《诗格》中，王昌龄便反复用"兴"字来表示内心瞬间不自觉的冲动。此“兴”实乃超验之“意”兴起的瞬间，并非中土文论所谈之“兴”，且与情感反应完全无涉，甚至与创作意愿也关系不大。

马鸣（生卒不详）与王昌龄对“意”的论述有着重要的相似之处。马鸣和王昌龄都强调，“意”是不自觉的超验状态，“意”在产生的同时也意味着变现出境界（这点将会在下一节进行深入讨论），即“能取境界”之所谓，且这个过程是不断的。但两者的论述也有不同之处。马鸣在《大乘起信论》中将“意”的产生解释为阿梨耶识在无明的刺激下突然升起而产生第七识意[1]，而王昌龄则强调“意”这一超经验的冥想产生于一种不自觉的、瞬间的心理状态。

王昌龄也像陆机和刘勰一样探究创作与身体之间的关系，但关注点和分析框架却迥然有别。陆机和刘勰的观点侧重两方面，一方面陆、刘两人都论述了身体如何影响甚至决定创作的成败，另一方面刘勰还全面讨论了不同创作方式对作者寿命的影响。两人的观点却均未提及“神思”产生所需的身体条件。王昌龄则称：

> 夫作文章，但多立意。令左穿右穴，苦心竭智，必须忘身，不可拘束。（*QTWDSGHK*, p.162）

1　原文如下：“生灭因缘者，所谓众生依心、意、意识转故。此义云何？以依阿梨耶识说有无明不觉而起，能见，能现，能取境界，起念相续，故说为意。”（见［梁］真谛译，高振农校释：《大乘起信论校释》，北京：中华书局，1992 年，第 54 页。）《大乘起信论》传统上归于马鸣的作品，但它没有梵文版本，只有中文版本，近代不少学者认为是伪托，但这个我们暂时不讨论。

> 皆须身在意中。若诗中无身，即诗从何有。若不书身心，何以为诗。是故诗者，书身心之行李，序当时之愤气。（*QTWDSGHK*, p.164）

王昌龄的论述恰恰弥补了这一局限。不同于陆、刘侧重阐述身体与创作活动相互的影响，王昌龄把注意力集中在作者“作意”的瞬间，只关注作者身体状况是否有助于“兴发意生”。因此他认为睡眠十分重要，安宁酣畅的睡眠是“兴发意生”的前提：

> 凡诗人，夜间床头，明置一盏灯。若睡来任睡，睡觉即起，兴发意生，精神清爽，了了明白。（*QTWDSGHK*, p.164）

王昌龄对静观之“意”产生方式的论述，传承并申发了马鸣的论述。此外，王昌龄对身体与创作关系的谈论更是前所未见的，甚有创意，弥补了陆、刘不提超验神思产生的身体条件的遗憾。

第四节　王昌龄创作论：静观之“意”与“境”的产生

王昌龄对创作第二阶段的论述极具原创性。跟刘勰、陆机相同，王昌龄也认为创作的第二阶段是形象在心中的呈现。然而，正如陆、刘和王氏笔下第一阶段的超验心理活动大异其趣，第二阶段形象呈现的内容、方式、结果亦有根本的区别。由于陆、刘的“心游”“神思”都始于“收视反听”，第二阶段所呈现的形象自然不是实质的物象，只是情感和物象记忆的片段。相反，王氏的“作意”多起于对具体景物的目视，故第二阶段所呈现的形象与具体物象有直接的关系。

王昌龄和陆机、刘勰对第二阶段形象呈现的方式和结果也有相应的差异。对于陆机和刘勰来说，形象呈现是情、象、辞之间互动互进的过程，就像陆机在《文赋》中论及的“情曈昽而弥鲜，物昭晰而互进。倾群言之沥液，漱六艺之芳润。浮天渊以安流，濯下泉而潜浸”（见《创作论评选》§ 049）。这种动态呈现的最终结果就是刘勰所说的“意象”，即心中形成的作品虚象。不同于陆机、刘勰，王昌龄则认为形象呈现的方式是对个别具体景物进行静态的直觉观照，其结果是穿透具体景物，进入揭示万物实相之“境”。对这种形象呈现的方式和结果，王昌龄作出了极为精辟的总结：

> 夫置意作诗，即须凝心，目击其物，便以心击之，深穿其境。如登高山绝顶，下临万象，如在掌中。以此见象，心中了见，当此即用。如无有不似，仍以律调之定，然后书之于纸，会其题目。山林、日月、风景为真，以歌咏之。犹如水中见日月，文章是景，物色是本，照之须了见其象也。（*QTWDSGHK*, p.162）

王昌龄认为山水的具体意象能够成为创作的重要源泉，不只是引发诗人情感的外在因素。并且，静观景物可以让心象直接进入超乎形象之外的境界。所以，不同于陆机的“收视反听”，王昌龄认为静观需要“目击其物”。只有在“目击其物”后，才能“深穿其境”获得直觉心境，从而把外界景象的精髓尽纳其中。而此时，心灵中所呈现的便不再是外界的风景，而是反映了风景真正面貌的内在风景。

在“观物”的具体实操上，王昌龄十分强调对象和时间的选择。

> 春夏秋冬气色，随时生意。取用之意，用之时，必须安神净虑。目睹其物，即入于心。心通其物，物通即言。言其状，须似其景。语须天海之内，皆纳于方寸。至清晓，所览远近景物及幽所奇胜，概皆须任意自起。意欲作文，乘兴便作。若似烦即止，无令心倦。常如此运之，即兴无休歇，神终不疲。（*QTWDSGHK*, p.170）
>
> 旦日出初，河山林嶂涯壁间，宿雾及气霭，皆随日色照着处便开。触物皆发光色者，因雾气湿着处，被日照水光发。至日午，气霭虽尽，阳气正甚，万物蒙蔽，却不堪用。至晚间，气霭未起，阳气稍歇，万物澄静，遥目此乃堪用。至于一物，皆成光色，此时乃堪用思。所说景物，必须好似四时者。（*QTWDSGHK*, pp.169－170）

王昌龄认为观照景物的最佳时刻是宿雾气霭刚散开，万物“因露气湿着处，被日照水光发”之际。王氏着意追求“至于一物，皆成光色”的原因，我们很难从中土传统绘画的理论和实践中

找到其源头。但在佛家论性境的典籍中却有很多用主动的光照来描述现量得性境的例子,例如,北宋初释延寿《宗镜录》卷五三载:

> 问:“五根于何教中证是现量?”答:“诚证非一,《圆觉经》云:‘譬如眼光,照了前境,其光圆满,得无憎爱。’可证五根现量不生分别,其眼光到处,无有前后。”[1]

王昌龄强调日光化物效应与《宗镜录》使用“眼光”的比喻,有着极为相似的目的,他们各自所追崇的理想境界具有包摄万物的圆满实性。

王昌龄“境”的概念毋庸置疑是来自佛教的。在佛教之前的中土典籍里,境是一个客观描述的术语,它既可以说是客观外界的边界,也可以用来描述精神活动的领域。佛教使用“境”这个概念来表达一种不同于儒道的世界观。佛教的境包括主客观两方面,既非纯粹的外界,也非纯粹的内心,而是两者互为因缘的一种事相。佛教把六境(色、声、香、味、触、法)作为六根(眼、耳、鼻、舌、身、意)的相对面。境不能离开根而存在,不是一种纯粹的客观,而是与主观互为因缘的一种存在。王昌龄所说的境便是这种佛家的“境”。同样,王昌龄关于“意”与“境”关系的论述也可以在内典中找到源头。马鸣在《大乘起信论》中对意进行了一种更具体的描述,将意分为五种,并一一加以冠名:

---

1 《大正藏》,第 48 册。

> 此意复有五种名：云何为五？一者名为业识，谓无明力，不觉心动故。二者名为转识，依于动心能见相故。三者名为现识，所谓能现一切境界，犹如明镜现于色像；现识亦尔，随其五尘，对至即现，无有前后，以一切时，任运而起，常在前故。四者名为智识，谓分别染净法故。五者名为相续识，以念相应不断故；住持过去无量世等善恶之业，令不失故。(*DCQXLJS*, p.54)[1]

但是马鸣所说的“意”“能现一切境界”，旨在强调意所变现的不是具体的心象，而是整个世界的境界。和马鸣相同，王昌龄也强调意并不唤起具体的物像，而是呈现“天地之境”。王昌龄用“境”一字时，和他谈具体的物、景不一样，通常是指一切境界。另外，马、王两人都用佛教“镜”的比喻来描述“境”，比如马鸣说“明镜现于色像”，王昌龄讲“以境照之”“心偶照境”，此处的“照境”和“照镜”应该是同音同义的关系。王昌龄发现总相之境与个相之象的区别，无疑是唐代诗学最为重要的突破之一。另外，王昌龄物境、情境、意境与唐代汉传唯识宗所建立的三境说(性境、带质境、独影境)有不寻常的相似之处，而后者有可能是王氏三境说的思想源头[2]。下文将具体阐释王昌龄所说的“三境”。

---

1 马鸣对于五种意的具体解释：“业识”和“转识”二名旨在说明意(末那识)来源于阿梨耶识。“现识”一名是说意“能现一切境界”，把现象世界的总相如镜像般地呈现出来。所谓“智识”一名是说明意有分别的能力，主要是净法(事物的实相)和染法的区别。最后，“相续识”一名是讲意的善恶之业的问题。

2 参黄景进：《意境论的形成——唐代意境论研究》，台北：台湾学生书局，2004 年。

王昌龄的第一境，是物境。他认为写山水之诗，首先是用心来感悟物境，处身于境，用心观物。

> 物境一。欲为山水诗，则张泉石云峰之境，极丽绝秀者，神之于心。处身于境，视境于心，莹然掌中，然后用思，了然境象，故得形似。

王氏虽然给第一类境冠以“物境”之称，但他所谈的绝非“物色”之“物”。这里的“神似”也绝不是指六朝文论家所说的“形似”。六朝创作论中的“物”指自然界中变化纷陈、感发诗人情志的实物实景，即钟嵘所说的“春风春月，秋月秋蝉，夏云暑雨，冬月祁寒”等“四候之感诸诗者”。王氏的“物境”则是“张”于直觉心灵中的万物实相。因此，此心境之“形似”与彼物境之“形似”不可能是一码事。就六朝所追求的“形似”而言，外物之“恒姿”是衡量“形似”的最终标准。为了达到与实物实景的“形似”，诗人必须“窥情风景之上，钻貌草木之中”。六朝诗人“体物为妙”，则要“功在密附。故巧言切状，如印之印泥，不加雕削，而曲写毫芥”[1]。王氏所说的“形似”指的是对心境的真实写照。得此“形似”的关键自然不在于对外物“恒姿”的体察摹写，而在于能否“神之于心，处身于境，视境于心”，在于能否“用思”而“了然境象”。在理论的层次上来说，六朝文论中的“形似”代表着一种崇尚摹写外物的艺术原则，而王昌龄

1 刘勰著，范文澜注：《文心雕龙注》，北京：人民文学出版社，1958 年，第 694 页。

所赞许的“形似”恰恰是对这种艺术原则的彻底否定。他用“物境”“形似”一词来表述对超越物象的境界的追求，似乎是偷梁换柱，提倡一种与六朝“形似”相对立的、反模仿的艺术原则。

王昌龄的第二境，是情境。由于娱乐愁怨不是像山水一样有具体的存在，因此不可能和山水一样进行直觉的观照。

> 情境二。娱乐愁怨，皆张于意而处于身，然后驰思，深得其情。

所以王昌龄强调对娱乐愁怨的观照要置身处地，即“张于意而处于身”，得其境象，再经过“驰思”，即具体意象的惨淡经营，然后深得其情。

与物境一、情境二不同，意境三没有明说主语为何，即没有交代是什么被“亦张于意”。

> 意境三。亦张之于意，而思之于心，则得其真矣。（*QTWDSGHK*, pp.172－173）

此主语的省略说明意境三所言之意是自发呈现的，不发于对山水自然和人类社会的感悟。佛教把心象视为一种虚幻，王昌龄的“意”承自佛教，却把意和思作为一种积极的心理活动和创造，但两者却并不矛盾。因为佛教中也有用“意”字来表达“发意”等积极肯定的概念。例如《大乘起信论》中提到：

> 初发意菩萨等所见者，以深信真如法故，少分而见。知彼色相庄严等事，无来无去，离于分齐，唯依心现，不离真如。(*DCQXLJS*, p.113)

引文意为菩萨和信众要深信真如法，也要通过主观努力。要超越对世界的执着，从污染的幻觉中回归真如，仍要通过主观思维，这就是所谓发意。由此可见，意一字在佛教中也不全部都是消极的。王昌龄便是采用了佛教中“意”的积极一面，含蓄巧妙地借用来描述文学中幻境的创作。王昌龄所说的意境不是实境，而是一种虚构之境。“思之于心”，便是对这种虚境进行一种再创作。创作者要“思之于心”，之后才能“得其真”。虽然意境不是真实的东西，但可以得到生活和艺术的真实。

第五节　王昌龄创作论：从“境”到“象”的转化

在陆机和刘勰的创作论中，创作的第三个阶段是从“意”到“言”的过程，也就是最后的成文阶段。但在王昌龄创作论中，书写成文是第四阶段，第二阶段的境生之后，还有从“境”到“象”的第三阶段。虽然王氏并没有十分明确地对“境”和“象”作出区分，但从他使用“境象”一词遣词用句的先后中，我们可以揣摩出这是由“境”到“象”的转变过程。不过，最能证明王氏认为境生之后还有“成象”过程的，莫过于他对“思”字的用法。在《论文意》中，“思”出现了 14 次，几乎每一次都是描述境生之后有意识的意象选择。

在《诗格》里，王昌龄提出了三种用思的方式，即三思。他将第一种思称为"生思"，解释道："生思一。久用精思，未契意象。力疲智竭，放安神思。心偶照境，率然而生。"他这段话，对创作的第三阶段作了重要论断：思是有意识地对境进行加工，其目的是从中提炼出"意象"。紧接着，他又继续论证"三境"中的情境，也能引起诗人自觉的意象营造，而"感思二。寻味前言，吟讽古制，感而生思"似乎是说古人的吟讽。接着又言："取思三。搜求于象，心入于境，神会于物，因心而得。""取思"实际上与"生思"相同，只是后者更强调思的突发性（见《创作论评选》§ 074、075）。

王昌龄对用思搜求意象的心理活动的描述，与马鸣对第六识意识的论述，也有着重要的相似之处。马鸣在《大乘起信论》中提到：

> 复次，言意识者，即此相续识，依诸凡夫取着转深。计我、我所，种种妄执，随事攀缘，分别六尘，名为意识，亦名分离识。又复说名分别事识。（*DCQXLJS*, p.59）

此处，《大乘起信论》的译者在"意"的后面加一个"识"成为意识，将第六识"意识"和第七识"意"区分开来。识在中文中表达一种认知、知识，将"识"字加在意后，甚为恰当。马鸣认为，第七识并没有涉及真正的理性思维，因为它仅仅把染和净加以区别，其它并没有具体区别事物的作用。但意识则是一种真正的知识理性的过程，前五识可以相缘陆续现行，形成一种抽象的概念和思维。第七识“意”与第六识“意识”的主要区别在于，意是无意识地将世界像明镜一样呈现出来，而意识是一种主观努力，以区别各种主观的感受和心理的活动，同时也涉及一种情感活动，其本质是对虚幻的一种执着。

在《论文意》中，王昌龄对于思也有相似的论述。王昌龄的思与第六识“意识”有很多相似的地方。王昌龄 14 次用“思”字，几乎都是主观的、有意识的选择，跟“意识”的功用是很相似的。意识跟感官相缘而生的思维活动，通常与情感的执着是不可分的。同样，王氏对“感思”的描述也强调搜象过程中的情感因素。两者也存在些许分别，在感知和再现上不是整体，而是具体的分别。比如讲思，则言搜象、取思、感思，都是选择具体的意象来表达。

此外，除了搜求意象，用思还涉及“巧运言词”。王昌龄在《诗格》中也进行了诠释：

> 凡属文之人，常须作意。凝心天海之外，用思元气之前，巧运言词，精练意魄。所作词句，莫用古语及今烂字旧意。改他旧语，移头换尾，如此之人，终不长进。为无自性，不能专心苦思，致见不成。（*QTWDSGHK*, pp.63 – 64）

第六节 王昌龄创作论：动态之“意”与境象到言的转化

在王昌龄的《论文意》中，将经“思”而得的“境象”付诸文字，是创作的第四阶段，也是最后一个阶段。此前刘勰不仅为作者、也为作为文论家的自己发出“意翻空而易奇，文征实而难巧”（见《创作论评选》§ 056）的嗟叹。在创作论的书写中，描述从翻空到征实的成文过程，无疑是头等难事。刘勰对此论题避而不谈，似乎是畏难而退。相比之下，陆机则是知难而上，试图从两个不同的角度来解决这个难题，一是描述瞬间灵感的驱动，视之为完美成文的奥秘；二是用四种不同文势来更加具体地呈现虚象成文的动态过程。由于成文过程非藉动态形象描写难以呈现，王昌龄所面临的挑战是难以想象的，因为他所描述的意→境→象的过程都是在静态观照的状态中完成的。显然，佛教唯识宗的“意”“境”这些以寂静为本的概念，是无法用来理解成文过程的，而且佛家普遍强调语言文字的虚幻，对文章创作自身是没有兴趣的。

为了描述成文过程，王昌龄不得不放弃唯识之“意”，转为使用初盛唐书论中的“意”。如果说前者是王昌龄诗论中第一义的“意”，那么后者则是第二义的“意”。以意论书，始于王羲之，但到了唐代，“意”便不止于王羲之所说的对字画形态和振动的视觉想象，而是一个上通神灵下接笔尖，得于心应于手的飞动过程。比王昌龄早大约半个世纪的书法家孙过庭（646—691），对“意”与书法就有这样的描述：

意先笔后，潇洒流落，翰逸神飞。亦犹弘羊之心，豫乎无际；庖丁之目，不见全牛。尝有好事，就吾求习，吾乃粗举纲要，随而授之，无不心悟手从，言忘意得；纵未窥于众术，断可极于所诣矣。（*SGTSPJZ*, p.91）

描述文学创作的成文阶段，对于王昌龄而言，书论之“意”便是最优选的参考概念。首先，此书论之意与唯识之意共享一个字眼，而且都具有超验的性质，用之则可紧扣上文。另外，用此源自书论、呈动态的第二义之意，非常适合于描述成文过程中，言词在所有不同层次的组合。因此，王氏认为，此“意”贯穿行文全过程，直至文成收笔时仍起到驱动作用，故言：“高手作势，一句更别起意；其次两句起意，意如涌烟，从地升天，向后渐高渐高，不可阶上也。下手下句弱于句，不看向背，不立意宗，皆不堪也。”（见《创作论评选》§ 077）这段话似乎是孙过庭以意论书法的文学翻版，甚至两人所用的比喻[1]也有异曲同工之妙。

不仅如此，王昌龄在讨论此第二义之意的具体运作时，又巧妙地使用了《论文意》中第三义的“意”，即在唐代诗格中常与景物相对、内涵与“情”相同或相近的“意”。的确，王氏讨论诗篇结构、对句乃至单句的书写，无不是从此第三义的“意”或情与景物互动的角度展开的。下文便选取两段选文为例进行说明，其中的意字均为名词性的、第三义的“意”，以情感为主要表达内容。第一例中，王昌龄用自己的诗作《岳阳别李十七越宾》中的“相逢楚水寒”为例，说明何为情物换用：

> 诗头皆须造意，意须紧，然后纵横变转。如“相逢楚水寒”，送人必言其所矣。（*QTWDSGHK*, pp.162－163）

1 王昌龄《诗格 · 论文意》云：“意如涌烟，从地升天，向后渐高渐高。”（见张伯伟：《全唐五代诗格汇考》，第 161 页。）孙过庭《书谱》云：“潇洒流落，翰逸神飞。”（见［唐］孙过庭撰，朱建新笺证：《孙过庭书谱笺证》，第 91 页。）

用此例,王昌龄解释道:诗若开头言意,下面则必要言物,此为情物换用。在第二个例子中,王昌龄便论证了意和景物之间的平衡关系。

> 诗贵销题目中意尽。然看所见景物与意惬者当相兼道。若一向言意,诗中不妙及无味。景语若多,与意相兼不紧,虽理通亦无味。昏旦景色,四时气象,皆以意排之,令有次序,令兼意说之为妙。(*QTWDSGHK*, p.169)

这两段中的意字,都是名词性的、第三义的"意",指以情感为主的表达内容。在王昌龄来看,此"意"必须与景物取得平衡,"一向言意"或景语"与意相兼不紧"都是不理想的。王昌龄意与景物动态结合的观点,可以说与后世艾略特(T.S. Eliot, 1888–1965)"在艺术形式中表现情感的唯一方式就是找到客观关联物"的说法遥相呼应。

王昌龄所谓的"起意"便是充分发挥作品想象的能动作用:

> 诗本志也,在心为志,发言为诗,情动于中而形于言,然后书之于纸也。高手作势,一句更别起意,其次两句起意。意如涌烟,从地升天,向后渐高渐高,不可阶上也。下手下句弱于上句,不看向背,不立意宗,皆不堪也。(*QTWDSGHK*, p.161)

"诗言志"数句是传统的说法,但"形于言"以后则是王昌龄自己的阐发。他将意比喻为动态的浮烟，直到作品的最后完成。如果没有作品想象作推动力，则一句比一句弱，而且后句与前句必缺少统一连贯性，因此不遵守立意原则的作品是不堪读的。王昌龄把作品想象和用词遣句的过程结合在一起讨论，也是文论史发展中很重要的观点。

在王昌龄看来，诗篇开头的成功与否取决于意与物两者的选择和组合。王昌龄在《论体势》中列出的十七势中，有六势以开篇的诗句为例，可见他对诗篇开头重视的程度。

> 夫诗，入头即论其意。意尽则肚宽，肚宽则诗得容预，物色乱下。至尾则却收前意。节节仍须有分付。……凡诗头，或以物色为头，或以身为头，或以身意为头，百般无定，任意以兴来安稳，即任为诗头也。……诗有上句言意，下句言状；上句言状，下句言意。……凡诗，物色兼意下为好，若有物色，无意兴，虽巧亦无处用之。如“竹声先知秋”，此名兼也。（*WJMFL*, pp.1317－1339）

所谓的“身意”便是诗人内心的真情实意，不是空泛的情感。对于如何安排物和意的先后，仍是紧扣两者互动的原则，即“上句言意，下句言状；上句言状，下句言意”，并且即使是在一行里，也要兼顾意和物的互动。王氏还特别推崇意、景超乎相互倚傍，融为一体，认为能实现这一点的人乃文章高手。由此，王昌龄的比喻“作意如涌烟，从地升天，向后渐高渐高，不可阶上也”

便落到了实处,即作品的动态想象(第二义之意)可激活作品中各个层次上情(第三义之意)和景物的互动。

【第四章第一至六节参考书目】

金学智著:《中国书法美学》,南京:江苏文艺出版社,1994 年。参第二章第四节《议乎"无声之音,无形之相"——张怀瓘集大成式的书法美学思想》,第 934—948 页;第二章第五节《"心手相师"对意在笔前说的补充》,第 949—954 页。

黄景进著:《意境论的形成:唐代意境论研究》,台北:台湾学生书局,2004 年。

蔡宗齐著:《王昌龄以"意"为中心的创作论及其唯识学渊源》,《复旦大学学报》2017 年第 4 期,第 87—97 页。

蔡宗齐著:《唯识三类境与王昌龄诗学三境说》,《文学遗产》2018 年第 1 期,第 49—59 页。

Zong-qi Cai. "Toward an Innovative Poetics: Wang Changling on *Yi* 意 and Literary Creation." *Journal of Chinese Literature and Culture* 4.1 (2016): 180 - 207.

Bodman, Richard W. *Poetics and Prosody in Early Mediaeval China: A Study and Translation of Kūkai's* 空海 *Bunkyō Hifuron* 文镜秘府论 N.P.: Quirin Press, 2020.

Ho, Edward. "Aesthetic Considerations in Understanding Chinese Literati Musical Behaviour." *British Journal of Ethnomusicology* 6 (1997): 35 - 49.

Bush, Susan. *The Chinese Literati on Painting: Su Shih (1037 - 1101) to Tung Ch'i-ch'ang (1555 - 1636)*. Hong Kong University Press, 2012, Chapter 1, pp.1 - 28.

第七节　中晚唐皎然等人的"意""境""思""象"说

王昌龄妙用"意"之三义，以之统摄文学创作的所有阶段，建立了一个糅合了佛道思想的"意→境→象→言"的创作论框架。较之陆机、刘勰"意→象→言"创作三阶段说，王昌龄四阶段说的创新突破，不仅仅在于增加了"境生"的阶段，而更重要是它借用佛教之"意"和基于道家的书论之"意"，重新解释了这四个阶段前后因果关系。

中唐诗僧皎然（约720—约803）也像王昌龄那样大量使用"意""境""象""思"等术语，但它们各自的涵义和重要性大为不同。首先，"意"已不再指统领一切的超验心理活动，而是王氏著作中第三义之意，即与"情"近义的"意"。《诗式》论创作过程时说的"境"已不再指静观中呈现的世界实相，而是事物的个相。例如，他说的"取境"与"取象"已没有什么区别，两者都指有意识地营造诗歌形象。不过，在评论诗篇审美效果时，皎然所赞扬的"境"与"象"却有本质的不同，多指超乎象外的审美境界。皎然的"思"字与王昌龄的用法相同，但他把有意识的"苦思"提到最重要的地位，并将无自觉意识的灵感视为其对立面，认为"意静神王，佳句纵横"只是很偶然的事，而且这种神助仍有赖于"先积精思"。

较之皎然，贾岛（779—843）对"意"化虚为实的改造又进了一步，将王昌龄第三义"意"中包含的"情"分出来，列为与"意"

对等一类，前者指情中有景的诗句，而后者指只用情语的诗句。晚唐杜牧（803—852）提出了“文以意为主”的命题，所说的“意”属王昌龄所说的第二义之“意”。晚唐徐夤则又对“意”作虚解，提出“意在象前”的命题，但从上下文判断，此“意”虽似乎接近王昌龄的第一义之“意”，但更像是在勾勒刘勰《神思》“意象”的形成的过程。

皎然《诗式·辩体有一十九字》写道：“评曰：夫诗人之思初发，取境偏高，则一首举体便高；取境偏逸，则一首举体便逸。”（*QTWDSGHK*, p.241）似乎模仿了王昌龄“凡作诗之体，意是格，声是律，意高则格高”一段的措辞，但所得出的观点却是相反的。王氏所推崇的第一、第二义的意是超验的，而皎然所说的“诗人之思”是有意识的思索。同样，与王氏所说呈现万物实相的“境”相反，皎然的“取境”是指着意营造具体作品的意象。另外，皎然还在《诗议·论文意》探讨了苦思、取象、造句：

> 或曰：诗不要苦思，苦思则丧于天真。此甚不然。固须绎虑于险中，采奇于象外，状飞动之句，写冥奥之思。夫希世之珠，必出骊龙之颔，况通幽含变之文哉？但贵成章以后，有其易貌，若不思而得也。“行行重行行，与君生别离”，此似易而难到之例也。（*QTWDSGHK*, p.208）

皎然认为，不论构思还是用字遣词均要“苦思”，最上乘的作品容易让人感觉是“不思而得”的，但这实为一个错觉，“似易而难到”的诗作，乃是“苦思”的成果。在《诗式·取境》，他深入讲解了取境与苦思的关系：

评曰：或云，诗不假修饰，任其丑朴。但风韵正，天真全，即名上等。予曰：不然。无盐阙容而有德，曷若文王太姒有容而有德乎？又云，不要苦思，苦思则丧自然之质。此亦不然。夫不入虎穴，焉得虎子。取境之时，须至难至险，始见奇句。成篇之后，观其气貌，有似等闲不思而得，此高手也。有时意静神王，佳句纵横，若不可遏，宛如神助。不然，盖由先积精思，因神王而得乎？（*QTWDSGHK*, p.232）

皎然一反历来论诗崇尚自然率真的倾向，大讲特讲苦思的重要性，甚至认为，所谓流于自然的作品并非无涉精思，只是作者技艺高超，能做到不留雕琢痕迹而已。皎然如此大胆地反潮流，无怪乎后来遭到王夫之（1619—1692）严词鞭挞，被视为破坏诗风的罪魁祸首。除此之外，他还在《诗式・立意总评》从立意与直抒胸臆两方面来分析诗句：

评曰：前无古人，独生我思。驱江、鲍、何、柳为后辈，于其间或偶然中者，岂非神会而得也？其例曰："迢迢牵牛星，皎皎河汉女。""枯桑知天风，海水知天寒。"又："河中之水向东流，洛阳女儿名莫愁。""临河濯长缨，念别怅悠悠。""画作秦王女，乘鸾向烟雾。"鲍照"刿蘖染黄丝，棼乱不可治。"吴均"鹓雏若上天，寄声向明月。"又古诗："客从远方

> 来,遗我双鲤鱼。呼童烹鲤鱼,中有尺素书。”又:“门有车马客,驾言发故乡。念君久不归,濡迹滞江湘。”柳恽“汀洲采白蘋,日落江南春。洞庭送归客,潇湘逢故人”之例是也。诗人意立变化,无有倚傍,得之者悬解其间。若论降格,更须评之。如潘岳《悼亡诗》:“庶几有时衰,庄缶犹可击。”思之极也。虽有依倚,吾无恨焉。如“明月入绮窗,仿佛想蕙质”,斯不及矣。(*QTWDSGHK*, pp.345–346)

从这段可以看出皎然所说的“立意”是指苦思炼句,与王昌龄具有超验特征的“作意”“起意”“立意”相差甚远。《诗议·诗有十五例》则阐释了与“情”近义、名词性之“意”:

> 一、重叠用事之例。二、上句用事,下句以事成之例。三、立兴以意成之例。四、双立兴以意成之例。五、上句古,下句以即事偶之例。六、上句立意,下句以意成之例。七、上句体物,下句以状成之例。八、上句体时,下句以状成之例。九、上句用事,下句以意成之例。十、当句各以物色成之例。十一、立比以成之例。十二、覆意之例。十三、叠语之例。十四、避忌之例。十五、轻重错谬之例。(*QTWDSGHK*, pp.214–215)

这段在《文镜秘府论》的摘录中,每一例下皆引诗句作为具体例证。同样也是诗僧的贾岛在《二南密旨·论立格渊奥》中讲述了意格,即不诉诸于形象的写情模式:

诗有三格。一曰情，二曰意，三曰事。情格一。耿介曰情。外感于中而形于言，动天地，感鬼神，无出于情。三格中情最切也。如谢灵运诗："池塘生春草，园柳变鸣禽。"如钱起诗："带竹飞泉冷，穿花片月深。"此皆情也。如此之用，与日月争衡也。意格二。取诗中之意不形于物象。如古诗云："行行重行行，与君生别离。"如书公《赋巴山夜猿送客》："何年有此路，几客共沾襟。"事格三。须兴怀属思，有所冥合。若将古事比今事，无冥合之意，何益于诗教。如谢灵运诗："偶与张邴合，久欲归东山。"如陵士衡《齐讴行》："鄙哉牛山欢，未及至人情。"如古诗云："懒向碧云客，独吟黄鹤诗。"以上三格，可谓握造化手也。(*QTWDSGHK*, pp.376－377)

贾岛将王昌龄和皎然所用名词性的意一分为二，得情、意两格。意格是指在情感表达时，少形象而多情语。比如，他在《二南密旨·论总显大意》表达了意即讽喻的意义这种观点：

大意，谓一篇之意。如皇甫冉送人诗："淮海风涛起，江关幽思长。"此一联见国中兵革、威令并起。"同悲鹊绕树，独作雁随阳。"此见贤臣共悲忠臣，君恩不及。"山晚云和雪，门寒月照霜。"此见恩及小人。"由来濯缨处，渔父爱潇湘。"此见贤人见几而退。李嘉祐《和苗员外雨夜伴直》："宿雨南宫夜，仙郎伴直时。"此见乱世臣节也。"漏长丹凤

> 阙，秋冷白云司。”此见君臣乱暗之甚。“萤影侵堦乱，鸿声出塞迟。”此见小人道长，侵君子之位。“萧条吏人散，小谢有新诗。”此见佞臣已退，贤人进逆耳之言。李端诗：“盘云双鹤下，隔水一蝉鸣。”此贤人趋进兆也。下一句即韦金部在他国，孤进失期，乃招之也。“古道黄花发，青芜赤烧生。”此见他国君子道消，正风移败，兵革并起。“茂陵虽有病，犹得伴君行。”此见前国贤人，虽未遂大志，尤喜无兵革。以上三篇，略而列之，用显大意。（*QTWDSGHK*, pp.381－382）

贾岛此处谈“意”，有两个新颖之处，一是将意与儒家提倡的道德讽喻挂钩，二是提出“大意”的概念，将对意言关系讨论的重点从诗句营造移至全篇结构。

不同于上述两位诗人，杜牧则认为文以意为主，其《答庄充书》写道：

> 凡为文以意为主，气为辅，以辞彩章句为之兵卫，未有主强盛而辅不飘逸者，兵卫不华赫而庄整者。四者高下圆折，步骤随主所指，如鸟随凤，鱼随龙，师众随汤、武，腾天潜泉，横裂天下，无不如意。苟意不先立，止以文彩辞句，绕前捧后，是言愈多而理愈乱，如入阛阓，纷纷然莫知其谁，暮散而已。是以意全胜者，辞愈朴而文愈高；意不胜者，辞愈华而文愈鄙。是意能遣辞，辞不能成意，大抵为文之旨如此。（*DMJXNJZ*, *juan* 13, pp.884－885）

杜牧已经注意到“意”是一种动态的“意”，王昌龄以“势”的概念描绘“意”，这里杜牧以“气”的概念来描绘“意”。杜牧以比喻的语言描述了从“意”到“言”的动态过程。“如鸟随凤，鱼随龙，师众随汤、武，腾天潜泉，横裂天下，无不如意。”表现了写作时都是按照“意”的意思来进行文字方面的架构，“意”是文字使用的推动力，也是组织的原则。因此“意能遣辞，辞不能成意”，表明“意”是驱动文字形成的推动力。杜牧这里所说“意”显然就是王昌龄第二义之“意”，即旨在驱动行文过程的“运意”。

晚唐文学家徐夤在《雅道机要·叙搜觅意》提出了意在象前的观点：

> 凡为诗须搜觅。未得句，先须令意在象前，象生意后，斯为上手矣。不得一向只构物象，属对全无意味。凡搜觅之际，宜放意深远，体理玄微。不须急就，惟在积思，孜孜在心，终有所得。古今为诗，或云得句先要颔下之句，今之欲高，应须缓就。若阆仙经年，周朴盈月可也。（*QTWDSGHK*, pp.445－446）

这里“意在象前”，很明显是借鉴王羲之“意在笔先”的说法。徐氏说“放意深远，体理玄微”，似乎是王昌龄第一义“意”的回响，指成象前带有超验特征的心理活动。

【第四章第七节参考书目】

郭绍虞著：《中国文学批评史》，第1版，上海：上海古籍出版社，1979

年,四七《严羽〈沧浪诗话〉》,第 268—285 页。

胡雪冈著:《意象范畴的流变》,初版,桃园: 昌明文化有限公司,2018 年,第五章《"意象"说的成熟》,第 103—121 页。

王运熙、杨明著:《隋唐五代文学批评史》,第 1 版,上海: 上海古籍出版社,1994 年。

刘伟林著:《中唐诗境说研究》,台北: 万卷楼图书,2019 年,第 152—179 页。

Liu, James J. Y., and Richard John. *Lynn*. *Language-Paradox-Poetics: A Chinese Perspective*. Princeton: Princeton University Press, 2014, Chapter 3 "the Poetic of Paradox," pp.59, 60, 66.

第五章　唐宋时期:养气创作论和禅悟创作论

刘勰《文心雕龙》建立了一个庞大无比的“文”的谱系,上接天文地理,下通整个文明发展史,从伏羲造八卦、商周礼乐之文、秦汉典籍之文直至六朝唯美之文,无不统摄其中。在此“文”的谱系中,圣人占据枢纽的地位:“道沿圣而垂文,圣因文而明道。”因而创作文章自然离不开学习圣贤的文章。然而,刘氏《神思》《物色》《养气》诸篇中论述文学创作之时,他却完全忘却了自己所信奉的文须征圣宗经的原则,没有将文学创作和学习圣人文章联系在一起,而是从唯美的角度来分析整个创作过程。这样,征圣宗经就被架空为与实际文学创作无关的教条。然而正因如此,刘勰为后人发展儒家创作论留下了足够的空间。韩愈(768—824)无疑完美地利用了这个空间,成功地将征圣宗经的原则改造成一种独特的养气创作论。

第一节　韩愈等人的养气创作论

笔者认为,韩愈的成功,很大程度上在于他选择了“养气”

为切入点。他说“养气”并非刘勰《养气》篇所讲那种保全身体的养气，而是孟子所说的浩然之气。孟子言“我知言，我善养吾浩然之气……其为气也，至大至刚，以直养而无害，则塞于天地之间。其为气也，配义与道”（见《创作论评选》§ 026）。孟子所言“浩然之气”是身体和思想道德紧密结合的“气”，西方思想中身体与思想是截然不同的两个类别，而在中国儒家思想中这两者是不能分开的。既然孟子已明言浩然之气与言和道义的关系，那么用学习圣人文章养气来描述的过程，自然是顺理成章的事。

韩愈《答李翊书》介绍自己通过学习圣贤文章而养浩然之气的体验。他首先交代自己读书的范围，“非三代两汉之书不敢观，非圣人之志不敢存”，然后描述学习圣贤文章对自己文章写作的巨大帮助，用“汩汩然来矣”“然后浩乎其沛然矣”诸语，用来形容长久沉浸于古圣文章而涌起的文思，把文思的动势栩栩如生地表现出来。这里，韩愈将古圣文章的学习虚化为养气过程，以虚对虚，借气流动之貌呈现了虚渺无形的创作心理活动。接着他又以水做喻，从理论上阐述“气”与“言”的关系：“气，水也；言，浮物也。水大而物之浮者大小毕浮。气之与言犹是也。气盛，则言之短长与声之高下皆宜。”（见《创作论评选》§ 091）在韩愈看来，“文”的产生是“养气”的结果，“养气”到达成熟的地步便自然产生“言”“文”。因此，养浩然之气，即是道德培养的过程，也是培养“言”的过程，而所成之言自然近乎圣贤所立之言。

由于曹丕《典论 · 论文》先前打通了作者之气与作者个人

秉性、地域风气的关系，韩愈养气创作论其实还有更多可以拓展的空间。的确，不少韩愈的继承人是沿着这些方向进一步拓展了养气创作论。例如，苏辙（1039—1112）《上枢密韩太尉书》将“浩然之气”推至作者周览天下名胜所感受的天地之气，然后描述作者如何内化的天地之气，自然而然地写出天下至文。明方孝孺（1357—1402）《与舒君》则将养气说用来重新解释孔子所说“辞达”，认为辞达所指，并非抽象概念的简洁陈述，而是作者堪比天地力量之文思瞬间完成的自然表达。养气——辞达过程的两端，分别与孟子和孔子的语录直接相连，养气创作论的儒家特征就不言而喻了。

《孟子·公孙丑上》如此论述浩然之气与言和道德的关系：

> （孟子曰）“……夫志，气之帅也；气，体之充也。夫志至焉，气次焉。故曰：‘持其志，无暴其气。’”“既曰‘志至焉，气次焉’，又曰‘持其志，无暴其气’者，何也？”曰：“志壹则动气，气壹则动志也。今夫蹶者趋者，是气也，而反动其心。”“敢问夫子恶乎长？”曰：“我知言，我善养吾浩然之气。”“敢问何谓浩然之气？”曰：“难言也。其为气也，至大至刚，以直养而无害，则塞于天地之间。其为气也，配义与道；无是，馁也。是集义所生者，非义袭而取之也。行有不慊于心，则馁矣。”（*MZYZ*, pp.61 - 62）

《孟子·尽心下》则从另一种角度描述内在道德外化的力量：

浩生不害问曰:"乐正子何人也?"孟子曰:"善人也,信人也。""何谓善?何谓信?"曰:"可欲之谓善,有诸己之谓信,充实之谓美,充实而有光辉之谓大,大而化之之谓圣,圣而不可知之之谓神。乐正子,二之中、四之下也。"(*MZYZ*, p.334)

圣人心性充实之美似光辉照耀天地,因"大"感化影响天下,此种力量便称之为"圣",亦可俗称为"神"。此外,"善"之力量发展到一定程度,可以养成为浩然之气,如鬼神一般,可以影响天地造化。

到了唐代,文学观念再度革新,韩愈在《答李翊书》中写道:

生所谓立言者是也,生所为者与所期者,甚似而几矣。抑不知生之志,蕲胜于人而取于人耶?将蕲至于古之立言者耶?蕲胜于人而取于人,则固胜于人而可取于人矣;将蕲至于古之立言者,则无望其速成,无诱于势利,养其根而俟其实,加其膏而希其光。根之茂者其实遂,膏之沃者其光煜,仁义之人,其言蔼如也。

抑又有难者,愈之所为,不自知其至犹未也。虽然,学之二十余年矣。始者,非三代两汉之书不敢观,非圣人之志不敢存,处若忘,行若遗,俨乎其若思,茫乎其若迷。当其取于心而注于手也,惟陈言之务去,戛戛乎其难哉!其观于人,不知其非笑之为非笑也。如是者亦有年,犹不改,然后识古书之正伪,与虽正而不至焉者,昭昭然白黑分矣,

> 而务去之，乃徐有得也。当其取于心而注于手也，汩汩然来矣。其观于人也，笑之则以为喜，誉之则以为忧，以其犹有人之说者存也。如是者亦有年，然后浩乎其沛然矣。吾又惧其杂也，迎而距之，平心而察之，其皆醇也，然后肆焉。虽然，不可以不养也。行之乎仁义之途，游之乎《诗》《书》之源，无迷其途，无绝其源，终吾身而已矣。

韩愈这里提出一种新的文学观，即文人可以像圣人一样写出圣人的美文，并且介绍了他自己的学习过程："非三代两汉之书不敢观，非圣人之志不敢存。"由此渐近圣人的思想境界。韩愈认为自己所作之言亦可称为"立言"，这可以说是对曹丕文学观的继承；但和曹丕的纯美文学观点不同的是，韩愈认为要通过学习圣人才能写出和圣人之言一样可以立身传世之文。要通过学习圣人以写出和圣人之言类似的文章这一观点，应该也受到了刘勰《征圣》和《宗经》中类似思想的影响。《文心雕龙》中，虽然也讲圣、道、文的关系，但那主要是立足于提升文的地位，是从总体上来谈的。具体到创作，如其《物色》诸篇，则根本不谈圣人。古文家谈论文学，将自然和文的关系在具体的创作中加以论述，这对前代的文论是一个发展。

韩文接下来讨论气与言的关系：

> 气，水也；言，浮物也。水大而物之浮者大小毕浮，气之与言犹是也。气盛，则言之短长与声之高下者皆宜。虽如是，其敢自谓几于成乎！虽几于成，其用于人也奚取焉？

虽然,待用于人者,其肖于器邪?用与舍属诸人。君子则不然,处心有道,行己有方,用则施诸人,舍则传诸其徒,垂诸文而为后世法。如是者,其亦足乐乎?其无足乐也?(*HCLWJJZ*, *juan* 3, pp.240 – 242)

这里的"气"也不同于曹丕所说的"气"。韩愈在这里所说的"气",可以追溯到孟子的"浩然之气"。"浩然之气"即身体与道德的混合,和天地之气可以融合。这里的"气"既指道德修养,又指自然声律。后者是对骈文的反对。在韩愈看来,"气盛,则言之短长与声之高下皆宜",说的即是自然之气可以产生抑扬顿挫的自然音乐之美,这不同于写作骈文必须的人为的声律要求。

《论语》说"辞达而已矣"。到了宋代,"辞达"已经成为一个重要的文学批评的论题。贯道派强调"辞达而已",并非文不重要,而是很难做到所谓"了然于心,盖千万人而不一遇也"。什么是辞达?是自然而然,同时又达到最高的艺术境界。能够将万物之真"了然于心",而同时用"口与手"将其表达出来,这才是"辞达"。这和"载道"派理解的"辞达而已"完全不同。"载道"派认为"辞达而已"就是我们不要追求文辞,文辞仅表意而已,并不重要,可以得鱼忘筌。例如,苏轼在《与谢民师推官书》中对"辞达"的新解:

求物之妙,如系风捕影,能使是物了然于心者,盖千万人而不一遇也。而况能使了然于口与手者乎?是之谓辞达。

辞至于能达,则文不可胜用矣。(*SSWJ*, *juan* 49, p.1418)

他的弟弟苏辙在《上枢密韩太尉书》中也讨论了天地之气与文章言语的关系:

太尉执事:辙生好为文,思之至深。以为文者,气之所形,然文不可以学而能,气可以养而致。孟子曰:"我善养吾浩然之气。"今观其文章,宽厚宏博,充乎天地之间,称其气之小大。太史公行天下,周览四海名山大川,与燕、赵间豪俊交游,故其文疏荡,颇有奇气。此二子者,岂尝执笔学为如此之文哉?其气充乎其中而溢乎其貌,动乎其言而见乎其文,而不自知也。

辙生十有九年矣。其居家所与游者,不过其邻里乡党之人,所见不过数百里之间,无高山大野,可登览以自广。百氏之书,虽无所不读,然皆古人之陈迹,不足以激发其志气。恐遂汩没,故决然舍去,求天下奇闻壮观,以知天地之广大。过秦、汉之故都,恣观终南、嵩、华之高,北顾黄河之奔流,慨然想见古之豪杰。至京师,仰观天子宫阙之壮,与仓廪、府库、城池、苑囿之富且大也,而后知天下之巨丽。见翰林欧阳公,听其议论之宏辩,观其容貌之秀伟,与其门人贤士大夫游,而后知天下之文章聚乎此也。

太尉以才略冠天下,天下之所恃以无忧,四夷之所惮以不敢发,入则周公、召公,出则方叔、召虎。而辙也,未之见焉。且夫人之学也,不志其大,虽多而何为?辙之来也,于山见终南、嵩、华之高,于水见黄河之大且深,于人见欧阳公,而犹以为未见太尉也。故愿得观贤人之光耀,闻一言以自壮,然后可以尽天下之大观,而无憾者矣。

辙年少,未能通习吏事。向之来,非有取于斗升之禄。偶然得之,非其所乐。然幸得赐归待选,使得优游数年之间,将归以益治其文,且学为政。太尉苟以为可教而辱教之,又幸矣。(*LCJ*, *juan* 22, pp.477 – 478)

苏辙这里主要讲"养气"。他认为"文者气之所形",而"气可养而致"。这里主要发展了孟子"善养浩然之气"说,并且将养气过程具体化,很具体地讲述了自己通过周览名山大川以养气的体会。

明代方孝孺《与舒君》则通过"气"对辞达气势做出夸张描写:

道者,气之君;气者,文之师也。道明则气昌,气昌则辞达。文者,辞达而已矣。然辞岂易达哉?六经、孔、孟,道明而辞达者也。自汉而来,二千年中,作者虽有之,求其辞达,盖已少见,况知道乎?夫所谓达者,如决江河而注之海,不劳余力,顺流直趋,终焉万里,势之所触,裂山转石,襄陵荡壑。鼓之如雷霆;蒸之如烟云;登之如太空;攒之如绮縠。回旋曲折,抑扬喷伏,而不见艰难辛苦之态,必至于极而后止,此其所以为达也,而岂易哉?汉之司马迁、贾谊,其辞似可谓之达矣;若扬雄,则未也;唐之韩愈、柳子厚，宋之欧阳修、苏轼、曾巩，其辞似可谓之达矣。若李观、樊宗师、黄庭坚之徒，则未也。于道则又难言也。嗟乎，此岂可与昧者语哉！（*XZZJ*, *juan* 11, p.349）

这里的观点可以视作是古文派“文以明道”论在明代的余响。文以明道，我们可以通过气理解道，气盛则辞达。这里继承了古文家的观点，认为辞达非一般的表达，所谓辞达，乃是能够自然而然地创作文章的一种气象或境界。

【第五章第一节参考书目】

梁涛著：《“浩然之气”与“德气”——思孟一系之气论》，《中国哲学史》2008 年第 1 期，第 13—19 页。

李春青著：《从人学价值到诗学价值——论苏辙“养气说”的深层含蕴》，《社会科学辑刊》1998 年第 3 期，第 140—145 页。

胡遂著：《论苏词主气》，《文学评论》1999 年第 6 期，第 53—63 页。

第二节 严羽等人的禅悟创作论

宋代禅学风靡天下，以禅入诗，以诗示禅的诗风亦日盛。对这种新诗风的理论总结，首见于苏轼的五言古诗《送参寥师》：

上人学苦空，百念已灰冷。剑头惟一吷，焦谷无新颖。胡为逐吾辈，文字争蔚炳。新诗如玉屑，出语便清警。退之论草书，万事未尝屏。忧愁不平气，一寓笔所骋。颇怪浮屠人，视身如丘井。颓然寄淡泊，谁与发豪猛。细思乃不然，真巧非幻影。欲令诗语妙，无厌空且静。静故了群动，空故纳万境。阅世走人间，观身卧云岭。咸酸杂众好，中有至味永。诗法不相妨，此语当更请。（*SSSJ*, *juan* 17, pp.905－907）

对于此诗的历史意义，清汪师韩（1707—1774）作出了精辟的论断："取韩愈论高闲上人草书之旨，而反其意而论诗，然正得诗法三昧者。其后严羽遂专以禅喻诗，至为分别宗乘，此篇早已为之点出光明。"[1]苏轼所谓"反其意"，是指他挑战韩愈以气势为宗的创作论，认为"静和空"才是决定作品优劣的决定因素，称："令诗语妙，无厌空且静。静故了群动，空故纳万境。"（见《创作论评选》§ 095）苏轼认为，韩愈批评闲上人，因无法写出象张旭狂草那种书法极品，是站不住脚的。此诗尾联"诗法不相妨，此语当更请"明确提出诗歌和佛法完全相通的观点，顿开宋代文人以禅喻诗的风气。

吴可论诗上承苏轼，喜用禅语。他进一步将学诗的过程等同参禅之路，从心性、境界等不同角度指出两者的相似之处，其《学诗诗》言：

学诗浑似学参禅，竹榻蒲团不计年。直待自家都了

1 《苏诗选评笺释》卷二。

得，等闲拈出便超然。

学诗浑似学参禅，头上安头不足传。跳出少陵窠臼外，丈夫志气本冲天。

学诗浑似学参禅，自古圆成有几联？春草池塘一句子，惊天动地至今传。(*SRYX*, p.8)

如果说苏轼《送参寥师》用严肃的哲学术语来阐述作诗和参禅本质相同的道理，那么吴可《学诗诗》则采用俚俗的禅宗话头，大声呼吁跳出江西诗法模仿杜甫诗的窠臼，改用参禅的方式来写诗。

《学诗诗》使用说禅的话头，浅白易懂，符合大众的口味，很快成为一种“喜闻乐用”的体式。龚相沿用此体式，写下了自己的《学诗诗》，更加猛烈地攻击江西诗派，直言“点铁成金犹是妄”，将矛头直指江西诗派首领黄庭坚：

学诗浑似学参禅，悟了方知岁是年。点铁成金犹是妄，高山流水自依然。

学诗浑似学参禅，语可安排意莫传。会意即超声律界，不须炼石补青天。

学诗浑似学参禅，几许搜肠觅句联。欲识少陵奇绝处，初无言句与人传。(*SRYX*, p.9)

第一首很明显地批判了江西诗派的“点铁成金，脱胎换骨”，“高山流水自依然”则强调了直观体悟随心创作。第二首讲的是“会意”，这里的“意”是指超验的“言外之意”。第三首强调直观而得的诗境无法用文字传达。吴可和龚相的《学诗诗》有一鲜明的共性：即强调顿悟。因为作者的“自家”都可以达到“了得”，所以无需一味努力，有“踏破铁鞋无觅处，得来全不费功夫”之意，强调创作的“自然”性，要讲究自然而然地抒发自己的个性。好诗都在自己心中，无需在文字上有意为之，过分雕琢。

戴复古（1167—1248?）《昭武太守王子文，日与李贾、严羽共观前辈一两家诗及晚唐诗，因有论诗十绝。子文见之，谓无甚高论，亦可作诗家小学须知》以参禅比读诗的过程，点出读诗过程中跳出文字、超然感悟的妙趣，以及用同样方法作诗的要领：

> 欲参诗律似参禅，妙趣不由文字传。个里稍关心有悟，发为言句自超然。
>
> 诗本无形在窈冥，网罗天地运吟情。有时忽得惊人句，费尽心机做不成。（*DFGSJ*, *juan* 7, p.228）

包恢（1182—1268）认为诗人如造物者，而诗歌的创作与“造化”无异，造化已发之诗浑然天成，未发者则冥会无迹，其《答傅当可论诗》言：

> 某素不能诗，何能知诗；但尝得于所闻大概。以为诗家者流，以汪洋澹泊为高。其体有似造化之未发者，有似

造化之已发者，而皆归于自然，不知所以然而然也。所谓造化之未发者，则冲漠有际，冥会无迹；空中之音，相中之色，欲有执着，曾不可得而自有，尸居而龙见，渊默而雷声者焉！所谓造化之已发者，真景见前，生意呈露，混然天成，无补天之缝罅；物各傅物，无刻楮之痕迹。盖自有纯真而非影，全是而非似者焉！故观之虽若天下之至质，而实天下之至华；虽若天下之至枯，而实天下之至腴。如彭泽一派，来自天稷者，尚庶几焉，而亦岂能全合哉！（*BZGL*, *juan* 2）

在这段论述中，包恢把诗人比作造物者，能够藉诗歌创造万物。他的这一论点无疑提高了诗人的地位，在传统文论中所见不多。

不少学者认为，严羽《沧浪诗话》是宋代禅喻诗论的压卷之作。的确，严氏已完全超越了吴、龚等人《学诗诗》喊口号式的陈述，使用更为雅正的语言，对学诗学禅的妙悟和熟参两方面一一作出了精辟透彻的分析：

禅家者流，乘有小大，宗有南北，道有邪正。学者须从最上乘，具正法眼，悟第一义，若小乘禅，声闻辟支果，皆非正也。论诗如论禅，汉、魏、晋与盛唐之诗，则第一义也。大历以还之诗，则小乘禅也，已落第二义矣；晚唐之诗，则声闻辟支果也。学汉、魏、晋与盛唐诗者，临济下也。学大历以还之诗者，曹洞下也。大抵禅道惟在妙悟，诗道亦在妙悟，且孟襄阳学力下韩退之远甚，而其诗独出退之之上者，一味妙悟而已。惟悟乃为当行，乃为本色。然悟有浅深、有分限、有透彻之悟，有但得一知半解之悟。汉、魏尚矣，不假悟也。谢灵运至盛唐诸公，透彻之悟也。他虽有悟者，皆非第一义也。吾评之非僭也，辩之非妄也。天下有可废之人，无可废之言。诗道如是也。若以为不然，则是见诗之不广，参诗之不熟耳。试取汉、魏之诗而熟参之，次取晋、宋之诗而熟参之，次取南北朝之诗而熟参之，次取沈、宋、王、杨、卢、骆、陈拾遗之诗而熟参之，次取开元、天宝诸家之诗而熟参之，次独取李、杜二公之诗而熟参之，又取大历十才子之诗而熟参之，又取元和之诗而熟参之，又尽取晚唐诸家之诗而熟参之，又取本朝苏、黄以下诸家之诗而熟参之，其真是非自有不能隐者。傥犹于此而无见焉，则是野狐外道，蒙蔽其真识，不可救药，终不悟也。（*CLSHJS*, pp.11 – 12）

他先连续十次使用“悟”字，先依照佛家判教将悟分为第一义大乘禅和第二义的小乘禅，接着将汉魏晋与盛唐之诗类比大乘禅、将大历以后的诗类比小乘禅。如此类比仍意犹未尽，于是又引入禅宗的派系进一步类比，称“学汉、魏、晋与盛唐诗者，临济下也。学大历以还之诗者，曹洞下也。”最后再对悟加以分级，称：“有透彻之悟，有但得一知半解之悟。汉、魏尚矣，不假悟也。谢灵运至盛唐诸公，透彻之悟也。”

与吴可、龚相等人完全否定学诗必要性的做法不同，严羽并未排斥学习前人的创作方法，而是认为应先向前人学习，方能达到悟的境界。所以，谈完“悟”之后，他又连续十次使用“熟参”一词，列出参读诗歌必须遵循的时序，列出汉魏直到宋代各时期必读诗人的名字。在熟参《楚辞》以来的诗作之后，学诗人可“博取盛唐名家，酝酿胸中，久之自然悟入”。

尽管严羽有关“悟”和“熟参”的陈述呈现了一定程度的圆通，但《沧浪诗话》中一些铿锵有力的宣言却似乎充满着矛盾。他一方面称“夫学诗者以识为主”，并列出诗法五条、诗品九类、文字用工三类；另一方面又称“夫诗有别材，非关书也；诗有别趣，非关理也”。笔者认为，透过这些貌似矛盾对立的陈述，我们可以看到，严羽是在运用佛教不落两边的思维来处理无意识“悟”和有意识“学诗”的关系，使两者之间呈现一种扑朔迷离、若即若离的关系。“若即”是指两者之间有可以圆通，取得可辩证统一的一面；“若离”则是指两者可以分开对立的一面。笔者认为，正因为其“若即”和“若离”之间的张力，《沧浪诗话》才能对明清诗论发展产生极为深远的影响。复古派取其“若即”一边，相信熟参唐诗即可达到唐人透彻之悟的境界。相反，反复古派则只取“若离”一边，认为“悟”的性情、性灵的实现，是无法通过熟参和模仿来获得的。就对后世的影响而言，没有任何诗学著作可与《沧浪诗话》相比。

【第五章第二节参考书目】

郭绍虞著：《中国文学批评史》，第 1 版，上海：上海古籍出版社，1979 年，四七　严羽《沧浪诗话》，第 268—285 页。

Hartman, Charles. *Han Yu and the T'ang Search for Unity*. Princeton: Princeton University Press, 1986, Chapter 4 "The Unity of Style," pp.211 - 276.

Egan, Ronald. *The Problem of Beauty: Aesthetic Thought and Pursuits in Northern Song Dynasty China*. Cambridge, Mass.: Harvard University Asia Center, 2006. 中译参见艾朗诺《美的焦虑：北宋士大夫的审美思想与追求》，杜斐然、刘鹏、潘玉涛译，上海：上海古籍出版社，2013 年。

Lynn, Richard J. "Sudden and Gradual in Chinese Poetry Criticism." In *Sudden and Gradual: Approaches to Enlightenment in Chinese Thought*, edited by Peter N. Gregory, 381 - 427. Honolulu: University of Hawai'i Press, 1987.

Schmidt, J. D. "The 'Live Method' of Yang Wan-li." In *Studies in Chinese Poetry and Poetics*, edited by Ronald C. Miao, 287 - 320. San Francisco: Chinese Materials Center, 1978.

Owen, Stephen, ed. *Readings in Chinese Literary Thought*. Chapter 8. Cambridge: Harvard University Press, 1992. 中译参见宇文所安《中国文论：英译与评论》，王柏华、陶庆梅译，上海：上海社会科学出版社，2003 年，第八章是严羽《沧浪诗话》诗辩和诗法部分的英译和注解。

Lynn, Richard J., trans. "Yen Yü, *Ts'ang-lang's Discussions of Poetry*: 'An Analysis of Poetry'." In *The Columbia Anthology of Traditional Chinese Literature*, edited by Victor H. Mai, 139 - 144. New York: Columbia University Press, 1994. 林理彰译《严羽〈沧浪诗话·诗辨〉》。

第六章　明清时期：以参悟为主的创作论

上文所讨论以意为主的创作论，都是紧扣成文过程展开的。前者论意贯穿了成文过程所有阶段，而后者之中复古派论情则把注意力集中在成文过程取象的活动，两者都很少脱离成文过程之前的超验心理活动，即陆机心游、刘勰神思、王昌龄作意之类涉及的内容。然而，在明清诗学著作中，有关创作始端的超验心理活动的论述其实数量不少，只是较为零散繁杂，梳理起来十分困难。笔者用“参悟”这个概念作为分类梳理的原则，建构框架来分析不同超验心理活动论述具有的特点。“参悟”之“悟”通常指宗教尤其是佛教中的超验体悟，经过严羽用“妙悟”论诗的创作，就成为文论的术语（见《创作论评选》§ 100）。如果将“参悟”的范围加以拓展后，“悟”字便不仅指佛教中的超验体悟，更可以用来描述所有与源于道、儒哲学的超验心理活动。与“悟”相比，“参”是一个渐渐地、有意地过程，目的是透彻地领悟，常作及物动词用，后面跟的宾语名词多指诱发“悟”的事物。

明清文论中描述的创作始端的超验心理活动，其产生机制，根据“参”的不同对象和“悟”的不同方式，可以分为四种：参悟无形造化过程而生、参悟有形山水而生、参悟典籍文字而生、参悟情感而生。相应而产生的“悟”则是动态心游、静态观照、与典籍作者通神以及缠绵情绪所引发的直觉，其中前三种明显呈现了庄子哲学、佛教和唐宋儒学阅读理论的影响，而最后一种则源自清末况周颐本人生活和创作经验。依照对“参悟”的概念这一重新解释，笔者将明清诗论中关于创作始端超验心理活动的论述，梳理出参悟造化心游说、参悟山水观照说、参悟文字摄魂说、参悟情感直觉说四种，并一一加以评述。

第一节 郝经等人参悟造化的心游说

参悟造化的心游说源自陆机的“收视反听”（见《创作论评选》§ 049）和刘勰的“神思说”（见《创作论评选》§ 050）。陆机对“心游”的描绘基于庄子的“游心”。所谓“造化”是指太极之道，即一生二，天乾地坤，阴阳变易，孕育万物的过程。此造化过程无形无体，身体感官无以认知，故必须收视反听，用超验之心来参悟。由于造化是一个不断变化，永不停息的过程，而参悟此造化的超验之心也必然是随其变化发展而动的，故《庄子・应帝王》用“游心”来形容动态悟道的超验之心，言“汝游心于淡，合气于漠，顺物自然而无容私焉，而天下治矣”。庄子认为“造化”的过程无形无体，身体感官无以认知，故必须收视反听，用超验之心来参悟。由于这个过程不断变化，参悟此造化的超验之心也随其变化发展而动。以此为范本，陆机认为，文学创作是以相似的超验体悟为肇始的，他和庄子一样，强调心游的准备条件是感官活动的停止和精神凝注，且范围超越了所有时空界限。然而，与庄子“游心”的目的不同，文学创作之“心游”并非追求永久的精神超越，而是要回归到情感和物象世界，写出杰出的作品。对“心游”这一归程，陆机有此描述：“其致也，情曈昽而弥鲜，物昭晰而互进。倾群言之沥液，漱六艺之芳润。”（见《创作论评选》§ 049）刘勰神思说实际上是陆机心游说的翻版。他描述了同样一种动态超验之心的双程之旅，其前半程是超越时空、与天地之道相向的飞翔，而后半程则是飞回现象世界。有所不同的是刘勰还提到了决定这双程之旅成功与否的因素，即构成前半程“关键”的身体和道德状况（“志气”），以及在后半程起“枢机”作用的才学和思维（“辞令”和“酌理”）（见《创作论评选》§ 050）。

陆、刘二人对超验的心理活动和状态的描述，都存在不同程度上的“语焉不详”的问题，因而给元明清的批评家留下了很多阐释发挥，乃至演绎新理论的空间。元代创作者郝经（1223—1275）在《陵川集·内游》中对文学创作超验“内游”过程的阐述，比陆机和刘勰更有气势，更为具体深刻：

> 故欲学迁之游，而求助于外者，曷亦内游乎？身不离于衽席之上，而游于六合之外，生乎千古之下，而游于千古之上，岂区区于足迹之余、观览之末者所能也？持心御气，明正精一，游于内而不滞于内，应于外而不逐于外。常止而行，常动而静，常诚而不妄，常和而不悖。如止水，众止不能易；如明镜，众形不能逃；如平衡之权，轻重在我；无偏无倚，无污无滞，无挠无荡，每寓于物而游焉。于经也则河

图、洛书刳划太古，掣天地之几，发天地之蕴，尽天地之变，见鬼神之迹。太极出形，面目于世，万化万象，张皇其中，而弥茫洞豁，崎岖充溢；因吾之心，见天地鬼神之心；因吾之游，见天地鬼神之游。（*LCJ*, *juan* 20, p.215）

郝氏弃陆所独钟的赋、骈体不用，而采用灵活多变的古文，长短句交错排比，创造出纵横捭阖的文势，栩栩如生地呈现了作者遨游天地，出神入化"内游"的过程。在文论历史发展的语境中，郝文至少在两点上超越了陆刘，实现了重大突破。第一，郝氏对作者"心游"（陆机语）或"神思"（刘勰语）作出更加具体详尽的描述。如果说陆刘寥寥数语勾勒了神思超越时空之旅，郝氏则别出心裁，将此超越时空之旅具体化，首先是"持心御气，明正精一"，与天地之道同体，"每寓于物而游"；然后神通古圣制作河图洛书，"刳划太古，掣天地之几，发天地之蕴，尽天地之变，见鬼神之迹"。随后再心游三皇五帝、汤、文、武、周、孔创造人文的过程。郝氏认为，此内游的最大特点是"游于内而不滞于内，应于外而不逐于外"，一方面用"止水""明镜""平衡"诸事与物来比喻其"不滞于内"，另一方面又将河图洛书描述成内游"应于外而不逐于外"而成的硕果。此外，郝经还将内游想象为一种内视过程，即用超验之心见天地鬼神之心："因吾之心，见天地鬼神之心；因吾之游，见天地鬼神之游。"

郝氏第二个重大突破是打通了文论中的原道说和神思说。在《文心雕龙》之中，这两说是截然分开的，原道说是文的历史溯源、文的谱系的建构，而对古圣创造河图洛书、易卦、建立周代文明的历史叙述很少论及创造心理活动。相反，神思说所描述的是文人创造唯美的艺术作品的心理过程，与圣人创造文明的过程完全无涉。但在郝经的笔下，今日文章巨匠的创作不啻重复古圣创造文明的心理过程。通过打通原道说和神思说，郝经实际上还解决了唐宋古文家一直未能完美解决的问题，即解释为何学习孟子养浩然之气就能写出绝世的古文。郝经将天地浩然之气视为“内游”的根本动力，而凭此内游，作者就能神通古圣，像古圣那样创作出惊天地、动鬼神的作品。如此将原道说和神思说融为一体，在古代文论史上大概是独一无二的。

刘勰在神思说中描述了一种动态超验之心的双程之旅，其前半程是超越时空、与天地之道相向的飞翔，而后半程则是飞回现象世界。这个特点一直都没有引起世人注意，要等到明代才被发现。明谢榛《四溟诗话》用“由远而近”一语来总结刘勰“神思”双向两程的特点，提出的“远近相应之法”：

> 诗贵乎远而近。然思不可偏，偏则不能无弊。陆士衡《文赋》曰：“其始也收视反听，耽思傍讯，精骛八极，心游万仞。”此但写冥搜之状尔。唐刘昭禹诗云：“句向夜深得，心从天外归。”此作祖于士衡，尤知远近相应之法。凡静室索诗，心神渺然，西游天竺国，仍归上党昭觉寺，此所谓“远而近”之法也。（*QMSH*, pp.1370 – 1371）

谢榛认为陆机《文赋》对“心游”、“收视反听，耽思旁讯，精骛八极，心游万仞”（见《创作论评选》§ 049）的描述之后，还有一个从六合之外、千古之上回到当今的过程，其间情和物变得越来越清晰，由此产生艺术形象。因此，谢榛引用了唐朝诗人刘昭禹的诗句“句向夜深得，心从天外归”，点出陆机心游说和刘勰神思说的精妙之处，并称之为“知远近相应”之法。由于刘勰和陆机已经将参悟造化的心游说定为双向两程的框架，因此谢榛的理论便没有太多阐发，但在总结方面十分精辟。

【第六章第一节参考书目】

幺书仪著：《元代文人心态》，北京：人民文学出版社，2013 年。
查洪德著：《元代诗学通论》，北京：北京大学出版社，2014 年。
王明荪著：《郝经之史学》，国立编译馆：《宋史研究集》第 24 辑，1985 年。
白钢著：《郝经的政治倾向》，《中国史研究》1985 年第 4 期。
查洪德著：《郝经的学术与文艺》，《文学遗产》1997 年第 6 期。
［美］田浩撰，张晓宇译：《郝经对〈五经〉、〈中庸〉和道统的反思》，《中国文哲研究通讯》2014 年第 1 期。

第二节　王夫之等人参悟山水的直悟说

在最高的哲学层次上，佛教与儒道思想最大区别在于对宇宙终极现实的不同认识。儒道所信奉的道是永恒不歇的阴阳变化过程，而其原始形态是物质性，尽管它在历史发展过程中不断纳入了各种各样的精神成分，如儒家道德伦理等。相反，佛道本质是一种静寂的精神实体，如大乘所信奉的佛陀三身、佛性、真如等等，名称变化不断，但总不离其精神本质。对宇宙终极现实的不同认识，体悟此现实的路径自然不同。儒、道、佛三家虽然都在虚静的状态中体悟各自的道，对所悟之道的描写是不一样的，儒道典籍中所见的通常是充满动态的阴阳对立统一的变化，而内典中所见则多是静态的境照，用的比喻多是镜和灯光，只有在带有三教合一倾向的典籍中，这种物质与精神、动与静的对比才渐变弱，乃至消失。

历代创作论对超验心理活动的描述，很自然的反映出儒道和佛教对终极现实不同的理解和描述。陆机和刘勰参照《庄子》至人游心于道之说，对“心游”和“神思”进行了富有动态感的描写；宗炳以其所信奉的小乘净土宗悟神说为范本，详细描述了画家如何“澄怀味象”，感通栖寓于山水之中的不灭之神（即佛），画出超绝的画作。王昌龄“作意境生”之说，则带有风靡盛唐的唯识宗影响的痕迹，尤其是其第七识“意”变现“一切境”之说，以及唯识三境论。王昌龄的“意”所描述的是一种静态的、呈现万物实相的超经验心境，由观照具体物象而得。因此，王昌龄对山水景物选择、观照景物的最佳的时间和空间角度，都一一作了详细的论述和推荐，这种描述景物观照具有强烈自我意识的行为，是有意的“参”。但他从未提及“悟”，对完成“心击”景物的时间长短也没作交代[1]。

元虞集和清王夫之等人遵循王昌龄静观山水的思路，发展出自己参悟山水的直观说。这里说的“参”是指有意识澄神静

1 详见拙文《唯识三类境与王昌龄诗学三境说》，《文学遗产》2018 年第 1 期，第 49—59 页。

观山水的过程，而“悟”是瞬间直觉到万物之实相。因此，如“一视而万境归元”之类的观点与王昌龄“处身于境，视境于心，莹然掌中”相近。而他们的论说与王昌龄不同之处，主要见于对“参”和“悟”不同的关注程度。王昌龄虽然没有使用“参”字，但他描述景物观照是具有强烈自我意识的行为，因为他对山水景物选择、观照景物的最佳的时间和空间角度，都一一作了详细的论述和推荐。相反，他从未提及“悟”。元明清诗论家从不谈论有意识地选择观照的对象或方法，却反复强调山水中触景悟生的不自觉性以及直悟实相的瞬间性。虞集《诗家一指》前序对于“诗观”的描述就是一个典型的例子：“诗有禅宗具摩醯眼，一视而万境归元，一举而群魔荡迹，超言象之表，得造化之先。夫如是，始有观诗分。”[1]“禅宗具摩醯眼”一语告诉我们，虞集和明清论诗家谈论观照山水，显示了轻“参”重“悟”的倾向，无疑是受到严羽以“妙悟”论诗的影响。他们认为正如佛教教义中“一举而群魔荡迹”，一切的具体物象均是虚幻，唯有先进入“超言象之表，得造化之先”直观的般若境界，才可以看到“神情变化，意境周流”，天地无穷，古往今来，才可以开始具体创作。王夫之《姜斋诗话》用了佛教的“现量”评诗又是另一个明显的例子。

“僧敲月下门”，只是妄想揣摩，如说他人梦，纵令形容

1 旧题[明]怀悦：《诗家一指》，载周维德编：《全明诗话》，济南：齐鲁书社，2005年，第1册，第111页。现据张健的考证将虞集列为此文的作者。参张健著：《〈诗家一指〉的产生时代与作者——兼论〈二十四诗品〉作者问题》，《北京大学学报》1995年第5期，页34—44。

酷似，何尝毫发关心？知然者，以其沈吟“推敲”二字，就他作想也。若即景会心，则或“推”或“敲”，必居其一，因景因情，自然灵妙，何劳拟议哉？“长河落日圆”，初无定景；“隔水问樵夫”，初非想得。则禅家所谓“现量”也。（*QSH*, p.9）

“现量”是唯识宗因明学的术语（见《创作论评选》§ 142），与“比量”涉及思维言路，强调通过逻辑推断、比喻不同，“现量”强调超验思维言路的直观，是一种不用比喻直接用感官和外界的互动。王夫之认为作诗是自然而然生发的，因而批判皎然作诗需要苦思的观点，认为有损诗歌的直观美。

此外，袁枚（1716—1798）的《续诗品》和宋荦（1634—1713）的《漫堂说诗》均有陈述山水中随意触景悟生的观点。袁枚受到道家隐士归隐山水生活方式影响，对物的描述很自然，而非专门观光山水，以感官视觉经验来看到宇宙实相，正如他在《续诗品》中所言：

鸟啼花落，皆与神通。人不能悟，付之飘风。（*XCSFSWJ*, *juan* 20, p.490）

可知袁枚认为的“悟”是“与神通”，诗人悟后之作“但见性情，不着文字”，并提倡“即景成趣”这种不假思索雕琢的写作方法。而宋荦则强调了禅悟在创作中的重要性，若有“悟”，自然而有“境”，即“悟后境”，那么模仿或是不模仿前人经典，佳作都会“信手拈来”，正如他在《漫堂说诗》中所说：

久之，源流洞然，自有得于性之所近，不必模唐，不必模古，亦不必模宋、元、明，而吾之真诗触境流出，释氏所谓信手拈来，庄子所谓蝼蚁、稊稗、瓦甓无所不在，此之谓悟后境。（*QSH*, p.416）

【第六章第二节参考书目】

朱良志著：《论〈诗家一指〉的"实境"说》，《北京大学学报（哲学社会科学版）》2016 年第 53 卷，第 4 期，第 43—53 页。

陈尚君、汪涌豪著：《司空图〈二十四诗品〉辨伪（节要）》，《唐代文学研究》第 6 辑，1996 年，第 581—588 页。

祖保泉著：《再论〈二十四诗品〉作者问题》，《江淮论坛》1997 年第 1 期，第 86—94 页。

祖保泉著：《〈二十四诗品〉是明人怀悦所作吗?》，《安徽师大学报（哲学社会科学版）》1997 年第 1 期，第 76—78 页。

张健著：《〈诗家一指〉的产生时代与作者——兼论〈二十四诗品〉作者问题》，《北京大学学报》1995 年第 5 期，第 34—44 页。

陈尚君著：《〈二十四诗品〉伪书说再证 ——兼答祖保泉、张少康、王步高三教授之质疑》，《上海大学学报》2011 年第 6 期，第 84—98 页。

Wong, Siu-kit. "Ch'ing and Ching in the Critical Writings of Wang Fu-chih." In *Chinese Approaches to Literature from Confucius to Liang Ch'i-ch'ao*, edited by Adele Austin Rickett, pp.121 - 150. Princeton: Princeton University Press, 1978.

第三节　钟惺、谭元春等人参悟文字的摄魂说

参悟文字的创作论至少可以追溯到韩愈、朱熹等儒家思想

家关于阅读和写作关系的论述。韩愈《答李翊书》先是用“无诱于势利，养其根而俟其实”(见《创作论评选》§ 091)一段讲道义的培养，随后就阐述读书如何使人进入一种言语难以描述的创作心理状态：

> 抑又有难者，愈之所为，不自知其至犹未也。虽然，学之二十余年矣。始者，非三代两汉之书不敢观，非圣人之志不敢存，处若忘，行若遗，俨乎其若思，茫乎其若迷。当其取于心而注于手也，惟陈言之务去，戛戛乎其难哉！……当其取于心而注于手也，汩汩然来矣。……如是者亦有年，然后浩乎其沛然矣。吾又惧其杂也，迎而距之，平心而察之，其皆醇也，然后肆焉。(*HCLWJJZ*, pp.240－241)

这是一种思路朦胧但对创作很有益的静态，每一段过程对心理创作产生的力量不同，从“汩汩然来矣”到“浩乎其沛然矣”。韩愈点出阅读和创作的关系，用理性阅读分析得出创作动力和心理活动。他提出读书要进行“识古书之正伪”这种理性阅读分析，这种理性阅读分析在长期积累后会带来一种自然而然的创作动力和创作心理活动。这种从阅读转变到创作的过程，是西方模仿论所没有的。除了韩愈，对于阅读，还有像朱熹这样有系统的阐述。朱熹举苏洵(1009—1066)的“初学为文”为例，论证常读圣贤经典，豁然开朗，写诗时便能得心应手。

> 老苏自言其初学为文时，取《论语》《孟子》《韩子》及

其他圣贤之文，而兀然端坐，终日以读之者七八年。……已而再三读之，浑浑乎觉其来之易矣。（*ZZQS*，vol.24，p.3593）

但严格地说，参悟文字创作论的始创者非严羽莫属。"参"和"悟"无疑是其《沧浪诗话》中两个最重要的关键词：

试取汉、魏之诗而熟参之，次取晋、宋之诗而熟参之，次取南北朝之诗而熟参之，次取沈、宋、王、杨、卢、骆、陈拾遗之诗而熟参之，次取开元、天宝诸家之诗而熟参之，次独取李、杜二公之诗而熟参之，又取大历十才子之诗而熟参之，又取元和之诗而熟参之，又尽取晚唐诸家之诗而熟参之，又取本朝苏、黄以下诸家之诗而熟参之，其真是非自有不能隐者。（*CLSHJS*，pp.11－12）

在这段话里，"熟参"意指用沉浸的方式熟习前人的优秀诗作，讲解学诗者如何学习不同时代的诗篇。"熟参"竟连续出现了十次，可见其在严羽诗学中是何等重要。同时，严羽又大谈"悟"的绝对重要性，在短短的一段中连续讲了十次"悟"：

大抵禅道惟在妙悟，诗道亦在妙悟，且孟襄阳学力下韩退之远甚，而其诗独出退之之上者，一味妙悟而已。惟悟乃为当行，乃为本色。然悟有浅深、有分限、有透彻之悟，有但得一知半解之悟。汉、魏尚矣，不假悟也。谢灵运

至盛唐诸公，透彻之悟也。他虽有悟者，皆非第一义也。（*CLSHJS*，pp.11－12）

但在文学创作的语境中，"参"和"悟"是名副其实的矛盾两方，"参"是有意识地学习前人诗法诗艺的持续行为，而"悟"是一种出于自我性灵、无意识的创作冲动，瞬间即成功完成。也许正是有此明显的内在矛盾，"参"和"悟"才各自得以成为明代文坛复古和反复古两大对立阵营的圭臬。然而，"参"和"悟"两者并非绝对不可折中调和，相互吸收的，甚至可以说通过"熟参"能得到"悟"。

严羽所提悟要通过学习的观点，后来便被明代学者用来探究如何学习古人，从古人的文章中得到"悟"。

高棅（1350—1423）提出学诗要参悟诗人风格，若是拿来一首诗，隐去诗人姓名，仅仅是从内容本身流露出的不同风格便能分辨得出该诗为何人所作，才是真正把艺术特点内化，达到一种"玲珑透彻之悟"，便"臻其壶奥"掌握了写诗的诀窍。

观者苟非穷精阐微，超神入化，玲珑透彻之悟，则莫能得其门，而臻其壶奥矣。今试以数十百篇之诗，隐其姓名，以示学者，须要识得何者为初唐，何者为盛唐，何者为中唐、为晚唐，又何者为王、杨、卢、骆，又何者为沈、宋，又何者为陈拾遗，又何为李、杜，又何为孟，为储，为二王，为高、岑，为常、刘、韦、柳，为韩、李、张、王、元、白、郊、岛之制。辨尽诸家，剖析毫芒，方是作者。（*TSPH*，p.9）

同样,王廷相的论述也沿着唐宋古文家韩愈、柳宗元(773—819)发展过来。他提出学习古人是一种从参到悟的过程,“参”是阅读、学习古人,但不能拘泥于模仿,要从学思到达一种精神的状态。写文章不是“神助”,而是把古人文章当作特殊的精神超验状态来体验,达到一种“神情昭于肺腑,灵境彻于视听”的境界,方能超越模仿写出“春育天成”的作品:

> 久焉纯熟,自尔悟入。神情昭于肺腑,灵境彻于视听。开阖起伏,出入变化,古师妙拟,悉归我闼。敷辞以命意,则凡九代之英,《三百》之章,及夫仙圣之灵,山川之精,靡不会协,为我神助。此非取自外者也,习而化于我者也。故能摆脱形模,凌虚构结,春育天成,不犯旧迹矣。(*QMSH*, pp.2993－2994)

又如,谢榛总结出提魂摄魄之法,主张不拘泥于学习古人诗法,而是将李杜文章中的精华为己所用,从模仿最终到超越模仿:

> 诗无神气,犹绘日月而无光彩。**学李、杜者,勿执于句字之间,当率意熟读,久而得之。此提魂摄魄之法也**。(*QMSH*, p.1327)

王骥德(1540—1623)讲求阅读群诗,不再局限于宋人的“阅读圣人经典”,把作者阅读文本之范围,从《诗》《骚》、汉魏、六朝、三唐扩展至名家宋词、元曲、类书等。王氏强调学习重点应放在“神情标韵”，并列举王实甫、高明等剧作家，作为成功地将前人作品的精粹融入自己作品的典范：

> 须自《国风》《离骚》、古乐府及汉、魏、六朝、三唐诸诗，下迨《花间》《草堂》诸词，金、元杂剧诸曲，又至古今诸部类书，俱博搜精采，蓄之胸中。于抽毫时掇取其神情标韵，写之律吕，令声乐自肥肠满脑中流出，自然纵横该洽，与剿袭口耳者不同。古云：“作诗原是读书人，不用书中一个字。”吾于词曲亦云。（*QLZS*, p.152）

晚明时，竟陵派钟惺和谭元春继承反复古阵营强调自我性灵的立场，但同时又试图将学习古人与性灵之悟联系起来，从而发展出一种独特的参悟文字的创作论。在钟、谭的创作论中，“参”的对象不是山水物象，而是文字，即古人的优秀作品。“悟”的本质也有相应的变化，不再是呈现藏在山水物象之中的万物实相，而是感通存于文字后面的古人精神。通过阅读作品，观察古人的精神，分享“独往冥游于寥廓之外”，即虚怀的定力。这种通过文字与古人进行精神交流的做法，刘勰、韩愈、朱熹等人早已论及，而且还有像朱熹涵咏说这样颇有系统的阐述，但从创作的角度来深究这种精神交流，则是钟、谭的创新：

> 引古人之精神以接后人之心目，使其心目有所止焉，

> 如是而已矣。……惺与同邑谭子元春忧之。内省诸心，不敢先有所谓学古不学古者，而第求古人真诗所在。真诗者，精神所为也。察其幽情单绪，孤行静寄于喧杂之中；而乃以其虚怀定力，独往冥游于寥廓之外。如访者之几于一逢，求者之幸于一获，入者之欣于一至。

由于这种交流的目的不是体验古人的情感，或感悟古圣的道德和审美情怀，而是进行表达自我的文学创作，因而精神交流必定是以我为主，以古人为客。将自己与古人的精神交融，将古人精神占为己有，才可创造出可与古人媲美的佳作。先通过“参”模仿，将古人诗篇中最精彩的部分变成自己的，进而跟古诗中的精神交融，最终超越。

> 仓卒中，古今人我，心目为之一易，而茫无所止者，其故何也？正吾与古人之精神，远近前后于此中，而若使人不得不有所止者也。（*YXXJ*, *juan* 16, p.290）

金圣叹（1608—1661）有一言点出了钟、谭参悟文字创作论的精髓，将古人写文章艺术灵感最精彩的一瞬间融于自己，才能写出绝世文章：

> 读书尚论古人，须将自己眼光直射千百年上，与当日古人捉笔一刹那顷精神，融成水乳，方能有得，不然，真如嚼蜡矣！（*JSTPDCZQJ*, vol.1, p.694）

其实，谢榛似乎也早就注意到这点，故用“提魂摄魄”一语来描述熟读李白杜甫诗的最佳效果，只是没有像钟、谭那样明确提出，将古人精神占为己有，才可创造出可与古人媲美的佳作（参悟文字的创作论与理解论中谢榛等明清人的再创造式理解论可相互参照，见《理解论要略》第八章第二节等）。

【第六章第三节参考书目】

郑利华著：《前后七子研究》，第1版，上海：上海古籍出版社，2015年，第九章《后七子的文学思想，有关后七子学习前人文字的方法和思想》，见第523—551页。

陈广宏著：《竟陵派研究》，第2版，上海：复旦大学出版社，2006年。有关钟惺、谭元春二人效仿古人之法，见第335—345页。

蒋寅著：《清诗话考》，北京：中华书局，2005年。有关冒春荣（1702—1760）《葚原诗说》抄袭黄生《诗麈》、黄子肃《诗法》的论述，见第356—360页。

第四节　况周颐参悟情感的直觉说

在中国的哲学典籍中，儒道释三家对各自“道”的体悟几乎总是在虚静的状态中实现的，而情感就必须被荡涤干净，否则心灵难以进入体悟道的超验状态。然而，在文学作品中，尤其是戏剧中，以情作为参悟对象的说法，或庄或谐，时常可以看到。但在更为严肃高雅的诗论中，我们就很少见到谈论参悟情感的言语，王昌龄对其三境其二“情境”的描述大概属于一个例外。王氏云：“情境二。娱乐愁怨，皆张于意而处于身，然后驰思，深得其情。”（见《创作论评选》§ 071）正如笔者先前指出的，此处“张于意”的意应有超验的涵义，指万物实相的呈现。但至于如何从“情”到“张意”，从而获得“情境”，王氏没做任何交代。一直等到清末，况周颐《蕙风词话》才对参悟情感的整个过程作了详尽而极为原创的描述：

> 每一念起，辄设理想排遣之。乃至万缘俱寂，吾心忽莹然开朗如满月，肌骨清凉，不知斯世何世也。斯时若有无端哀怨，枨触于万不得已；即而察之，一切境象全失，唯有小窗虚幌，笔床砚匣，一一在吾目前。此词境也。（*HFCHJZ*, *juan* 1, p.22）

“述所历词境”一段以景物描述开始，夜阑人静，昏灯一盏，再随着词人观窗外秋色，聆听秋声。虽然词人没有明说自己的情感，但他秋思之愁溢于言表。其间心中种种意念不断生起，而词人力图用豁达的“理想排遣之”，直至忽然产生超验的直觉，完全忘却时空，仿佛有“无端哀怨枨触于万不得已”，但瞬间又“一切境象全失”。这种情感久参而得的直觉，况氏称之为“词境”。况氏对超验心理活动，与从前所见超验之悟的描述是截然不同的。宗炳言：“圣人含道暎物，贤者澄懷味像。”（见《创作论评选》§ 062）王昌龄言：“夫置意作诗，即须凝心，目击其物，便以心击之，深穿其境。”（见《创作论评选》§ 070）他们所说的“澄怀”“凝心”无疑就是要荡涤一切情感，进入一尘不染的心境。相反，况氏所描述的“词境”之悟，则是在充满世俗意味的悲秋之情中久久酝酿而生，甚至此悟产生后仍不能“出淤泥而不染”，因为“无端哀怨”仍在心中油然而生。

> 吾听风雨，吾览江山，常觉风雨江山外有万不得已者在。此万不得已者，即词心也。而能以吾言写吾心，即吾词也。此万不得已者，由吾心酝酿而出，即吾词之真也，非可强为，亦无庸强求，视吾心之酝酿何如耳。吾心为主，而书卷其辅也。书卷多，吾言尤易出耳。（*HFCHJZ*, *juan* 1, p.23）

“以吾言写我心”一段，则是况氏对上段所描述“所历词境”的理论总结，点出了况氏词境说的两个最重要的特点，一是情感的“渐参”（即酝酿）与“顿悟”（“万不得已者”）的对立统一；二是参情之悟是超越物我之分的，因为“万不得已者”同存于“风云江山”和词人心中，而两者的相互交融，便是况氏所说的“词心”。另外，这段话中“江山”一词还透露了况氏所讲的情感是与儒家道德理想、家国情怀息息相关的。

“词贵有寄托”一段主要谈寄托与性情的关系，楬橥了况氏建立独一无二的参情直觉说的历史原因。

> 词贵有寄托。所贵者流露于不自知，触发于弗克自已。身世之感，通于性灵，即性灵，即寄托，非二物相比附也。横亘一寄托于搦管之先，此物此志，千首一律，则是门面语耳，略无变化之陈言耳。于无变化中求变化，而其所谓寄托，乃益非真。昔贤论灵均书辞，或流于跌宕怪神，怨

怼激发，而不可以为训，必非求变化者之变化矣。夫词如唐之《金荃》，宋之《珠玉》，何尝有寄托，何尝不卓绝千古，何庸为是非真之寄托耶！（*HFCHJZ*, *juan* 5, p.246）

首先，况氏对"寄托"关注，明确地表明了他继承了常州派提倡寄托风教的儒家诗学。为了超越先儒比兴托喻概念化的倾向，周济提出有寄托入无寄托出之说，屡屡使用幽眇的言语来描述借物寄托的心理过程，但况氏显然对此不满意，认为仍有一概念"横亘心中"，故干脆拈出"性灵"一字来重新定义"寄托"，以求再进一步对儒家诗学进行审美化的改造。

在某种意义上，况氏参情直觉说的建立，可以被视为清人，尤其是常州派对儒家诗学虚化、审美化改造工程的巅峰。明清各种性灵说一直是清代儒家诗学攻击的对象，而况氏却毫无顾忌地用"性灵"来定义"寄托"这个核心儒家诗学原则，充分显示他超越门户之见，敢于创新的勇气和魄力。此个例也告诉了我们，探研明清创作论的发展，不只注意复古和反复古派、唯美和诗教传统的对立，而忽视了两个传统之间的相互影响、相互吸收的一面。

本章对"参悟"概念进行重新解释和拓展，并在其框架中分析元明清诗学中有关创作始端超验心理活动的论述，梳理出四种以参悟为主的创作论。四者所"参"的对象不同，而其所"悟"的形式和心理状况也有很大的区别。在参悟造化心游说中，郝经等人引入"内游"描述了在天地间漫游过程中的心理状况，明显带有道家哲学影响的痕迹。在参悟山水观照说中，虞集遵循王昌龄佛教诗学的思路，描述如何在隐居生活中静观山水，获得超验的体悟。在参悟文字摄魂说中，谢榛、钟惺等人将唐宋硕儒阅读论观点移植到创作论，描述作者在阅读古文的一瞬间实现与古人精神交融，达到一种借古人之魂来写作的境界。在参悟情感的直觉说中，况周颐试图以自己的创作经验证明，情感是产生直觉的途径而非障碍，这种观点在中外诗学极为罕见，无疑在超验心理活动的描述上实现了重大的突破。以参悟为主的创作论集中探索创作始端的超验想象，而著者另文讨论的以意为主、以情为主的创作论，则将注意力移至成文过程中翻空想象与征实文字的互动。这三种创作论互为参照，即可檃栝元明清创作论发展的轨迹和总貌。

【第六章第四节参考书目】

张进著：《况周颐的“词心”说与古代文论中的“不得已”之论》，《文学遗产》2010 年第 2 期，第 123—130 页。

第七章　明清时期：以意为主的创作论

以意为主和以情为主的创作论，都是紧扣成文过程展开的。前者论意贯穿了成文过程的所有阶段，而后者中从审美角度论情的各派则把注意力集中在成文过程取象的活动。明清诗学著作中有关“意”的讨论甚多，本章将讨论其中最有代表性的部分，力图展现一个较完整的以意为主的创作论。

在研读历代创作论的文献过程中，笔者发现其中出现“意”字有五种不同的意义，现胪列如下：

1. 第一义的意，具有形而上意义的概念，主要作动词用。作为一个哲学概念，意主要在先秦道家和魏晋玄学典籍中使用。陆机和刘勰用此第一义的意建构了意象言的创作论框架，而用“意”来描述具体创作想象活动的第一人则是东晋王羲之。在唐人孙过庭和张怀瓘等人书论中，“意”则明显呈现了与神灵相通的形上涵义。王昌龄将书论中第一义的“意”引入诗论，专门用来描述最后成文阶段中作者动态的心理活动。

2. 第二义的意，也是一个形而上的概念，作动词用，源自佛教唯识宗文献中第七识“意”，由王昌龄引入诗论，用它来描述创作肇始时的静态的超验观照[1]。王昌龄之后，此义的“意”就基本消失了。

3. 第三义的意，属形而下的名词概念，在文论中作“情”的近义词使用。范晔认为意是情的升华，即是从直接情感反应提炼而成的艺术情感。王昌龄在讨论中用了此第三义的意来描述布局谋篇、遣词用字过程中情与物象的互动。

4. 第四义的意，也是形而下的名词概念，指文字所传达的“意义”，包括文意、篇意、句意、字意等等，在文章学中使用最多。刘勰《文心雕龙·熔裁》属于文章学奠基之作，而其中所谈的意就是第四义的意。

5. 第五义的意，指“意愿”“意图”，主要作形容词或副词用，多见于区分有意识和无意识创作活动的讨论。王昌龄没有使用第五义的意，然而在清代诗论中则经常使用，“有意”“无意”这类词语屡见不鲜。

在创作论中，动词性第一、二义之“意”起着提纲挈领的作用，而另外三义则是第一、二义之“意”作用的对象或结果。在元明清文论中，已很难找到笔者所称王昌龄《论文意》中源于内典的第二义之“意”的例子。如果说，王昌龄借用了唯识宗第七识“意”，用它来描述创作肇始时的超验观照，并将此第二义“意”所变现的万物总相称为“境”，那么随着唯识宗式微等因素，元明清文论家则极少用“意”字来描述创作起端的澄神观

1 参见拙文《王昌龄以“意”为中心的创作论及其唯识学渊源》，《复旦大学学报》2017年第4期，第87—97页；《唯识三类境与王昌龄诗学三境说》，《文学遗产》2018年第1期，第49—59页。

照，多改为借用禅宗术语，如虞集（1272—1348）所用“具摩醯眼”一语（见《创作论评选》§ 141）。

总的说来，多数明清文论家最关注的不是创作始端的超验观照或想象，而是作者在最后成文阶段中的心理活动。此阶段是从“翻空”想象转变为“征实”语言的过程，而对之描述亦存在“务虚”和“务实”两种路径。务虚者多步王昌龄、杜牧的后尘，把书论中动势飞扬的“意”（即第一义之“意”）引入文论，用来描述作者这种意动如何驱动成文的整个过程，从布局谋篇、比类用事，直至遣词用句。

明清诗论中讨论第一义之意（以下简称为“意”）在成文过程的论述甚多，本章将沿着成文由虚到实的过程加以梳理。在最虚的始端，“意”被描述为落笔成文的神秘驱动力，超诣变化，与天地神灵同体。往实的方向推进，“意”与辞的关系被用来区别两种相反的成文过程，即所谓“辞前意”和“辞后意”之说。再进一步，“意”被视为决定文章整体结构的首要因素。又进一步，“意”便被当作造情、取景、遣词造句的枢机。

如果说王昌龄是用上升的烟来形容这种成文的驱动力，王夫之（1619—1692）等人则用“势”“气”等虚的术语，以及更加生动的象喻来加以形容，并强调只有气与势才能保证意的饱满与充沛。相反，务实的论意者则力图将动势的“意”落实到布局谋篇、遣词用句诸方面，称之为“运意”，并且认为作品各方面动态的统一都源于“运意”的成功。例如，王廷相（1474—1544）提出的“四务”（运意、定格、结篇、炼句）当中，后三“务”就可以理解为在运意的状态下完成作品的书写过程。“运意”的讨论还引发出意与题、意与辞关系的新议题，而谢臻（1495—1575）等人“辞前意”和“辞后意”之说也应运而生（见《创作论评选》§ 112）。

创作最后的成文阶段关乎布局谋篇、取象用事、遣词用字不同层次上的语言使用，撇开这些“征实”的语言问题不谈，一味谈论“翻空”之意的文论家毕竟是少数。在明清时期，论“意”者更多是试图将翻空之意落实到具体的诗法之中，而其中成功者取得了相得益彰的效果，一则将翻空之意落到实处，二则把机械死板的诗法变为活法。值得一提的是，在这些不同层次上，“意”自身的特征及作用又经常予以虚、实两解。由于“意”的论述存在虚实变换，层出不穷，贯穿了诗法的方方面面，我们可以用清末朱庭珍（1841—1903）“无定之法”一语（见《创作论评选》§ 136）来确定“意”统率所有诗法层次的地位。

明清诗学著作中有关成文过程中“意”的讨论很多，本章辑集了其中最有代表性的部分，力图“化零为整”，重构出一个较为完整的以意为主的创作论。本章共有七个单元。第一单元介绍对“意”至虚的赞誉，随后五个单元遵循从虚至实的轴线，分别介绍意与文章、意与总体结构、意与情、意与求意取象、意与遣词造句五个主题，最后一个单元则由实转虚，讨论意与诗法辩证互动关系。

第一节 “意”为驱动行文的神秘力量

元明清诗论延续了王昌龄以意为成文驱动力的观点，并将

“意”的描述分为务虚和务实两大类。“务虚”这一类是将“意”从行文的技术层面分离出来，然后以各种方式对之加以神化。神化方式用得最多的大概是直观的象喻，将文章比于自然界的实物，而“意”比作实物之外的虚象。例如，元虞集（1272—1348）《诗家一指》将文章比作自然界实物，而把“意”比为实物之外的虚象：

> 意　作诗先命意，如构宫室，必法度形制已备于胸中，始施斤铁。此以实验取譬，则风之于空，春之于世，虽暂有其迹，而无能得之于物者，是以造化超诣，变化易成，立意卑凡，情真愈远。
>
> 趣　意之所不尽而有余者之谓趣，是犹听钟而得其希微，乘月而思游汗漫。窅然真用，将与造化者同流，此其趣也！（*QMSH*, p.111）

此处，虞集将意比作“风之于空，春之于世”，给“意”披上神秘的面纱。对“意”的神化要再进一步，就要把它与宇宙的基本力量联系甚至等同起来。于是，虞集将“意之所不尽而有余者”称之为超验之“趣”。虞集称意与“造化者同流”，可谓登峰造极，甚至和道家典籍中对“道”的赞扬如出一辙。

清初王夫之（1619—1692）言：“以意为主，势次之。势者，意中之神理也。唯谢康乐为能取势，宛转屈伸，以求尽其意，意已尽则止，殆无剩语；夭矫连蜷，烟云缭绕，乃真龙，非画龙也。”（*JZSHJZ*, p.48）另外，王夫之还将“意”比作一军之“帅”，并用

“无帅之兵，谓之乌合”来表达意统率一切的重要性：

> 无论诗歌与长行文字，俱以意为主。意犹帅也。无帅之兵，谓之乌合。李、杜所以称大家者，无意之诗，十不得一二也。烟云泉石，花鸟苔林，金铺锦帐，寓意则灵。若齐、梁绮语，宋人抟合成句之出处，役心向彼掇索，而不恤己情之所自发，此之谓小家数，总在圈缋中求活计也。（*JZSHJZ*, p.44）

这一比喻源远流长，东晋王羲之用之论书（《创作论评选》§061），而晚唐杜牧《答庄充书》亦用此喻论文（《创作论评选》§088）。嘉道时期的钱泳（1759—1844）和厉志（1804—1861）则大谈“意”与“气”的内在关系。钱泳《履园谭诗》言：

> 诗文家俱有三足，言理足、意足、气足也。盖理足则精神，意足则蕴藉，气足则生动。理与意皆辅气而行，故尤必以气为主，有气即生，无气则死。但气有大小，不能一致，有若看春空之云，舒卷无迹者；有若听幽涧之泉，曲折便利者；有若削泰华之峰，苍然而起者；有若勒奔踶之马，截然而止者。倏忽万变，难以形容，总在作者自得之。（*QSH*, p.871）

钱泳认为在“意”和“气”的关系中，气更重要，意以辅气为主，并且用一系列奇幻变化的景象，形容意辅气而行的状况。

钱氏的气意观可能受到古文派"气"的思想的影响,认为艺术想象需要以"气"为前提。厉志则认为意为主,气为辅,恰好与钱泳意"辅气而行"的观点相反。厉志《白华山人诗说》言:

> 六朝专事铺陈,每伤于词繁意寡。然繁词中能贯以健气行者,其气大是可学。此即建安余风,唐贤亦藉以为筋力者也。今人作诗,气在前,以意尾之。古人作诗,意在前,以气运之。气在前,必为气使,意在前,则气附意而生,自然无猛戾之病。(*QSHXB*, p.2283)

厉志批判"气在前,以意尾之"的现象,认为意为主,气为辅,"古人作诗,意在前,以气运之……意在前,则气附意而生,自然无猛戾之病"。不过,他这里所说的"气"的涵义较为具体,主要指作者情感的冲动力。

张裕钊(1823—1894)《答吴至甫书》对"意"与"气"的关系所作的论述似乎更加清晰精辟:

> 古之论文者曰:文以意为主。而辞欲能副其意,气欲能举其辞。譬之车然,意为之御,辞为之载,而气则所以行也。欲学古人之文,其始在因声以求气,得其气,则意与辞往往因之而并显,而法不外是矣。是故契其一而其余可以绪引也。盖曰意、曰辞、曰气、曰法之数者,非判然自为一事,常乘乎其机而绲同以凝于一,惟其妙之一出于自然而已。自然者,无意于是,而莫不备至,动皆中乎其节,而莫

或知其然。日星之布列，山川之流峙是也。宁惟日星山川？凡天地之间之物之生而成文者，皆未尝有见其营度而位置之者也，莫不蔚然以炳，而秩然以从。夫文之至者，亦若是焉而已。……故姚氏暨诸家"因声求气"之说，为不可易也。吾所求于古人者，由气而通其意以及其辞与法，而喻乎其深。及吾所自为文，则一以意为主，而辞、气与法胥从之矣。（*ZYZSWJ*, *juan* 4, p.85）

如上所示，为了打通此虚无缥缈、玄而又玄的"意"与至实的言辞使用，王夫之、钱泳、厉志拈出了"气"作为两者中介，大谈意与气的关系。这里，张裕钊则另辟蹊径，借鉴姚鼐(1732—1815)的声气神之说，进一步来打通意与气、辞、法的关系，让至虚的"意"落实为驱动整个行文过程的强大力量。以下六节都是明清人对"意"统摄"辞"(成文过程的每个主要阶段)和"法"(成文的法则)所作的详细阐述。

第二节　意与辞(文章)：两种不同的成文方式

关于意与辞的关系，在明清之前大致有务实和务虚两种相反的论述。务实的论述认为，意即是需要表达意义，而辞则应该是能准确表达的文字。这种论述大概始出于孔子。《论语·卫灵公》有"辞达而矣"一句，虽然语焉不详，但从口气似乎可以判断，孔子显然强调文字是为意义服务的，甚至还间接批评了华丽的文饰。务虚的论述则可见于苏轼在《与谢民师推官书》

中所作的翻案文章(见《创作论评选》§ 092),他一方面致力虚化"意"的涵义,认为辞达意不是指要表达文章名词的意的概念,而是"求物之妙,如系风捕景",即呈现言表之外的意象,亦即第一义的"意"(见《创作论评选》§ 109)。另一方他又直接肯定了言辞之文的价值,认为如此达意之辞必定是文采斐然的。明谢榛(1495—1575)将这两种论述与创作过程挂钩,分别命名为"辞前意"和"辞后意",并分别用这两个新的概念去贬损宋诗和褒扬盛唐诗。其《四溟诗话》云:

> 诗有辞前意、辞后意。唐人兼之,婉而有味,浑而无迹。宋人必先命意,涉于理路,殊无思致。及读《世说》:"文生于情,情生于文。"王武子先得之矣。(*QMSH*, p.1315)
>
> 宋人谓作诗贵先立意。李白斗酒百篇,岂先立许多意思,而后措词哉?盖意随笔生,不假布置。(*QMSH*, p.1315)
>
> 唐人或漫然成诗,自有含蓄托讽。此为辞前意,读者谓之有激而作,殊非作者意也。(*QMSH*, p.1315)
>
> 有客问曰:"夫作诗者,立意易,措辞难,然辞意相属而不离。若专乎意,或涉议论而失于宋体;工乎辞,或伤气格而流于晚唐。窃尝病之,盍以教我?"四溟子曰:"今人作诗,忽立许大意思,束之以句则窘,辞不能达,意不能悉。譬如凿池贮青天,则所得不多;举杯收甘露,则被泽不广。此乃内出者有限,所谓'辞前意'也。或造句弗就,勿令疲其神思,且阅书醒心,忽然有得,意随笔生,而兴不可遏,入乎神化,殊非思虑所及。或因字得句,句由韵成,出乎

天然，句意双美。若接竹引泉而潺湲之声在耳，登城望海而浩荡之色盈目。此乃外来者无穷，所谓‘辞后意’也。”（*QMSH*, p.1369）

谢榛提出的“辞前意”指的是先想到“意”之后再用“辞”进行雕琢和表达，“今人作诗，忽立许大意思，束之以句则窘，辞不能达，意不能悉”，其局限在于“如凿池贮青天”“举杯收甘露”“内出者有限”。“辞后意”说的是自然而然、一气呵成的辞，即辞来意生，“辞”和“意”大约同时出现。谢榛以具体诗句说明唐宋诗之别，认为宋人只有“辞前意”，而唐人多是自然而然的创作。谢榛由此提出一个新的论题，即“辞前意”和“辞后意”之辩。他的“辞前意”中包含着对宋诗的批判，不认同“宋人必先命意，涉于理路”，“殊无思致”的写诗方法。他认为“辞前意”往往流于一种抽象的讨论，相较之下，唐诗创作的“辞后意”则是一种自然的创作。谢榛“辞后意”说是沿着苏轼务虚辞达观的路径发展出来的。的确，谢榛“辞后意”说务虚的特点可见上引的这段话：“忽然有得，意随笔生，而兴不可遏，入乎神化，殊非思虑所及。或因字得句，句由韵成，出乎天然，句意双美。”

如果说“入乎神化，殊非思虑所及”一语与苏轼对辞达超验状况的描述同出一辙，那么谢榛“忽然有得，意随笔生”一语则将“辞”提高至前所未见的地位，甚至凌驾在“意”之上。谢榛认为，不自觉状态下的文字使用过程中，一种具有超验性质的“意”可油然而生。这种论述在从前的文论著作中很难见到先例，显然极有原创性，而它产生的历史原因可能是多元的，其远源似乎可追溯到宋代兴起的文字禅，而更加直接的因素应是复古派自身的诗歌创作经验，尤其是以唐人近体诗为楷模炼字炼句的实践。不管谢榛是否有意为之，他的“辞后意”说也为复古派模仿盛唐诗的实践提供了洋洋洒洒的理论根据，同时还引导了不少清人将文与意等量齐观，深入探究两者互动的辩证关系（参《创作论评选》§ 111）。如清初吴乔（1611—1695）《围炉诗话》对辞意之辨进行了阐发：

禅者有云：“意能划句，句能划意，意句交驰，是为可畏。”夫意划句，宜也。而句亦能划意，与意交驰，不须禀意而行，故曰“可畏”。诗之措词，亦有然者，莫以字面求唐人也。临济再参黄公案，禅之句划意也。“薛王沉醉寿王醒”，诗之句划意也。（*QSHXB*，p.505）

吴乔认为，文字也能焕发形而上的精神体验，他用禅家的语言讲意和辞的互动关系，并说明两者是“相对相生”的关系：辞和意的位置作用是不能绝对而言的，并且意和句可以相互决定。另外，吴乔还围绕意与辞的关系，提出了作诗三个层次说：

读诗与作诗，用心各别。读诗心须细，密察作者用意如何，布局如何，措词如何，如织者机梭，一丝不紊，而后有得。于古人只取好句，无益也。作诗须将古今人诗，一帚扫却，空旷其心，于茫然中忽得一意，而后成篇，定有可观。若读时心不能细入，作时随手即成，必为宋、明人所困。……凡偶然得句，自必佳绝。若有意作诗，则初得者必浅近，第二层犹未甚佳，弃之而冥冥构思，方有出人意外之语。更进不已，将至“焚却坐禅身”矣。晚唐多苦吟，其诗多是第三层心思所成。盛唐诗平易，似第一层心思所成。而晚唐句远不及盛，不能测其故也。(*QSHXB*, pp.591－592)

第一层是偶然得句，但除非出自李白，否则这种作品是肤浅的。这跟皎然批评他人作诗不用思，率然而作的观点相同。第二层说的是“炼意”，但吴乔在这里也批评了“有意作诗”，他认为“有意作诗，则初得者必浅近”。第三层说的是“苦吟”，即“冥冥构思”，乃至“更进不已”。这三种的主要区别在于功夫下得多不多。吴乔虽然没有完全否定苦吟造语，依然提倡“辞后意”而非“辞前意”。

稍后，清张谦宜(1646—1728)《絸斋诗谈》进一步阐发“辞前意”和“辞后意”的区别，并批评朱熹说理为主的辞前意：

朱文公学诗煞用工夫……诗家有象外圆机，而谈理有一定绳尺，发挥既少蕴藉，布置自露蹊径。初意怕人不晓，又不欲使人见其针线，三回五次修饰，已落后天。读者但知为经书注脚，不知为风雅之宗。(*QSHXB*, pp.863－864)

张氏此言意味着，“经书注脚”是形而下的“辞前意”，“风雅之宗”的“辞后意”则是诗人超验创作活动的展现。

第三节 意与整体结构：虚实交错的论述

“辞前意”和“辞后意”之辩无疑是务虚的，属于对创作理念和方式的探索。若往务实方向探寻，我们接着可以研究明清诗论家如何论述“意”与整体结构之间的关系。笔者发现，他们对意与文章结构的论述，形成了一种颇为奇特的虚实交错的关系。

首先，他们对“意”的虚写，往往伴随文章结构的实写。例如，王廷相、费经虞（1599—1671）、吴乔等人一方面虚写“意”，视之为超诣的心理活动。他们对“意”的描述要么使用类似虞集那种玄而又玄的语言，来表述一种形而上的创作思维，如王廷相《艺薮谈宗·与郭价夫论诗》强调意的统摄作用：

> 是故超诣变化，随模肖形，与造化同工者，精于意者也；构情古始，侵风匹雅，不涉凡近者，精于格者也；比类摄故，辞断意属，如贯珠累累者，精于篇者也；机理混含，辞鲜意多，不犯轻佻者，精于句者也。夫是四务者，艺匠之节度也。（*QMSH*，p.2993）

费经虞（1599—1671）《雅伦》也作了关于命意的相似论述：

> 《诗则》云：“作诗以意为主。古人操词易，命意难。命意欲其高远超诣，出人意表，与寻常迥绝，方可为主。如构

宫室，必法度形似备于胸中，始施斤斧。取譬则风之于空，春之于世，暂有其迹，而无能知其所为者。是以造端超诣，变化易成。若命意卑凡，真情不透。”……韩子苍云：“作诗须命终篇意，切勿以先得一联一句，因而成章，如此则意多不属。然古人亦不免有此述怀即事之类，先成诗而后命题者也。”（*QMSH*，p.4735）

这里费氏通过转述《诗则》和韩驹的言论，强调了命意的重要性。

除了使用玄而又玄的语言，他们还时而使用类似王夫之统帅兵卒关系的夸张比喻（见《创作论评选》§ 104），将意神妙化。如吴乔（1611—1695）《围炉诗话》称：

唐人七律，宾主、起结、虚实、转折、浓淡、避就、照应，皆有定法。意为主将，法为号令，字句为部曲兵卒。（*QSHXB*，p.545）

他们在对“意”进行虚化翻空描述的同时，也对结构作出了详尽、富有层次感的归类分析。

另一方面，与此情况相反，若“意”为实写，文章结构的讨论则往往会被架空，甚至一笔带过。例如，在清初复兴的儒家文学思潮影响之下，魏禧（1624—1681）将“意”重新定义为“立言与立身立事”之大意，这一论述与唐宋古文家谈道德修养启发文章的论述相呼应，在此处“意”具有名词性的内涵，是相当实质化的。他在《学文堂文集序》中写道：

> 文以意为先，而一篇必有一意，则能文者，夫人而知之。盖君子之立言与立身立事，皆必有其大意；大意既定，则无往不得其意。（*WSZWJ*, *juan* 8, p.393）

此外，魏禧也用军事统帅来比“意”，称：“辟如治军，汾阳之宽，临淮之严，自决机两阵至一令一号，皆终身行其意所独得，故皆足成功。”（见《创作论评选》§ 120）也就是说，文章必有大意，就如同治军须听统帅之号令。他将“意”的概念实质化，但是对于文章结构的论述却寥寥几言。张谦宜《絸斋诗谈》则将“意”视为胸襟识见的载体：

> 所谓思路，亦即行于意中；所谓识见，亦即寓于意中；所谓胸襟，亦即见于意中。人生惟识见胸次不可勉强，当随其阅历学问以渐而高。（*QSHXB*, p.810）

他们认为，作者有此实实在在的“大意”，文章自然有完美的形态。他们论“意”的做法多少带有唐宋贯道派论文轻视形式细节的遗风。

不同于以上两派对意与结构虚实关系只执一边的做法，清末朱庭珍（1841—1903）力图同时展现“意”在虚实之间的相互转变，揭示其辩证统一的关系：

专于题之真际，人所未有，我所独见处着想，追入要害。迨思路几至断绝之际，或触于人，或动于天，忽然灵思泉涌，妙绪丝抽，出而莫御，汩汩奔来，于是烹炼之，翦裁之，振笔而疾书之，自然迥不犹人矣。（*QSHXB*, p.2347）

一方面，他用至虚的言语来描述“选意”的过程，另一方面又将“意”落实到相题命意的细节，认为即使囿于固定之“题”中，依然有展现超远之“意”的空间。

第四节 意与炼情：情的艺术升华

在由虚至实的成文过程中，有了文章的整体雏形，接下来就是炼情之事。本章引言介绍了“意”的五种不同意义，而其中第三义之“意”是“情”的同义词或近义词。许慎《说文解字》以情训意，视两者同义。范晔言：“常谓情志所托，故当以意为主，以文传意。以意为主，则其旨必见；以文传意，则其词不流。然后抽其芬芳，振其金石耳。此中情性旨趣，千条百品，屈曲有成理。”（见《创作论评选》§ 126）据这段话来判断，范晔显然认为，情与意并非完全同义，因为情需要提炼成意，或说升华为富有艺术性的“情文”，方可进入文章，从而展现出“情性旨趣，千条百品，屈曲有成理。”经过艺术提炼的情与景物的互动，在成文过程中至关重要，自然是诗论家关注的重点。王昌龄独具慧眼，拈出第三义的“意”字来指涉贯穿成文过程的情景互动，但他过于简单地将意等同于情，故没有深入探究炼情为意的审美效应。清代诗论家则沿着王昌龄的思路，作出更为精确深入的阐述。

首先，明清诗论家认为，此第三义的“意”即是经过艺术构思的情，立意与炼情并无二致。例如，黄子肃就将立意与炼情等同起来：

> 大凡作诗，先须立意，意者，一身之主也。如送人，则言离别不忍相舍之意；寄赠，则言相思不得见之意；题咏花木之类，则用《离骚》芳草之意。……故意在于闲适，则全篇以雅淡之言发之；意在于哀伤，则全篇以凄婉之情发之；意在于怀古，则全篇以感慨之言发之。此诗之悟意也。（*QMSH*，p.59）

毫无疑问，这里所说的“意”是第三义的“意”，即与“情”近义的意。第三义的“意”虽与情近义，但却有着本质的不同，这点在前文范晔引文的解读中已有交代。在此基础上，晚清朱庭珍《筱园诗话》则描述了情志经过练意而产生含蓄蕴藉的审美效果、有言外之意：

> 诗所以言志，又道性情之具也。性寂于中，有触则动，有感遂迁，而情生矣。情生则意立，意者志之所寄，而情流行其中，因托于声以见于词，声与词意相经纬以成诗，故可以章志贞教、怡性达情也。是以诗贵真意。真意者，本于志以树骨，本于情以生文，乃诗家之源，即诗家之先天。至

> 修词工夫，如选声配色之类，皆后起粉饰之事，特其末焉耳。诗人首重炼意以此。惨淡经营于方寸之中，以思引意，以才辅意，以气行意，以笔宣意，使意发为词，词足达意。而意中意外，志隐跃其欲现，情悱恻其莫穷，斯言之有物，衷怀几若揭焉。故可以感动后人，以意逆志，虽地隔千里，时阅百代，而心心相印，如见其人，所谓言为心声，人各有真是也。后人不肯称情而言，意与心违，匿情激志，以形于言，不惟喜怒哀乐，均失其真，即言与人，亦迥不相符。"言伪而辨"，亦安用之！此古人所以多真君子，而后人所以多伪君子也。（*QSHXB*, pp.2404－2405）

朱氏言"情生则意立，意者志之所寄"，把范晔的意思阐述得很清楚。单看范晔的文本，我们不易揣摩其意。但通过明清人的讨论，我们可以比较清楚地把握古人是如何揣摩清楚意和情志的关系的。这也说明意就是直接情感反应升华而成艺术情感，而其审美效果即是"意中意外，志隐跃其欲现，情悱恻其莫穷，斯言之有物，衷怀几若揭焉"。（见《创作论评选》§051）

有关情与意的关系，近人黄侃（1886—1935）持有与朱庭珍一样的观点，用了第三义之"意"（与"情"近同）来确定意与辞的关系。黄氏《文心雕龙札记·风骨》言：

> 风骨　二者皆假于物以为喻。文之有意，所以宣达思理，纲维全篇，譬之于物，则犹风也。文之有辞，所以摅写

中怀,显明条贯,譬之于物,则犹骨也。必知风即文意,骨即文辞,然后不蹈空虚之弊。或者舍辞意而别求风骨,言之愈高,即之愈渺,彦和本意不如此也。细诵斯篇之辞,其曰怊怅述情,必始于风,沈吟铺辞,莫先于骨者,明风缘情显,辞缘骨立也。其曰辞之待骨,如体之树骸,情之含风,犹形之包气者,明体恃骸以立,形恃气以生;辞之于文,必如骨之于身,不然,则不成为辞也,意之于文,必若气之于形,不然,则不成为意也。(*WXDLZJ*, p.101)

这里黄侃对刘勰《风骨》作出了很明确的阐释。"风"即文意,"骨"即文辞。"怊怅述情,必始于风",就是说情感的处理是一个从情到意的过程。用词则等于骨。风、骨两个词都是比喻,讲的是意和言的关系。黄氏引用了刘勰用风骨比喻情文关系的言语,但接着用"意"代替"情",言:"辞之于文,必如骨之于身,不然则不成为辞也;意之于文,必若气之于形,不然则不成为意也。"如此重新定义"风骨"一词,可见他已觉察到刘勰没有把握情与意之间貌似细微而实为本质的差别。在20世纪二三十年代能够有如此高度的理论思维,是很令人钦佩的。

第五节　意与求音取象:有意无意的最佳平衡

与炼情一样,求音取象亦是成文的关键环节。陆机讨论成文过程时言“课虚无以责有，叩寂寞而求音；函绵邈于尺素，吐滂沛乎寸心”（见《创作论评选》§ 053），认为求音取象乃成文之首务，而其成功的关键又在于“函绵邈于尺素，吐滂沛乎寸心”。王昌龄亦持同样的观点，但将此滂沛而动之心改称为“意”，并用往上涌动的烟加以比喻（见《创作论评选》§ 077）。然而，陆机和王昌龄都无法解释作者之“意”与音和象的互动关系，这大概是因为至虚之“意”和征实之音、象二者间的矛盾关系。

然而，清代诗论家从《世说新语》的这段话找到了解决此矛盾的办法：“庾子嵩作《意赋》成。从子文康见，问曰：‘若有意邪，非赋之所尽；若无意邪，复何所赋？’答曰：‘正在有意无意之间。’”[1] 由于人们对“意”的理解存在偏差，这句话历来常受到望文生义式的误读。这里说的“意”并非意愿的意，而是类似王弼所指的、当时玄学中最高的本体范畴。文康认为，此本体之“有意”是无法用言语表达的，而非本体内涵、形而下的“无意”是不值得写赋来描述的。庾子嵩则认为，“有意”与“无意”之间有可心游和言说的空间，故作赋颂意是大有意义的。对于清代诗论家而言，驱动成文过程的“意”具有明显的形而上的特征，与晋人所说的“有意”相同，而诗中音和象付诸语言，带有形而下的性质，故与晋人所说的“无意”有相似之处。

庾子嵩《意赋》没有传世，我们无从得知他是如何论述“有意”和“无意”的关系，但明清诗论家却留下了不少借晋人“有意

1 ［南朝］刘义庆撰，徐震堮校注：《世说新语校笺》，北京：中华书局，1984 年，第 140 页。

无意之间”之说来论述求音取象过程的证据。如明末冯复京(1573—1622)《说诗补遗》言:“晋人作《意》赋,被诘乃曰:‘在有意无意之间。’呜呼,此间亦微矣哉。神化所至,未之或知,必思其次,则刻肾镂肠,固天真之司契,窥情钻貌,亦得意之妙筌也。”(见《创作论评选》§ 130)冯氏显然将晋人的“有意”误读为“有意为之”,而又将“无意”误读为“无意为之”。但此颠倒的误读并无碍他论述作者形而上之“意”动与形而下的遣词用句的关系。在他看来,无意识的“神化所至”与有意识的“刻肾镂肠”是相辅相成的,故均“得意之妙筌”。正是出于此对立统一的辩证思维,他论“构意”同时肯定“为情造文”和“为文造情”,又同时强调须同时从形而下、形而上之域取象:“近取衿带之前,冥搜象系之外。”

同样,清李重华也用“有意无意之间”作为撰写文章的主臬,称:“意之运神,难以言传,其能者常在有意无意间。”他把意动称为“意之运神”,并加以生动的描述:“善写意者,意动而其神跃然欲来,意尽而其神渺然无际,此默而成之,存乎其人矣。曰:是三者孰为先?曰:意立而象与音随之。”(见《创作论评选》§ 132)他把画论中“写意”的概念引入诗论,一则强调成文过程中意动的重要性,二则要说明此意动将催生出隽永的意象:“如舞曲者动容而歌,则意惬悉关飞动,无论兴比与赋,皆有恍然心目者。”(见《创作论评选》§ 132)

李重华一方面写神秘的“运神”,一方面讲有意识地选择具体意象,力图取得有意无意的最佳平衡,如此独特的阐释,无论是在哲学中还是在文论中都十分少见。

第六节 意与遣词造句：虚意与实辞的连通

如果说成文过程始于心中的作品虚象，那么其末端应是遣词造句。作者之“意”最为翻空，而遣词造句最为征实，如何连通两者，揭示它们之间的互动的关系，显然是颇为棘手的难题。然而，清代诗论家解决此难题，显然有着后发的优势。王羲之、孙过庭、张怀瓘等人早已详细分析书法家心中之“意”如何呈现于文字形体之中，从而给它们注入精神活力；而后来的画论家又发展出“写意”的理论，阐明了“画意不画形”的创作宗旨。宋代以来，不少诗论家几乎直接套用书论画论的“意”说，用以作为遣词造句的原则。例如，明费经虞《雅伦》录有苏东坡这段话：“善画者，画意不画形；善诗者，道意不道名。诗者，不必以言语求而得，必观其意焉。故其讥刺是人也，不必言其所为之恶，但言其爵位之尊，车服之美，而民疾之，以见其不堪也。”（见《创作论评选》§ 134）

此后他又引《诗经 · 鄘风 · 君子偕老》“君子偕老，副笄六珈”、《小雅 · 节南山之什》“赫赫师尹，民具尔瞻”例说明“颂美是人”，不必直言其善，“言其容貌之盛，冠佩之华，而民安之，以见其无愧”也有相似的效果。这意味着画笔和诗笔所描绘的对象并非具体的形态，而是具体形态背后的一种精神。

如果说苏东坡明用画论“意”说来论述诗家遣词造句的原则，元末黄子肃《诗法》则暗用书论“意”说来对诗句进行品级分类，讲述运意（“意”）与不同层次的语言选辞（“得句”“得字”）

的互动关系：

> 意既立，必须得句。句有法，当以妙悟为上。第一等句，得于天然，不待雕琢，律吕自谐，神色兼备。奇绝者，如孤崖断峰。高古者，如黄钟大吕。飘逸者，如清风白云。森严者，如旌旗甲兵。雄壮者，如千军万马。华丽者，如奇花美女。是为妙句。其次必须造语精工，或动静，或大小，或真假，或生死，或远近，或古今，或虚实，或有无，变化仿佛，一句之中，常具数节义，乃为佳句。是以洞观天地之句，似放诞而非放诞；了达生死之句，似虚无而非虚无；剖出肺腑之句，似粗俗而非粗俗。寄兴悠扬之句，意之所至，信手拈来，头头是道，不待思索，得之于自然。隔关写景之句，不落方体，不犯正位，不滞声色，左右上下，无所不通，似著题而非著题，非悟者不能作也。句既得矣，于句中之字，浑然天成者为佳。下字必须清，必须活，必须响。与一篇之意、一句之意相通，各自卓立，而复相成，是为本色。若了达生死之句，其字宜高古，宜真率；洞观天地之句，其字宜笼放，宜开阔，宜雄浑；剖出肺腑之句，其字宜沉着，宜痛快；寄兴悠扬之句，其字宜含蓄不露，宜优游不迫；隔关写景之句，其字宜精工，宜神奇，宜飞动，宜变化，宜峻峭，宜飘逸，每有似真非真，似假非假，若有若无，若彼若此之意，为得之。

黄氏先分出“得于天然”的妙句和“造语精工”的佳句两大

类别，然后再根据内容和审美境界细分出“洞观天地之句”“剖出肺腑之句”“了达生死之句”“寄兴悠扬之句”“隔关写景之句”五种。细致观察这段的描述，不难看出，这两级五类句与书论家对书法笔画、字体形态、字行流动的描述，与自然风貌形态动静的描述比喻，都有相当的相似之处，如“若洞观天地之句，其字宜笼放，宜开阔，宜雄浑”，“隔关写景之句，其字宜精工，宜神奇，宜飞动，宜变化，宜峻峭，宜飘逸”论书家也同样用具体自然景物的动势作比喻，以阴阳变化的律动作为评判的准则。由果推因，我们不难得知，造就这些妙句佳句的“立意”“得意”，并非指作品大意的设定，而是指作者心中飞动变化之运意。事实上，在列出两类五种佳句之后，黄氏接着回头讨论“意”与句字互为因果的辩证关系：

总而言之，一诗之中，必先得意；一句之中，必先得字。先得意，后得句，而字在乎其中，不待求索者上也。若先得句，因句之所在而生意，或先或后，使意能成就其句之美者次之。若先得字，因字而生句，因字而生意，意复与句皆成其字之美者，又其次也。故意也，句也，字也，三者全备为妙悟。意与句皆悟，而字有亏欠，则为小疵。若有意无句，则精神无光；有句无意，则徒事妆点，句意俱不足，而惟于一字求工，何足取哉！然意之所忌者，最忌用俗，最忌议论。议论则成文字而非诗，用俗则浅近而非古。句之所忌者，最忌虚中之虚，实中之实，须虚中有实，实中有虚。字之所忌者，最忌妆点，最忌衬贴。盖非本句之所有，而强为

牵合以成之者，是又不可不知。(*QMSH*, pp.59－60)

黄氏显然认为，得意而后得句，得句而后得字，这种因果先后连锁的成文过程，若能自然而然地完成，便可得极品的佳作。同样，经过这个虚到实的转变过程，“意”自身也得以升华为光彩夺目的境界，但若“有意无句则精神无光”。

黄氏的“意—句—字”之说，可以视为对上文谢榛“辞前意”说的改造。谢榛认为，辞前立意，其意多会落入宋人说理议论的窠臼(见《创作论评选》§ 111)。但黄氏却认为，辞前立意，并非就等同于以议论为诗，亦可得到谢榛“辞后意”的那种“不待求索”、自然天成的意境。若非如此，黄氏就不会谆谆告诫说：“意之所忌者，最忌用俗，最忌议论。议论则成文字而非诗，用俗则涉浅近而非古。”

第七节 意与诗法：形上之意与形下之法的辩证互动

在明前后七子掀起的复古思潮中，创作论的发展经历了重大的转型，关注的重点移至创作最后的成文阶段。复古派大力提倡学习盛唐诗，自然就必须做两件事，一是从唐诗中总结出布局谋篇、取象炼情、遣词造句的原则和方法，二是展示如何活学活用古人的技法，从而写出可以与唐诗媲美的作品。如果说明代论诗家在第一件事上建树不少，那么清代论诗家则在第二件事上取得了突破。他们采用了庄子解释庖丁解牛的模式来揭示学习唐诗的诀窍，即一方面要有意识地学习形而下的技艺，另一方面又须进入无意识的、形而上的创作心理状态，才能做到“得于心而应于手。”然而，他们同时认为，技艺的超越所依赖的，不是庄子所说的那种玄而又玄的“神遇”，而是形上之意与形下之言在各种不同层次上持续的互动。

张惠言（1761—1802）《送钱鲁斯序》敏锐地注意到“意”与“言”的这种辩证互动，并用“法”来总括诗技的所有方面：

> 鲁斯遂言曰：“吾曩于古人之书，见其法而已。今吾见拓于石者，则如见其未刻时；见其书也，则如见其未书时。夫意在笔先者，非作意而临笔也。笔之所以入，墨之所以出，魏、晋、唐、宋诸家之所以得失，熟之于中而会之于心。当其执笔也，繇乎其若存，攸攸乎其若行，冥冥乎，成成乎，忽然遇之，而不知所以然，故曰意。意者，非法也，而未始离乎法。其养之也有源，其出之也有物，故法有尽而意无穷。吾于为诗，亦见其若是焉。岂惟诗与书，夫古文，亦若是则已耳。”（*MKWB*, p.70）

此序讨论了不能用实际文字捉摸的、作为思想创作心理活动的意和作为具体规则的诗法（纵贯文章结构、求音取象等创作成文的细节）之间的关系。他认为在创作成文阶段“意者，非法也，而未始离乎法”，虚空的运意始终不脱离诗中定法，有滋养的源头，产出的诗也“言之有物”。二者相辅相成，故称：“意者，非法也，而未始离乎法。其养之也有源，其出之也有物，故法有尽而意无穷。”

朱庭珍(1841—1903)《筱园诗话》也有类似的判断及论述:

> 作诗者以我运法,而不为法用。故始则以法为法,继则以无法为法。能不守法,亦不离法,斯为得之。(*QSHXB*, p.2327)

朱氏所说的“我”即张惠言所说的“意”,但他对运意过程的描述比张氏所言更加详细生动,他用重山峻岭、长江大河、蛛丝马迹等比喻描述“意”的规模;用“起伏承接,转折呼应,开阖顿挫,擒纵抑扬,反正烘染,伸缩断续”来描述“法”的特质:“时奇时正,若明若灭,随心所欲,无不入妙:此无定之法也”。对于意与法的关系,他认为创作用意领法而“不为法用”。所以理想的境界是显得“不守法,亦不离法”,“无法之法,是为活法妙法”(见《创作论评选》§ 136)。

张惠言和朱庭珍创造性地利用辩证法,提出定法活法、有法无法之说,成功地解决了陆机、刘勰以来想象论与技法论一直相脱节的老大难问题,无疑是清代创作论发展的一大亮点。

* * * *

著者认为,明清以意为主的创作论,须放在古代创作论发展史的宏观视野中,才能真正显示出其重要的意义。自陆机《文赋》以来,如何描述作者“翻空”其意,将作品的想象转化为征实的文字,历来是困扰文论家的难题。在《文赋》中,陆机先用隐晦的比喻来形容行文的动势，而在结尾时又忽然描述灵感突发，驱动行文的状况，但始终未打通作者想象活动和文章书写的关系。刘勰虽然意识到神思最终还得落实到文章的具体构造，故列出成文之“三准”，但却没法阐明神思与遵循三准的关系。到了唐代，王昌龄别出心裁，一方面妙用源自书论、动态的第二义“意”，来描述作者在成文阶段的心理活动，另一方面又用静态的、名词性的第三义“意”来代称作品的情感内容，并将此征实之“意”与景物的互动视为连缀文字的原则。明清论“意”者则沿着王昌龄所开辟的路径，致力于用灵动飞扬的“意”来贯穿统摄作品所有层次的书写，从而将诗法由死法改造为活法。在很大的程度上可以说，明清文论家解决了将描述作者想象付诸文字的难题，使古代创作论变得更加完整和宽阔。

如果我们进一步把视野扩展到整个文论传统，那么还可以看到明清以意为主创作论一个更为重大的贡献，就是实现与文章学的汇通。明清论诗家对文章精细而富有层次感的分析，无疑受到宋代文章学对古文和近体诗的结构分析的影响。同时，他们无疑又反过来促进了文章学由“实”向“虚”的发展。宋代的文章学论意多讲文章的大意，极少与创作心理活动相联系，只是偶然论及读者对文章之意的感悟，略带一些“虚”的意味。由于明清以意为主创作论进入了传统文章学的范围，其对意、文关系的虚解活说，无疑对文章学的发展注入了新机。

【第七章参考书目】

蒋寅著：《科举试诗对清代诗学的影响》，《中国社会科学》2014 年第

10 期,有关当时科举与诗帖形式的背景资料,见第 143—163 页。

王英志著:《试论吴乔“意为主将”说——〈围炉诗话〉管窥》,《清人诗论研究》,江苏:江苏古籍出版社,1986 年,第 111—123 页。有关吴乔“意”与不同创作概念的概关,见第 111—123 页。

王英志著:《朱庭珍的诗论》,《清人诗论研究》,江苏:江苏古籍出版社,1986 年,有关朱庭珍文学思想中“意”和“气”的关系,见第 372—392 页。

王英志著:《李重华〈贞一斋诗说〉得失评》,《清人诗论研究》,江苏:江苏古籍出版社,1986 年,有关“意”“神”和“气”的发展,见第 171—182 页。

张健著:《清代诗学研究》,北京:北京大学出版社,1999 年,第十二章第四节《李重华的音、象、意说》,第 583—591 页。

Shi, Xiongbo. “The Aesthetic Concept of *Yi* 意 in Chinese Calligraphic Creation.” *Philosophy East & West*, vol. 68, no. 3, 2018, pp.871 - 886.

第八章　明清时期：以情为主的创作论

中国诗歌传统对情的重视源流久远，古人常以“诗言志”与“诗缘情”总括之。《尚书》“诗言志”在提出之初，直指作诗者情感，此后在春秋战国赋《诗》类比国家政治的影响下，“志”逐渐演变为深含社会政治和道德意味的情感范畴。《礼记·乐记》中人心感物，“情动于中”而“形于音”[1]的音乐美学观点，延伸至诗学领域，演成毛诗《古序》的“诗者，志之所之也，在心为志，发言为诗”[2]。然而，在西晋陆机“诗缘情而绮靡”一语中，情转为对诗这个文体审美性的评价，所涉的主要是没有明显政治道德内涵的个人情感。其后刘勰继承了陆“缘情”的观点，并选用“情文”之说定义文学本质。在谈论文学创作时，陆、刘只是将“情”视为创作的诱因和构成作品意象的原料之一，始终未把它当作其创作论的核心。虽然不少学者认为抒情传统代表中国古典文学的主流，但就创作理论而言，直到明清时期，情

1 （清）阮元校刻：《十三经注疏·礼记正义》，北京：中华书局，2009年，卷三七，第3310页。

2 （清）阮元校刻：《十三经注疏·毛诗正义》，北京：中华书局，2009年，卷一，第563页。

才开始被视为创作过程中最重要的因素。明清诗歌创作论中，存在诸多有关情感的论述，而且阐释维度丰富。各期各派的思想与解读，既相互区别，又在嬗变之中彼此勾联，已无法用传统的言志、缘情二分法来归纳、分析。对此，该用何种阐释的框架来容纳和梳理明清多种多样的情感创作论呢？笔者认为，西方英美文学中华兹华斯（William Wordsworth）和艾略特（T. S. Eliot）的情感说之争，或许可提供新的观照视阈。

具体而言，华兹华斯和艾略特的情感论在诗的情感来源，诗歌的物象、语言等层面皆可形成系列对举（见下表）。

诗的情感来源			
与诗人的关系		与个人生活世界	与个人生活经验
华兹华斯	诗人探索自然所表达的热忱与温情	直接出于微贱的日常田园生活	诗歌情感价值与个人生活经验直接关联
艾略特	与个人情感、个性无关	源自日常生活的情感需要艺术转化	诗的情感经验是非个人的
情感表达的最佳心理状态与过程			
华兹华斯	亢奋为前提	自然	即时情感反应的回忆
艾略特	平静	有意	缓慢
情的艺术改造			
物象的来源与选择		与物象的互动	物象的组织
华兹华斯	日常生活	发现、感受自然	抓住自然本来面目
艾略特	情感的客观对应物	寻找客观对应物	形成暗示、象喻

续 表

情到言的转化与诗歌传统的互文关系	
华兹华斯	平常的题材、真正的自然的语言
艾略特	摈弃个性，通过互文融入传统

在诗歌情感与个人的关系、个人与传统的关系、诗歌与物象、语言的关系等方面，明清以情为主的创作论与华兹华斯和艾略特的情感论存在诸多相近的取向。借鉴华兹华斯和艾略特情感说之争，我们可以循着诗歌创作五大阶段来辨析梳理明清创作论中的各种情说。明代复古派、公安派、竟陵派集中讨论后三个阶段，即情与象的互动、成文过程、作品的功效，呈现了明显的唯美主义倾向。反之，反复古派徐渭、李贽等人对此三方面不屑一顾，而把注意力移至前面两个阶段，即情感来源和抒情动势。他们认为，涉境触事，直吐胸中块垒就是至文。清人黄宗羲、沈德潜、张惠言、周济等人沿着明末郝敬"二重性情"说、"兴情"说的理路，一方面承继明复古派对于情象结合、成文过程的重视，另一方面将道德内涵融入所谓的性灵之中，完成对"温柔敦厚"原则的审美化改造。晚清龚自珍又步反复古派的后尘，致力冲破一切束缚个性的情文、情性说，推崇自我真情，但其目的是培养具有独立思想、通经治世之英才。鲁迅则呼吁国人学习英国浪漫主义诗人拜伦，激发出一种中国从未见过、足以砸碎旧世界的革命激情。以上诸多情说的辨识梳理，足以照见以情为主的创作论在明清的多维面向，以及它们既彼此对抗、又相互交叠和承继的关系，从而丰富我们对中国

古代抒情传统的认识。

第一节　华兹华斯和艾略特情感说之争的借鉴价值

有关华兹华斯与艾略特论诗歌情感的内容，分别集中保留于前者《抒情歌谣集》1800 年版序言，和后者《传统与个人才能》两篇文章之中。两人主要从五个层面阐述了对诗歌情感的看法。首先是诗歌情感的来源。华兹华斯提出诗歌情感价值与个人生活经验直接关联，而出于微贱日常田园生活的情感尤其有价值：

> 因为在这种微贱的田园生活里，我们的各种基本情感共同存在于一种更单纯的状态之下，因此能让我们更确切地对它们加以思考，更有力地把它们表达出来；因为田园生活的各种习俗是从这些基本情感萌芽的，并且由于田园工作的必要性，这些习俗更容易为人了解，更能持久；最后，因为在这种生活里，人们的热情是与自然地美丽而永久的形式合而为一的。[1]

华兹华斯认为日常生活的事件及情节对诗歌十分重要，因

1　华兹华斯（William Wordsworth）著，曹葆华译：《抒情歌谣集》序言及附录，中国社会科学院文学研究所编：《古典文艺理论译丛》，北京：知识产权出版社，2010 年，第 1 册，第 4—6 页。

为它们能够揭示人们内心真正的天性。这种天性在人和自然的交往中才能得到最好的呈现。所以，华兹华斯称所选的诗歌都是“选择日常生活里的事件和情节，自始至终竭力采用人们真正使用的语言来加以叙述或描写”，因为他坚信美好的诗歌必定源自实际生活中自然产生的强烈情感。

好诗都是强烈情感的自然流露。[1]

然而，华兹华斯这句名言却正是艾略特《传统与个人才能》一文所对准的批判靶子。艾略特认为诗的情感和个人情感是不一样的，诗的情感经验是非个人的，与诗人的生活、个性、情感都无关。真正诗歌的情感必须是个人生活情感的艺术转化。他坚称诗人的“个人感情可能很简单、粗糙或者乏味。他诗歌中的感情却会是一个非常复杂的东西”[2]。为此，诗人要不断让自己个性泯灭，诗人创作诗歌的过程也是提炼出诗歌情感，消灭个性的过程。艾略特把这种过程视为接近于科学的艺术过程。

第二个展开讨论的问题是如何言情，何为言情的最佳状态？华兹华斯对此有比较明确的论述。他认为诗歌是对实时亢奋情感的宁静回忆。艾略特则只字不提亢奋情感，而认为创

1 “Poetry is the spontaneous overflow of powerful feelings.”华兹华斯著，曹葆华译：《抒情歌谣集》序言及附录，中国社会科学院文学研究所编：《古典文艺理论译丛》，第6页。

2 T.S. Eliot，“Tradition and the Individual Talent.”托・斯・艾略特著，李赋宁译注：《艾略特文学论文集》，南昌：百花洲文艺出版社，1994年，第9页。

作活动始终在一种平静的状态中持续进行，是一个缓慢提炼情感原料的过程。为此他还找到一个很妙的催化剂比喻：比如我们制造硫酸，需要氧气和二氧化硫相互作用，而其间必须有一条白金起催化媒介的作用。硫酸造成后，白金却没有融化入硫酸。他认为诗人的头脑在诗歌里面就如同白金，他的私人经验、情感、个性不应该进入诗歌里。

情怎么与物象互动结合？这是华、艾讨论的第三个问题。华兹华斯认为要抓住一种简单而卑贱的田园生活，在其中能够发现自然的本来的面目，实现人与自然的完美结合。而且他认为："从屡次的经验和正常的情感产生出来的语言比一般诗人通常用的语言，更永久、更富有哲学意味。"[1]艾略特也很注重情感与物象的结合，但认为不仅情感，就连物象也是与诗人个人生活无关的。他在另一篇文章上提出一个客观的对应物（objective correlative）的概念，即艺术情感的客观对应。这就要求情感不能用直接的陈述，哪怕是艺术的情感，也必须要通过一种意象，即客观对应物，才能成功地表达出来。这种客观对应物，可以是物象、场景、人事等等，是传达情感的客体。艺术情感的意象不是孤立单独的，艾略特认为每一个意象都包含着过去不同诗人对艺术的感受。一个真正好的诗歌，不是用单个的意象构成的，而是不同单词、短语或意象在诗人想象的作用下，形成一个新的互文组合，这就是他关于情、象关系论述。

1 华兹华斯著，曹葆华译：《抒情歌谣集》序言及附录，中国社会科学院文学研究所编：《古典文艺理论译丛》，第4—6页。

第四个讨论面向是情与言的结合，也即言和象的转化问题。华兹华斯认为当题材选择恰当，自然就会有源于热情的最佳诗歌语言。艾略特没有具体讨论情与言的转换过程，但是他强调一种历史的意识，也就是说每一个作品都是跟历史的互动，历史有一个通变的过程，于是就需要诗人把历史意识融入作品的意象和语言之中。与此同时，新的作品生成之后，又会对文学传统产生影响，使得文学传统跟作品出来之前已有所不同，这才是一种真正有意义的文学创作。从这里我们可以推断，艾略特认为文学是一种互文创作（intertextual move），而他自己的诗歌，像《荒原》里面就用了极多各种各样的用典，以西方文明的典故来阐述他自己对现代生活的感受。所以他十分强调对语言互文的使用。

最后一个讨论问题是诗歌的作用。华兹华斯认为真正的诗歌给人的美感是在美中揭示一个真理，而且不是个别或局部的真理，是普遍有效、比哲学更高的真理。"这种真理不是以外在的证据作依靠，而是凭借热情深入人心；这种真理就是它自身的证据，给予它所呈诉的法庭以承认和信赖，而又从这个法庭得到承认和信赖。"[1]他的意思是说审美是独立的，它跟外在功利、哲学思维概念都没有关系，所以它具有独立的哲学意义。华兹华斯的这篇序言，是为了对现代工业化城市生活发出批判，所以他的诗歌情感论，具有社会现象的观照和社会政治的诉求。但是艾略特所主张的是一种唯美的诗歌情感论，所以他

1 华兹华斯著，曹葆华译：《抒情歌谣集》序言及附录，中国社会科学院文学研究所编：《古典文艺理论译丛》，第 12—13 页。

在这篇文章里面没有论述诗歌的作用。

从以上比较，笔者得到三大启发。第一个启发是我们可以循着诗歌创作五大阶段（即情的来源、抒情的心理状态、情与象互动、成文的过程、作品的功效）来辨析梳理历代创作论，尤其是明清创作论中的各种情说。第二个启发：华兹华斯和艾略特的情感论，可以用中国古代诗学的术语来加以来诠释。华兹华斯的情感论可以说是一种“情事说”兼“情性说”，因为他对这两方面都特别强调，华兹华斯强调诗歌之情就是对外界事件的强烈反应，此情的表达无涉有意的艺术加工。华兹华斯认为好的诗篇可揭示人类美好的本性，所以他的情感论中也有“情性说”的成分，并揭示出诗歌具有深刻社会和哲学意义。华说既强调审美，而又非唯美。艾略特的观念可称为“情文”说，其特点是将情与具体生活事件、与诗人的经历割裂开来，将情视为艺术创作的原料。情的表达是静默的艺术想象过程，写出的诗篇的价值在于其审美的效应，一种足以改变整个文学传统的审美效应。总而言之，艾略特的情说是唯美主义的情感论。第三个启发是：以情与事、文、性的关系作为框架，我们可以系统梳理明清有关情的论述，从而呈现古代抒情传统的真实面貌。

在诗歌情感与个人的关系、个人与传统的关系、诗歌与物象、语言的关系等方面，明清以情为主的创作论与华兹华斯和艾略特的情感论存在诸多相近的取向。例如，明代复古派所主张的诗歌情感与艾略特所主张的唯美的、从属于传统、非个人化的情感论相呼应。另外，中国古典诗歌的比兴寄托、用典用事与艾略特对诗歌客观对应物的强调，实有相近理路。反复古派所推崇的情，则是生活情状的直接反映，是瞬间、迸发性的情感宣泄。这令我们不禁联想到华兹华斯对诗歌情感的天然、实时、强烈给予的关注。相较于复古派追求诗歌情感的艺术化加工，徐渭（1521—1593）和李贽（1527—1602）所属的反复古派将不经思索、瞬间迸发的强烈情感视为至情，付诸语言即为至文，无需艺术加工，于是有关诗法之论自然一扫而空。华兹华斯虽未如明代反复古派那样言辞激烈，但其批评诗歌语言加工精制、手法巧妙古怪，违反健全的理智和天性，在相当程度上和明代徐渭、李贽等人的反复古、反矫饰异曲同工。这些诗学阐释的共同关怀，刚好可供我们借以重审明清关于情感的创作论，从而将其脉络化、条理化。

在对情的理解和阐述上，明清诗论存在复古和反复古的两大观念分野，双方有同有别，且不断在道德、私人、经世等向度间分化、嬗变。那么，复古与反复古等诗学阵营所主之情有何本质差异？诗歌之情源于何处？诗歌情感的理想状态及其表达应该如何？复古和反复古派的阐释虽多差异，但对情的重视是一致的，且并未就"情"展开论争。而且，伴随时移世易，各诗学派系也在对情的理解与表达上产生观点的交迭、纠偏、继承或是批判，足以照见以情为主的创作论在明清的多维面向。本章将在华兹华斯和艾略特两种情感说的对照框架下，对由明至清，复古派、反复古派、黄宗羲（1610—1695）、沈德潜（1673—1769），乃至常州词派、晚清改良派等群体的创作论进行梳理，以期揭示情在明清各派创作论中的阐释脉络。

第二节　明代复古派的唯美情感说

明清以情为主的创作论可以说是以后七子之徐祯卿(1479—1511)和谢榛(1495—1575)论情景结合为肇始的。徐祯卿《谈艺录》认为情是“心之精”,把情上升为创作的动力,并用一系列的因果推演,论证情是统领创作过程的主线,且称:

> 因情以发气,因气以成声,因声而绘词,因词而定韵,此诗之原也。(*QMSH*, vol.4, p.2988)

《毛诗大序》描绘出情“形于言”的过程,却尚未具体化。徐祯卿在此基础上细化描绘了从“情”到“气”、由“气”而“词”,“词”再加上韵而成为诗的过程,其中包含了一连串的因果关系。徐氏将“情”定为“心之精”,又言“因情以发气,因气以成声,因声而绘词,因词而定韵”,从而勾勒了文学创作的过程。

接着,徐氏讨论情和思、气、力、才的关系,认为情必须“因思以穷其奥”,情可以产生气,而气必须“因力以夺其偏”,气又生声生词,必须“因才以致其极”,同时又需要“因质以御其侈”。思、力、才、质几个因素在从情到诗的转变过程中甚为关键,“情”是“心之精”,诗则是“精神之浮英,造化之秘思”。由此一来,情心不同,文体风格亦随之变化:“或约旨以植义,或宏文以叙心,或缓发如朱弦,或急张如跃楛,或始迅以中留,或既优而后从,或慷慨以任壮,或悲凄以引泣,或因拙以得工,或发奇而

似易。”（见《创作论评选》§ 167）

至于表现情之状况的“势”，也会因“情”的不同而各异，不同“势”的出现必然要求用不同的语言来表达，即“夫情既异其形，故辞当因其势”。徐氏称“此乃因情立格，持守圜环之大略也”（见《创作论评选》§ 167）。“因情立格”一语，显然是对王昌龄以来盛行以意立格之命题的修正，这表明徐氏试图另辟蹊径，立情为诗歌创作的最高原则。

在论述情之势的基础上，徐氏又继续论述“情来”之时的不同状态，以及如何加工“情”，将其转变为诗：情之初始是“朦胧萌坼”，之后“汪洋漫衍，情之沛也”，经过条理化则“连篇络属”，形于文则跌宕起伏，体现“气”，经过“简练揣摩”，则体现出“思”，再然后是“韵”和“词”（见《创作论评选》§ 167）。

徐祯卿这些创作论都是着眼于情的发展和表达，以及相关的文字处理，而未讨论“意”或“象”以及超验的“玄思”。他把“情”作为创作的主线，一切创作的所有过程都是对情的改造转变，将情的转变等同于整个艺术创作的过程，对从情到语言的转变做了崭新的系统阐述。这种系统阐述是前所未见的。但他对情的描写都在虚处下笔，称“情实眑渺，必因思以穷其奥；气有粗弱，必因力以夺其偏”（见《创作论评选》§ 167），因此最后无法将论情落实到遣词造句功夫上。

相比之下，谢榛未像徐氏那样试图论述情与整个创作过程的关系，而是集中阐发情景互动为诗的观点：“作诗本乎情景，孤不自成，两不相背。”（见《创作论评选》§ 168）他从创作过程谈情景，认为诗的创作过程是情和景互动融合的过程：

> 景乃诗之媒,情乃诗之胚,合而为诗。(*QMSH*, vol.2, p.1340)

他用近似于陆机和刘勰的语言描述创作始端的神思:“登高致思,则神交古人,穷乎遐迩,击乎忧乐,此相因偶然,着形于绝迹,振响于无声也。”但他认为,神思可使情和景“内外如一,出入此心而无间也”,即可着成“数言而统万形”的佳作。虽然《文心雕龙》也谈到心与物的互动,但是没有认为两者互动融合就构成一篇作品。谢榛把情景互动融合的过程视作创作的关键,洽弥补了这一局限。

综合而言,明代复古派在处理情感时,着眼于将情的元素提炼升华,使其具有艺术美感,而不是简单反映个人的具体生活经验或外在现实的情感体验。就如徐祯卿在论情感统领创作过程时,专从情在发气、成声、绘词、定韵等程序的作用入手,描摹种种情态和诗情的表现机制,以见“因情立格”的创作原则。“情”作为诗歌创作的动力,在创作过程中被加工改造,最终承载于声韵、诗语的艺术性组合,这一改造过程便是对日常情感经验的提纯。又如谢榛强调“诗本乎情景”,诗歌的创作实为情、景互动结合的过程,而非对具体现实情感的直陈,亦非单一地描摹外景。情、景合而为诗,讲求体悟与深造的功夫,便也包含对情感元素的艺术化加工。于是,复古派这种创作机制所抒发的情感便具有唯美色彩。

徐祯卿论由情到诗的生成机制、情之势以及情来之态,无一不具有时间性、程序性,不是即刻间凭借情感勃发一蹴而成的。他对情的描述是概念化的，类型化的，并未指向日常现实，也并非实指个人的具体情感。“因情立格”的创作规范，则体现出对物象、语言等元素的打磨加工，从而符合唯美的趣味，合乎艺术传统的规范。至于谢榛的情、景结合论，也仍强调二者艺术化融合的程序，不是简单地直抒胸臆或摹写外景。这些审美创作论正与艾略特对诗歌情感与传统的理解相通。

第三节　明代反复古派非唯美情感说

与复古派对立的批评家们也讲“情”，但他们没有把创作看成对情的艺术加工，而是认为直接抒发胸中之情就是艺术作品。徐渭（1521—1593）、李贽（1527—1602）等反复古派者的情感论，即为其代表。

从文论史发展的大语境来看，以情为主的创作论在明代兴起，不少方面构成了对以意为主创作论的挑战。如果说主意者集中探究翻空之“意”在征实之成文阶段中的关键作用，那么主情者相对较少探究成文阶段的细节，对“意”要么撇开不谈，要么持明显的批判态度，该倾向在明代徐渭、李贽等反复古派诗论中尤为明显。对反复古派而言，“意”等同于“有意”，因此讲“意”即是背弃自然而追求人工雕饰之举，故他们鞭挞“意”的言语屡见不鲜。

徐渭、李贽等人的情论强调对日常情感体验的直接宣泄，抛开封建礼教、诗法格式等的规范束缚。他们通过小说、戏剧谈情，不仅反复古，还反对人为的、唯美主义的情感，要求冲破封建礼法，进行自我情感的抒发。徐渭《选古今南北剧序》指出“人生堕地，便为情使”，“涉境触事”各有所感，真情自然流露，发而为诗文骚赋，就足以成为真正的艺术作品，无需艺术化的处理[1]。因为“摹情弥真则动人弥易”，而“真情”通过直接自然的情绪流露来体现，若施以遣词造语等处理，便不再自然，也便因此而失真。

李贽《读律浅说》则通过强调“自然之道”来反对作诗抒情时的粉饰雕琢：

> 盖声色之来，发于情性，由乎自然，是可以牵合矫强而致乎？故自然发于情性，则自然止乎礼义，非情性之外复有礼义可止也。惟矫强乃失之，故以自然之为美耳，又非于情性之外复有所谓自然而然也。……有是格，便有是调，皆情性自然之谓也。莫不有情，莫不有性，而可以一律求之哉？然则所谓自然者，非有意为自然而遂以为自然也。若有意为自然，则与矫强何异？故自然之道，未易言也。（*FSXFS*, pp.132－133）

因为情性发乎自然，情性自然流露的诗语声色也会各具特色，令作品风格与内在情感表里如一。如若对言语声韵做艺术加工，便是有意而为之、勉强附会。在强调情性自然的基础上，李贽认为真能文者绝非有意而为之，而是在见景生情、触目兴叹

1 ［明］徐渭：《徐渭集》，北京：中华书局，1983年，第1296页。本段其下引文同此注。

下,难以遏制胸中不平,最终直吐无忌。《杂说》:

> 且夫世之真能文者,比其初皆非有意于为文也。其胸中有如许无状可怪之事,其喉间有如许欲吐而不敢吐之物,其口头又时时有许多欲语而莫可所以告语之处,蓄极积久,势不能遏。一旦见景生情,触目兴叹;夺他人之酒杯,浇自己之垒块;诉心中之不平,感数奇于千载。(*FSXFS*,p.97)

李贽认为,这种任由情感迸发而成的诗文,最富有自然纯粹的情感力量,因此推其为"至文"。另外,李贽将作文视为"蓄积已久、势不可遏"的情感喷发,对此后清龚自珍(1792—1841)"完"的文学理念也有影响。龚氏认为童年之情不可扑灭的看法,显然也受到李贽"童心说"的影响。他的《病梅馆记》谴责礼义约束,读起来像是将李贽"顺其性"的口号用比喻的方式进行精心改写,本章第六节会具体论及。

在李贽眼中,天下至文皆出于真挚纯粹,未受伦理强矫的"童心"。"苟童心常存,则道理不行,闻见不立,无时不文,无人不文,无一样创制体格文字而非文者。"(见《创作论评选》§ 172)所以,在"童心"的支持下,对待文章,也不必以复古态度审视和创作,诗文众体皆无所谓古今:

> 诗何必古选,文何必先秦。降而为六朝,变而为近体;又变而为传奇,变而为院本,为杂剧,为《西厢》曲,为《水浒传》,为今之举子业,皆古今至文,不可得而时势先后论也。

故吾因是而有感于童心者之自文也,更说甚么六经,更说甚么《语》《孟》乎?(*FSXFS*, p.99)

这种未曾经受儒家伦理强矫的赤子之情,也类似于徐渭《选古今南北剧序》所阐述的情。徐渭、李贽对"至文"的定义,无拘于格套章法或伦理规范,皆为体现胸中"至情",而这种反复古派所主张的"至情",如汤显祖(1550—1616)所言:"不知所起。一往而深,生者可以死,死可以生。"(见《创作论评选》§ 173)这是可以超脱礼法、生死等一切约束的,因而也不再讲求艺术审美的加工。而且,这种对男女世俗之情的赞颂,与同时期郝敬(1557—1639)为《诗经》中的情诗正名相映照。

无论是作诗追求合乎自然性情,还是语言风格的由乎自然,乃至见景触目而直陈无忌,反复古派的各项主张都与华兹华斯的"诗歌是强烈情感的自然流露"形成异代共鸣。诗人个体的自然性情、实际情感体验,既是他们创作论的出发点,也是作品精神内涵的落脚点,因此,反复古派在对诗歌物象、语言的选择、处理上也会更偏于实时而原生的日常。

【第八章第二、三节参考书目】

郑利华著:《前后七子研究》,第 1 版,上海:上海古籍出版社,2015 年。第四章《前七子的文学思想》,有关前七子"情真"的论述,见第 116—133 页。

左东岭著:《论李贽的文学思想》,载《明代心学与诗学》,第 1 版,北京:学苑出版社,2002 年,第 205—271 页。

周质平著:《公安派的文学批评及其发展:兼论袁宏道的生平及其风

格》，台北：台湾商务出版社，1986 年。第一章《晚明文学批评与公安派之理论》、第二章《公安派之修正及其末流》，第 3—47 页。
杨铸著：《李贽“童心”说辨析》，载张建业主编：《李贽学术国际研讨会论文集》，北京：首都师范大学出版社，1994 年，第 188—197 页。
Jonathan Chaves, “The expression of self in Kung-an School: Non-romantic individualism.” In *Expressions of Self in Chinese Literature*, edited by Hegel, Robert E., and Richard C. Hessney. Columbia University Press, 1985, pp.124 - 150.
Chih-ping Chou. *Yüan Hung-Tao and the Kung-an School*, *1 - 69*. Cambridge: Cambridge University Press, 1988, Chapter 2 “The literary theories of the three Yüan brothers”, pp.105 - 183.
Handler-Spitz, Rivi. *Symptoms of an unruly age: Li Zhi and cultures of early modernity*. University of Washington Press, 2017, pp.19 - 43.
Wai-yee Li, “The Paradoxes of Genuineness: Problematic Self-Revelation in Li Zhi's Autobiographical Writings.” In *The Objectionable Li Zhi: Fiction Criticism, and Dissent in Late Ming China*, edited by Rivi Handler-Spitz, Pauline C. Lee, and Haun Saussy, University of Washington Press, 2020, pp.17 - 37.

第四节 明末清初诸派的唯美情感论

明代后期的公安派、竟陵派等群体，虽然在反复古的创作态度上具有一致性，但在情感论上实与徐渭、李贽等反复古者不容调和的立场有很大区别，反而与复古派更为接近，也主张将情感艺术化，提升为一种超验的精神。公安派、竟陵派对诗文抒写“性灵”的推崇便着眼于艺术化的情趣，以矫粗浅俚俗之弊,就此而言其观念亦近于艾略特的唯美情感论。只不过在创作时,"性灵"的表现并非作者有意为之,而是自然而然地流露。这方面又和华兹华斯强调自然而然的创作心理及过程颇为接近。

值得补充的是,元代虞集(1272—1348)的《诗家一指》,在贯连情、性上具有承前启后的价值:

> 世皆知诗之为,而莫知其所以为。知所以为者情性,而莫知其所以为情性。……心之于色为情,天地、日月、星辰、江山、烟云、人物、草木、响答、动悟、履遇、形接,皆情也。拾而得之为自然,抚而出之为机造。自然者厚而安,机造者往而深。……由之而得乎性,性之于心为空,空与性等。空非惟性而有,亦不离空而性,必非空非性,而性固存矣。夫今有人行绿阴风日间,飞泉之清,鸣禽之美,松竹之韵,樵牧之音,互遇递接,知别区宇,省摄备至,畅然无遗,是有闻性者焉,自是而尽。世之所谓音者,无不得之于闻。性无一物不有欲求,其所以闻之而性者,犹即旅舍而觅过客往之久矣。故取之非有其方,得之非睹其穷,翛然万物之外,云翠之深,茂林青山,扫石酌泉,荡涤神宇,独还冲真,犹春花初胎,假之时雨,夫复不有一日性悟之分耶?(*QMSH*, pp.116 - 117)

这段主要谈情和性的关系,可以和邵雍(1011—1077)对于情、性关系的讨论加以联系。虞集将"情"到"性"的转变称为澄神观照的过程。“心之于色为情”，即心与物色交往会产生“情”，这和佛教中“一切唯心造”（《华严经》）的观点有关。然而，直观外物，与之相通，可以“得乎性”。虞集言：“性之于心为空，空与性等。空非惟性而有，亦不离空而性，必非空非性，而性固存矣。”这段话使用了佛教中观派的双重否定“非空非性”，从而不落两边，不执着于一方。虞集认为，只有采取这种“不二”的态度，才会“畅然无遗，是有闻性者焉，自是而尽”，达到直观的心理状态就是“闻性”。“性无一物不有欲求”说的是外物均想实现其本性，但是通过耳闻而达到“性”，就像是去旅舍寻找早已离开的过客。“性”需要“取之非有其方，得之非睹其窍”，即并非通过具体方法可以得性，得到的时候也并不看到其中奥妙。也就是说，“性”无赖于声音和物象，无方取之，无物可求。

虞集这里所论的“情”“性”已非宋儒所指的道德伦理范畴，情是心与物色相交而生的具体情感，性则是超经验层面的“真我”，这一阐释正与袁宏道（1568—1610）等人提出的超验层次的“性灵说”相承启。袁宏道在《叙小修诗》中标举袁中道（1570—1623）诗：

> 大都独抒性灵，不拘格套，非从自己胸臆流出，不肯下笔。有时情与境会，顷刻千言，如水东注，令人夺魂。其间有佳处，亦有疵处，佳处自不必言，即疵处亦多本色独造语。然予则极喜其疵处；而所谓佳者，尚不能不以粉饰蹈袭为恨，以为未能尽脱近代文人气习故也。（*YHDJJJ*, *juan* 4, pp.201－202）

"独抒性灵",便在于自然抒发本真的情感,不拘泥于格式律条的规范。当性灵深受情境触动时,即使表达得宣泄如注,间带瑕疵也无妨。尤其是其间的瑕疵言语,反而更能体现抒情者的独造本色。

与之相应,钟惺(1574—1624)、谭元春(1586—1637)等竟陵派人士也力主诗中的精神、真性情,无所谓于学古与否:

> 惺与同邑谭子元春忧之。内省诸心,不敢先有所谓学古不学古者,而第求古人真诗所在。真诗者,精神所为也。察其幽情单绪,孤行静寄于喧杂之中;而乃以其虚怀定力,独往冥游于寥廓之外。如访者之几于一逢,求者之幸于一获,入者之欣于一至。不敢谓吾之说非即向者千变万化不出古人之说,而特不敢以肤者、狭者、熟者塞之也。(*YXXJ*, *juan* 16, p.236)

谭元春《汪子戊己诗序》也强调为文是直抒胸臆的过程:"夫作诗者一情独往,万象俱开,口忽然吟,手忽然书。即手口原听我胸中之所流。"(见《创作论评选》§ 176)口与手忽然而为之,并未受制于古法框条,只听从于胸中情感的流动。

至明末清初,陆时雍(活跃于1634年)、王夫之、庞垲(1657—1725)等人继续强调作诗抒情当从胸中自然流出,随物感兴,"有意为之"更被陆时雍视为自然真情的对立面:"诗不待意,即景自成。意不待寻,兴情即是。""意"的另一层意思是自觉艺术创作的意图。跟直接抒发感情不同,个体有意地对自己的情感进行加工和创作，这就是“意图”之“意”。陆时雍这里对意图之意有很好的阐述：“王昌龄多意而多用之，李太白寡意而寡用之。”此语并非指王昌龄之诗有很多意思，而李白之诗意思寡淡，而是说王昌龄在进行诗歌创作时，往往带有明显的创作意图，有意为之，李白创作时则带有一种率然而成的特点，很少是有意、用意、作意的。所以李白“出于自然”，王昌龄“意象深矣”。下文又说“刘禹锡一往深情，寄言无限，随物感兴”，意思也是出于自然。陆时雍这里的观点和谢榛观点相似，认为李白有“无意之意”，王昌龄则是“有意之意”（见《创作论评选》§ 177）。而在“情”与“意”间，陆时雍罗列了多组二元对立关系，而且褒“情”贬“意”：

> 夫一往而至者，情也；苦摹而出者，意也；若有若无者，情也；必然必不然者，意也。意死而情活，意迹而情神，意近而情远，意伪而情真。情意之分，古今所由判矣。（*LDSHXB*, p.1414）

同时，陆时雍、王夫之等人对“情”的阐发也是从审美艺术性的层面展开讨论，不再从伦理道德等社会层面审之。如王夫之评王世懋《横塘春泛》云：

> 关情是雅俗鸿沟，不关情者貌雅必俗。然关情亦大不易，钟、谭亦未尝不以关情自赏，乃以措大攒眉、市井附耳之情为情，则插入酸俗中为甚。情有非可关之情者，关焉而无当于关，又奚足贵哉！（*MSPX*, p.1510）

王夫之虽也看重诗歌关情,但对所关之情的艺术性和审美雅俗有明确要求,如若抒写"措大攒眉、市井附耳"之风情,便难免沦入"酸俗"。他在《豳风六论·论东山三》中,揭示从"有识之心"到"推诸物",和"不谋之物相值而生其心"这两种由内及外、由外及内的交感抒情模式,强调要将诗人的个体感知经验融入诗中,用自己的语言进行表达,并认为"知斯二者,可与言情矣"(见《创作论评选》§ 180)。身心与外物俯仰间相值相通,则情韵"浡然兴矣"。这些对情的分析、阐述皆从艺术审美出发,看重的是诗歌抒情的内涵与生演机制,已非伦理道德价值。

此外,清初庞垲《诗义固说》又从禅语出发,论作诗与抒情:

诗用故事字眼,皆"从门入者"也。能抒写性情,是"胸中流出"者也。

近时题咏诗,多就轴上册头,描模着语,于己毫无关涉,此诗作他何用?必须写入自己,乃有情也。

诗有宾有主,有景有情,须如四肢百骸,连合具体。若泛填滥写,牛头马身,参错支离,成得甚物?亦须"打成一片"乃得。

作诗任真而出,自有妙境,若一作穿凿,失自然之旨,极其成就,不过野狐外道,风力所转耳。

学者一意为言志之诗,不屑为修词之诗,初时亦觉难入,追琢既久,自觉有阶可升,剿拉涂抹之途荒,而抒意言志之途熟,便可到家矣。(*QSHXB*, pp.739-740)

这些援禅论诗之语，皆反对“泛填滥写”、专著典故字眼的“修词之诗”，反复强调作诗与自己的关涉，与胸中真情的联结，以求有景有情，任真而出，以达抒意言志的“自然之旨”，正可视为对“独抒性灵，不拘格套”的承续。将明末清初唯美情感论诸派与华兹华斯、艾略特情感论相较，我们会发现他们对“性灵”“自然之旨”的升华，与艾略特推崇精神性的艺术传统有相近意图。然而，他们批评创作过程中的“有意”，对诗中有“我”的强调，却又与艾略特的艺术加工、诗的非个人化观念相抵牾，反而更近于华兹华斯的理念。这也足以体现出，有关情的创作论，在由明至情的脉络中，是在交织递变。

【第八章第四节参考书目】

朱良志著：《论〈诗家一指〉的“实境”说》，《北京大学学报》2016 年第 4 期，第 43—53 页。

陈广宏著：《竟陵派研究》，上海：复旦大学出版社，2006 年，第 335—345 页。

周群著：《儒释道与晚明文学思潮》，上海：上海书店，2000 年，第 196—280 页。

第五节　明末清代郝敬等人的“两种性情”说

孔子删定的《三百篇》中，为何有那么多颇为露骨地描写男女情爱的篇章？这是历代说诗人争论不休的问题。为了解释此谜团，说诗人不仅发明各种不同的诠释方式，而且还提出了新的“性情”论，为其诠释方式提供理论根据。

毛序处理情诗的方法是对情爱内容一概不加以评论，只点明诗篇的讽喻意义及其涉及的历史人物。朱传则严厉批评毛序视而不见露骨淫秽的情爱描写，认为这些诗就是“淫奔”者之直言，毛序所谓深刻的讽喻意义多半是凭空捏造出来的。孔圣把这些“淫奔”诗留存于《诗》中，只是要让它们起一种戒示作用。

至明代，面对《诗经》中露骨描写情爱的作品，郝敬不遗余力地反驳朱熹的“淫诗”说。一方面，他认为男女情爱绝非等于淫秽。这种对男女之情的认同已广见于当时戏曲诗歌等创作，汤显祖等人甚至将男女之情推到至高位置。在这一背景下，郝敬指出，《诗经》本身就包含两种情感，一是字面上所描写的诗中人物之情，这类情感在《国风》中以男女之情见多。

郝敬对此设问曰：

> 《诗》多男女之咏，何也？曰：夫妇，人道之始也，故情欲莫甚于男女，廉耻莫大于中闺。礼义养于闺门者最深，而声音发于男女者易感，故凡《诗》托兴男女者，和动之音，性情之始，非尽男女之事也。（*QMSH*, p.2859）

对于诗中男女之情，郝敬以“人道之始”视之，并肯定男女之音易于感人的特质。而且，郝敬指出《诗经》托兴于男女，却“非尽男女之事也”，这就涉及《诗》中第二种情感，即风人借男女情爱来表达的情志，以美刺的意愿为主：

> 男女生人，至情恒人，心绪牢骚，则托咏男女，而为女

子语常多。盖男子阳刚躁扰，女子阴柔幽静。性情之秘，钟于女子最深，而辞切妇女，最悠柔可风。故圣人录其辞，被诸管弦，协之音律，以平其躁，释其欲，宣其壅，窒其淫，因人情而利导之也。后之为诗者，不达此旨，一逞为淫哇之曲，去本遂远。而说《诗》者，并袛圣人删正之辞为淫诗，亦岂知性情之道者乎？（*QMSH*, p.2863）

郝敬在此揭示出风人“托咏男女”，以及多用女子语的缘由，是出于妇女之辞“悠柔可风”，从而因势利导，以正性情。由于《诗》经过圣人删定，被诸弦乐，加序尽意，所以，这些情诗不仅承载原作者的讽喻之志，还融入圣人之情。郝敬这种对诗歌性情的阐述，将风人之情融入圣人之情，可视为一种“二重性情说”。

另一方面，郝敬在《毛诗原解》中鞭挞宋元以来奉为圭臬的朱熹《诗集传》，认为其“求诗意于辞内”，并及“切直”的解释方法，都有违“含蓄温厚”的诗歌本质。这种以直代曲的读诗法，是“以辞害志”，让读诗人只看见“辞”层面的男女情爱，而意识不到“辞”后更完美高尚的风人之情。换言之，前者只是载体，而后者是所载。郝氏对两者的关系作了以下阐述：他认为，情诗所载不仅仅是原作者讽喻之志，更重要的是它们还融入了圣人之情。圣人不仅“录其辞，被诸管弦，协之音律以平其躁，释其欲，宣其壅，窒其淫”，还裁定了古序。朱氏不见情诗所载的风人圣人之情，这样连载体的意义也弄错了，因而误认它们为“淫哇之曲”。载体与所载俱失，故性情之道全丧矣。

在批驳朱传的基础上，郝敬确立毛诗《古序》的权威，将原本只用来描述政教作用的“温柔敦厚”，标举为儒家经典的《诗》特有的讽喻言情方式，乃至论诗的最高原则。郝敬肯定毛诗《古序》“以意逆志”“求诗意于辞外”的价值，重建毛诗《古序》的经典权威。由此一来，朱熹对所谓“淫诗”的解读便只看见“辞”层面的男女情爱，而未领会“辞”后温柔敦厚的性情。

同时，郝敬还反对朱熹将赋比兴解作修辞方式，而是将其视为作《诗》、读《诗》时言辞与情志互动的描述。在郝敬之前，明代李东阳（1447—1516）、王廷相等人已申明托物寓情、立意比兴的抒情价值。如李东阳云：“惟有所寓托，形容摹写，反复讽咏，以俟人之自得，言有尽而意无穷，则神爽飞动，手舞足蹈而不自觉，此诗之所以贵情思而轻事实也。”（见《创作论评选》§ 189）王廷相曰：“言征实则寡余味也，情直致而难动物也。故示以意象，使人思而咀之，感而契之，邈哉深矣，此诗之大致也。”（见《创作论评选》§ 190）在郝敬看来：“兴者，诗之情，诗尽乎兴矣。故六义以风始，以兴终。明乎风与兴而诗几矣。”（见《创作论评选》§ 186）他还将兴、观、群、怨的“兴”与赋、比、兴的“兴”等同，把二者同解为“情”，赋和比也是“兴情”的表达方式，三者相互依赖，且统归于兴情。于是，人心“感动发越”下的各种讽吟表现皆归为“兴”，诗的感人心、移风俗功能亦归之于“兴”：

从来说诗，以托物为兴，惟钟嵘《诗品》云：“文已尽而义有余者，兴也。”此语得之。盖人心无影，感动发越，肸蚃而成诗。其摅情为志，逶迤旁薄，不主一端。即事引伸，变动周游，可讽吟而不可切循，心能会而口不能言者，皆兴也。故目之所察者浅，耳之所入者深。玄黄黼黻，一览无余。惟声音咏叹，使人心旷神怡，能动天地，泣鬼神，移风易俗者，兴之所谓也。（*YPCT*, *juan* 1, p.2117）

对于《诗经》的赋比兴传统，郝敬的解说有两大独创：一是以情论兴，二是将兴比于《易》象。其中，兴是作诗读诗的感动触发之情，风、雅、颂、赋、比、兴皆统归于兴，赋是兴之辞，比则是一种“不欲显托于物”的赋。所以，兴是诗之灵魂，是毛诗《古序》所找寻的辞外之情，而郝敬解兴为情，也新创一种“兴情”说，也为沟通风人之情和圣人之情提供阶梯，从而达到含蓄蕴藉、温柔敦厚的诗歌情志理想。郝敬的诗学理论不仅开清代以“温柔敦厚”论诗论词的先河，其“两种性情”和“解兴为情”等论也直接或间接地影响了黄宗羲（1610—1695）、王夫之（1619—1692）、朱彝尊（1629—1709）、纪昀（1724—1805）、章学诚（1738—1801）等清代文论家。

诗人如何将个人之情升华为“万古之性情”，进而写出含蓄蕴藉、“温柔敦厚”的作品？这是清初以降黄宗羲、王夫之、沈德潜（1673—1769）等人诗论，以及常州词派张惠言、周济（1781—1839）等人比兴寄托说的核心论题。他们对此论题的阐说大同小异，而且都与郝敬的“两种性情说”、以情论兴说相映照。入清以后，黄宗羲、沈德潜等人对明人两派情说进行了纠正和批判，不仅重新定义了情，而且开拓了与此新的情说相匹配的创作方式。

黄宗羲在批判明代复古派和反复古派过程中,也区分出真意流动的"情至之情"和作为假情的"不及情之情"。其《黄孚先诗序》将批判矛头直接对准徐渭、李贽所鼓吹的直接的情感宣泄:

"劳苦倦极,未尝不呼天也;疾痛惨怛,未尝不呼父母也,然而习心幻结,俄顷销亡,其发于心、着于声者,未可便谓之情也。"(见《创作论评选》§188)对反复古派不讲道德意义的情说做出批评。

至于复古派唯美主义的情说,黄氏还算手下留情,甚至还将唯美的情也归入真性情,有此言为证:"古之人情与物相游而不能相舍,不但忠臣之事其君,孝子之事其亲,思妇劳人,结不可解,即风云月露、草木虫鱼,无一非真意之流通。"(见《创作论评选》§188)这里的忠臣、孝子、思妇乃至"风云月露、草木虫鱼",皆流通真意,包含至情。然而,"无一非真意之流通,故无溢言曼辞以入章句,无谄笑柔色以资应酬"句,则似乎流露对复古派专事模仿的批评。在《黄孚先诗序》进一步论情时,黄宗羲显然把复古派的情说也当作批判的对象:

诗以道性情,夫人而能言之,然自古以来,诗之美者多矣,而知性者何其少也。盖有一时之性情,有万古之性情。夫吴歈越唱,怨女逐臣,触景感物,言乎其所不得不言,此一时之性情也。孔子删之,以合乎"兴观群怨""思无邪"之

旨，此万古之性情也。(*HZXQJ*, pp.31－32)

黄宗羲将“情至之情”分作触景感物的一时性情，与合乎温柔敦厚之旨的万古性情。换言之，唯美主义的情说所涵盖的顶多是“一时之性情”，而情只有经过儒家道德的过滤才能升华为“万古之性情”。这些二元化的论述，实与郝敬论《诗》中的风人男女之情与圣人之情一脉相承。不过，黄宗羲将文人逐臣的怨语也归为俗情，而未将风人讽喻与圣人之情相连，他对明代复古派、反复古派有关抒情的批评，最终并未指向“温柔敦厚”的诗歌本质，就此而言可谓破而未立。此外，王夫之的“四情说”，也与郝敬以情论兴、贯通赋比兴的观念相承，这些解读都令“温柔敦厚”从儒家诗教原则转为系统的诗歌艺术理论。

到了清代，不少论诗家认为从前的言情说较为粗俗流鄙，所以更为强调“温柔敦厚说”，情说重新回归儒家诗教的传统，是康乾诗论发展的新潮流。在黄宗羲之后，沈德潜、张惠言等人所认可的情的内容都具有深刻道德意义，不过和黄宗羲这里说的不同，他们更强调如何把具有道德感的情升华成艺术境界。其间沈德潜就超越了他老师叶燮(1627—1703)从唯美角度论情景的做法，发展出符合儒家道德理想的格调说。其《说诗晬语》曰：

事难显陈，理难言罄，每托物连类以形之；郁情欲舒，天机随触，每借物引怀以抒之；比兴互陈，反复唱叹，而中藏之欢愉惨戚，隐跃欲传，其言浅，其情深也。倘质直敷

> 陈,绝无蕴蓄,以无情之语而欲动人之情,难矣。(*QSH*, pp.548-549)

这里阐发的是温柔敦厚的诗教观,即《诗大序》中"主文而谲谏,言之者无罪,闻之者足以戒"的观点,但是这里的温柔敦厚已经不是抽象的概念,强调的是温柔敦厚艺术境界下的创作,包含反复唱叹,言浅情深,隐约不直言,即比兴等具体诗教规范。

沈德潜诗论既将道德情感转化为审美情感,同时又强调用比兴方式融情入景:"事难显陈,理难言罄,每托物连类以形之;郁情欲舒,天机随触,每借物引怀以抒之。"(见《创作论评选》§ 193)他追求比兴之辞具有深刻性,由此在艺术化的情感中融入道德内涵。这种新的情感论,为清代词界常州派等代言体创作提供学理支撑,乃至于张惠言、周济、陈廷焯(1853—1892)等人将抒写男女之情的艳诗奉为创作楷模,以怨夫思妇之怀,寓托君子的道德性情。张惠言、周济等词家还将《诗经》的比兴代言之说引申至词论:

> 《传》曰:"意内而言外,谓之词。"其缘情造端,兴于微言,以相感动,极命风谣。里巷男女,哀乐以道。贤人君子幽约怨悱不能自言之情,低徊要眇,以喻其致。盖《诗》之比兴,变风之义,骚人之歌,则近之矣。然以其文小,其声哀,放者为之,或跌荡靡丽,杂以昌狂俳优。然要其至者,莫不恻隐盱愉,感物而发,触类条鬯,各有所归,非苟为雕琢曼辞而已。(*CX*. pp.6-7)

张惠言将词体所写的男女哀乐、贤人君子的幽约怨悱与《诗》之比兴、变风之义等观，提倡学习《诗经》的代言体，借里巷男女之事抒发君子之情志。他还指出词体短小，特具“恻隐盱愉，感物而发”之质，以求消除“雕琢曼辞”的成见。其后，周济更是直接标举词情中的非概念化寄托，也像沈德潜那样强调托物连类，并拈出“寄托”一词作出理论的总结：

> 夫词，非寄托不入，专寄托不出。一物一事，引而伸之，触类多通，驱心若游丝之罥飞英，含毫如郢斤之斲蝇翼，以无厚入有间，既习已，意感偶生，假类毕达，阅载千百，謦咳弗达，斯入矣。赋情独深，逐境必寤，酝酿日久，冥发妄中，虽铺叙平淡，摹缋浅近，而万感横集，五中无主；读其篇者，临渊窥鱼，意为鲂鲤，中宵惊电，罔识东西，赤子随母笑啼，乡人缘剧喜怒，抑可谓能出矣。（*SSJCX*, p.2）

比兴寄托、“触类多通”，从《诗》的男女抒情传统演为词的创作传统，足以体现比兴式情境结合的创作方法在明清诗学中的发展延续，不过他所描绘的“寄托”是更为复杂，乃至神妙化的想象过程，所谓“专寄托不出”，更道出由情到言的转化追求：情意蕴藉而又自然浑融，无迹可寻。同时，沈德潜和稍后的常州派词人都认为，诗、词融情入景是一种缓慢、缠绵不断的过程，直至自然而然地写出蕴藉无限，即周济所说“无寄托出”的诗篇。在此基础上，陈廷焯提出一个新的艺术范畴——“沉郁”：

所谓沈郁者,意在笔先,神余言外。写怨夫思妇之怀,寓孽子孤臣之感。凡交情之冷淡,身世之飘零,皆可于一草一木发之。而发之又必若隐若见,欲露不露,反复缠绵,终不许一语道破。匪独体格之高,亦见性情之厚。(*BYZCX*, pp.5-6)

陈廷焯主张“终不许一语道破”,认为诗句不光说男女之事,也讲了“孽子孤臣之感”。而所谓“沉郁”,即把丰富的道德情感转化为艺术的意境,这种兼具“体格之高”与“性情之厚”的意境就是“沉郁”。从“沉郁”词论中,我们皆可看到郝敬“两重性情说”和沈德潜温柔敦厚“格调”说的影响。

郝敬的“兴情”说,沈德潜乃至常州词派的比兴寄托,特举所托物象与道德情感间的联结,并通过比兴托喻,超越第一层的男女个人情感,以君子的道德性情为指归,这与艾略特所强调的客观对应物、摈弃个性具有异曲同工之处。而郝敬、黄宗羲等人对二重性情的分辨、对兴观群怨之旨、万古之性情的追求,则与艾略特的情感论所标举的普遍的人类情感,整体的文艺传统相通。

至清末,况周颐(1859—1926)对词境和“词贵有寄托”又有更进一步的讨论。一方面,他提出参情直觉超越物我之分,“风云江山”的等外物与词人“万不得已”之心情都相互交融,乃至物我两忘(见《创作论评选》§ 165)。另一方面,况氏对“寄托”的关注,也继承了常州派提倡寄托风教的儒家诗学。他在前人基础上,拈出“性灵”一字来重新定义“寄托”,以求再进一步对儒家诗学进行审美化的改造：

> 词贵有寄托。所贵者流露于不自知，触发于弗克自已。身世之感，通于性灵。即性灵，即寄托，非二物相比附也。（*HFCHJZ*, *juan* 5. p.246）

在某种意义上，况氏参情直觉说的建立，可视之为清人，尤其是常州派对儒家诗学虚化、审美化改造工程的巅峰。明清各种性灵说一直是清代儒家诗学攻击的对象，而况氏却毫无顾忌地用“性灵”来定义“寄托”这个儒家诗学核心原则，充分显示他超越门户之见，敢于创新的勇气和魄力。包括此前沈德潜等人的情感创作论，也在不同程度上对明代复古派有所继承。这也告诉我们，探研明清创作论的发展，不应只注意复古和反复古派、唯美和诗教传统的对立，而忽视两个传统之间相互影响、相互吸收的一面。

【第八章第五节参考书目】

董玲著：《郝敬思想研究》，北京：中国社会科学出版社，2011 年。
刘毓庆著：《从经学到文学——明代〈诗经〉学史论》，北京：商务印书馆，2001 年。

第六节　晚清改良派和革命派的情感说

从复古派到公安、竟陵等唯美情感论者，有关情感的创作论发生审美艺术化的转变,明末清初新的情感论则是对复古派情感论的进一步发展:在将创作情感艺术化的过程中融入道德内涵。降及晚清,诗坛的情感创作论转而更近于徐渭、李贽等反复古派,抛开复古、礼教等各种框条的约束,强调情感的自然流露、无忌直陈。

不过,晚清改良派和革命派的情感说,较李贽等人而言更侧重社会关怀。例如,龚自珍的感情观是沿着反复古派所强调的“情”发展的。《病梅馆记》这篇寓言式散文读起来也像是将李贽“顺其性”的口号用比喻的方式进行精心改写而成。苏杭文人对树“斫其正,养其旁条,删其密,夭其稚枝,锄其直,遏其生气”的扭曲,影射的似乎正是理学指导“温柔敦厚”“止乎礼义”,经过修饰剪裁的“情”。龚自珍藉着主流文人对梅之美的定义,对当时占据主流的“温柔敦厚”情感传统提出了质疑,认为其扭曲人的自然天性。这种理学观念指导下的情感,在“止乎礼义”等框条约束中,已被修饰剪裁得泯灭了真性情与活力。于是,他“乃誓疗之、纵之、顺之,毁其盆,悉埋于地,解其棕缚;以五年为期,必复之全之”。这一复全梅树的行为,隐喻着沿袭李贽“顺其性”的意旨。在继承自然宣泄情感说之下,立足于当时的社会形势,追求在打破封建枷锁、“顺其性”的基础上,通过诗歌的创作来培养健全人格,从而通经治世,乃至担负拯救国家之大任。

李贽的情感论,极大影响了龚自珍的文学观、宇宙观。龚氏情感论立足于当时社会状况,十分强调情感的间接作用——由宣泄到培养情感、以达到改造社会的作用。最后的“穷予生之光阴以疗梅"，表明了他与压抑个人感情的文学和政治体制作斗争的决心，以及对个体情感、思想自由的提倡。此外，龚自珍在《宥情》中亦含而不露地透出对情感直接表达的赞同，后来其在《长短言自序》中也有阐明：

> 情之为物也，亦尝有意乎锄之矣；锄之不能，而反宥之；宥之不已，而反尊之。……是非欲尊情者耶？且惟其尊之，是以为《宥情》之书一通；且惟其宥之，是以十五年锄之而卒不克。(*GZZQJ*, p.232)

情感是原始人性的一部分，"阴气沈沈而来袭心，不知何病"，并且锄之不得、宥之不能。龚自珍的文学批评，对晚清之后学者影响极大，"光绪间谓新学家者，大率人人皆经过崇拜龚氏之一时期"[1]，这也使得对"情"之反思成为晚清学者的任务之一[2]。

在崇尚自我，发挥情感力量的创作观念下，改良派或革命派的诗文风格、意象已迥异于浙派诗词的唯美纤细，而是充满奔放豪情，具有改革社会的气势。如康有为(1858—1927)《〈南海先生诗集〉自序》言：

> 凡人情志郁于中，境遇交于外……故积极而发，泻如

1 梁启超：《论中国学术思想变迁之大势(1902)》，《饮冰室合集·文集》，北京：中华书局，1936年，第7册，卷一，第97页。

2 见蔡宗齐：《"情"之再思考：晚清时期中国传统文学批评的转型》，《中国美学研究》，2018年，第292页。

江河，舒如行云，奔如卷潮，怒如惊雷，咽如溜滩，折如引泉，飞如骤雨。……夫有元气，则蒸而为热，轧而成响，磨而生光，合沓变化而成山川，跃裂而为火山流金，汇聚而为大海回波。块轧有芒，大块文章。岂故为之哉？亦不得已也。（*KYWZLJ*, p.640）

这种句势开阖起伏，富有情感宣泄力的文字，正与当时的社会改革风潮相映照。王国维（1877—1927）则标举元曲“摹写其胸中之感想与时代之情状，而真挚之理与秀杰之气时流露于其间，故谓元曲为中国最自然之文学，无不可也”[1]。以此彰显自然抒写自我的情感力量。王国维对元剧的称赞，继承了徐渭的观点，认为直抒胸臆的文学是为中国文学之首。这些文字很清楚反映了王国维在论戏剧情感这点上承袭了反复古派的观念。

鲁迅（1881—1936）则通过赞美摩罗派诗歌的反抗精神，主张诗人发挥英雄伟力，打破传统的权威与桎梏，来唤醒、鼓动时人内心深处的情感，引领自我解放与社会革命：

嗟夫，古民之心声手泽，非不庄严，非不崇大，然呼吸不通于今，则取以供览古之人，使摩挲咏叹而外，更何物及其子孙？否亦仅自语其前此光荣，即以形迩来之寂寞，反不如新起之邦，纵文化未昌，而大有望于方来之足致敬也。……

1 王国维：《元剧之文章》，《王国维全集》，杭州：浙江教育出版社，广州：广东教育出版社，2009 年，第 3 册，第 113 页。

大都不为顺世和乐之音，动吭一呼，闻者兴起，争天拒俗，而精神复深感后世人心，绵延至于无已。（*LXQJ*, vol.1, pp.57, 59）

这里鲁迅所说的“新起之邦”即欧洲诸国，“新声”即摩罗派之诗作。根据他的解释，“摩罗”这个概念借自天竺，意思是“天魔”，欧洲人所谓“撒旦”，早先被用来称呼拜伦。可见鲁迅所谓“摩罗派”，指的是以拜伦为首的欧洲浪漫派诗人群体，他们都显示出对疯狂甚或毁灭的喜好。鲁迅说拜伦是这群人的宗主，而以匈牙利的摩迦为殿军。他将这些人归为一类的标准是：“立意在反抗，指归在动作，而为世所不甚愉悦者悉入。”这里鲁迅赞美摩罗派诗歌的反抗精神。同时鲁迅断言，只有“使归于禽虫卉木原生物，复由渐即于无情”，道家的太平理想才有可能实现。不幸的是，人生在世，无人不为生存而竞争，未来亦然。进化的过程也许会放慢或者暂停，但生物不可能倒退到原始状态。因此，追求道家的太平理想，如“祈逆飞而归弦，为理势所无有”。对鲁迅来说只有诗人当得起天才的名号，才能鼓动读者内心深处的情感，由此导向自我解放和社会革命的英雄举动：

盖诗人者，撄人心者也。凡人之心，无不有诗，如诗人作诗，诗不为诗人独有，凡一读其诗，心即会解者，即无不自有诗人之诗。无之何以能解？惟有而未能言，诗人为之语，则握拨一弹，心弦立应，其声澈于灵府，令有情皆举其

首，如睹晓日，益为之美伟强力高尚发扬，而污浊之平和，以之将破。（*LXQJ*, vol.1, pp.61－62）

这样的诗人拥有伟大的改造能力，因为他不但能唤起人们深藏内心的情感，而且还能说出这些苦于表达者的心声。鲁迅希望中国诗人能够效法拜伦，变成“疯狂”的诗人。他认为，拜伦之所以被谴责是“疯狂”甚或“撒旦”，正在于离经叛道。叛道之人，无论他所背离的是基督教教义还是中国传统社会的伦理道德，都将面临“人群共弃，艰于置身”的后果，“非强怒善战豁达能思之士，不任受也”。在鲁迅看来，“撒旦”（他可能是堕落的天使，也可能是人类的叛徒）的此种特质，正是中国人在为自我解放和民族救亡而斗争时需要发展的本质属性。这样，他就将用来非议拜伦的“撒旦”一词变成了一个赞语，用来赞美那些敢于挑战绝对权威、否认社会风俗和公众舆论，并且为所有人的个性解放而斗争的人。

本文是鲁迅早期的文章，将对极端感情的呼唤和国家命运相连。鲁迅称恶魔派诗人拜伦等人为“精神界之战士”，并且依靠其强烈的主观情感喷薄以唤醒群众，释放出推进社会革命的力量。

晚清改良派和革命派的情感创作论，与当时的社会形势紧密相关，他们同样追求情感的直接表达，以求找寻个性，自我启蒙，乃至破除旧意识形态，拯救社会。所以，这种背景下的具体创作主张会具有更强烈的反传统色彩。至鲁迅等人，已将这种承自明代反复古诸子，同时勾联西方浪漫主义精神传统的性情说化作武器，挑战整个社会的意识形态。

【第八章第六节参考书目】

刘诚著，陈伯海，蒋哲伦编：《中国诗学史　清代卷》，厦门：鹭江出版社，2002 年，第六章《新旧交替之际的诗学》，第 243—256 页，第七章　中国古典诗学的终结，第 293—303，313—336 页。

王元化著：《清园论学集》，上海：上海古籍出版社，1994 年，《龚自珍思想笔谈》，第 254—263 页。

刘正强著：《鲁迅思想及创作散论》，第 1 版，天津：南开大学出版社，1986 年，《鲁迅和茅盾的现实主义文论》，第 54—75 页。

蔡宗齐、蒋乃玢著：《"情"之再思考：晚清时期中国传统文学批评的转型》，《中国美学研究》2018 年第 1 期，第 299—304，308 页。

Zong-qi Cai, "The Rethinking of Emotion: The Transformation Of Traditional Literary Criticism In The Late Qing Era." In *Monumenra Serica* 45, *Journal of Oriental Studies*, 1997, pp.63 - 100.

*　　*　　*　　*

本章在创作论的框架下分析明清时期诗论家对"情"这一创作要素的论述。早前陆机和刘勰虽也论及诗文之情，但他们认为"情"是创作的诱因，尚存在未落实到整个创作过程的局限性。直到明清时期，情才开始被视为创作过程中最重要的因素。由明至清的情感创作论面目纷纭，华兹华斯和艾略特两种情感说的对比差异，刚好能为我们提供立体的观照框架。华、艾二人围绕诗歌情感来源与个人生活的关系、情感表达的心理状态及过程、情与物象的艺术性改造并及抒情和语言乃至诗歌传统之关系，都有多重对立的看法。他们对这些问题的相反阐释，正与明清各时期、各诗家群体的创作主张有着不同程度的照应，足以藉之重审并细化明清各种情感创作论的认知嬗变、见解异同。

总体而言，明清诗论在对情的理解和阐述上，存在复古和反复古这两大分野。明代复古派推崇之情已从具体生活经验中剥离而出，升华为一种艺术情感。徐祯卿提出情是统摄创作的动力、主线（见《创作论评选》§ 168），谢榛集中阐发情景互动为诗（见《创作论评选》§ 169），都把“情”的内涵与表达审美艺术化。这正与艾略特所主张的唯美的、从属于传统、非个人化的情感论相呼应。值得一提的是，艾略特对诗歌客观对应物的强调，与中国古典诗歌的比兴寄托，用典用事实有相近之处。而徐渭、李贽所代表的反复古派，所推崇的情则截然相反。他们所推崇的情是生活情状的直接反映，重视瞬间情感的迸发，要求抒情表达与日常生活息息相关，不经过人为加工，直吐胸中块垒。明代晚期的公安派、竟陵派等群体，虽然在反复古的创作态度上具有一致性，但在情感论上实与徐渭、李贽等反复古者不容调和的立场有很大区别，与复古派实有不少接近之处，如主张诗中之情提纯于琐碎日常，使之具有“性灵”之趣和超验的精神价值。只不过在创作时，“性灵”的表现并非作者有意为之，而是自然而然地流露。他们反对粉饰蹈袭，主张“不拘格套”，直抒胸臆，见性灵本色（见《创作论评选》§ 176）。在性灵深受情境触动之下，即使表达得宣泄如注、存在瑕疵也无妨。这令我们不禁联想到华兹华斯对诗歌情感的天然、实时、强烈给予的关注。

关于诗歌情感的理想状态及其表达，相较于复古派追求诗歌情感的艺术化加工，徐渭和李贽所属的反复古派将不经思索、瞬间迸发的强烈情感视为至情，付诸语言即为至文，无需斟酌打磨（见《创作论评选》§ 170—173），于是有关诗法之论自然一扫而空。华兹华斯虽未如明代反复古派那样言辞激烈，但其批评诗歌语言加工精制、手法巧妙古怪，违反健全的理智和天性，在相当程度上和明代徐渭、李贽等人的反复古、反矫饰异曲同工。复古和反复古派的阐释虽多差异，但对情的重视是一致的，且并未就"情"展开论争，所有后人读来更似互为补充。这些复古与反复古论者对情的阐释，足以照见以情为主的创作论在明清的多维面向。

入清以降，黄宗羲、沈德潜等人对明人两派情说都有纠正和批判，不仅重新定义了情，还开拓与新的情说相匹配的创作方式。清初黄宗羲、沈德潜等人诗论，和其后常州派张惠言、周济、陈廷焯、况周颐等人的情感创作论，所持的观点大同小异，且与明代郝敬的诗论多有照应。

郝敬将原本只用来描述政教作用的"温柔敦厚"，提升为确定《诗》体本质和读《诗》方法的最高艺术原则，并建立风人之情与圣人之情共存且区分的"二重性情说"（见《创作论评选》§ 187、188）。他还解兴为情，新创出一种"兴情"说（见《创作论评选》§ 188），为沟通风人之情和圣人之情提供阶梯，从而达成含蓄蕴藉、温柔敦厚的诗歌情志理想。郝敬的诗学理论不仅开清代以"温柔敦厚"论诗论词的先河，其"两种性情"说和"解兴为情"等论，直接或间接地影响了黄宗羲、王夫之、朱彝尊、纪昀、章学诚等清代文论家。

在郝敬以《诗经》的比兴创作论来沟通二重性情后，黄宗羲在论“情至之情”和作为假情的“不及情之情”时，将“情至之情”分作“一时之性情”和“万古之性情”，并推举“合乎兴、观、群、怨、思无邪之旨”的万古之情（见《创作论评选》§ 189）。沈德潜则进一步深化“温柔敦厚”“主文谲谏”之旨，关注创作过程中，比兴的内容如何转化为创作的情绪。他主张“托物连类”“借物引怀”“比兴互陈，反复唱叹”，以比兴之象若隐若现的艺术效果，来体现寄托在内的情感（见《创作论评选》§ 195）。并且，沈德潜诗论既将道德情感转化为审美情感，同时又追求比兴之辞具有深刻性，由此在艺术化的情感中融入道德内涵。正是这种新的情感论，为清代词界常州派等代言体创作提供学理支撑，乃至于张惠言、周济、陈廷焯等人将抒写男女之情的艳诗奉为创作楷模，以怨夫思妇之怀，寓托君子的道德性情。不过，清初以降黄宗羲、沈德潜等人的诗论，和常州派张惠言、周济、陈廷焯、况周颐等人的比兴寄托词论，与汉唐儒家诗论不同，他们所追求的不是简单直接的政治讽喻，而是道德和情感的完美融合，成为一种心境、一种性情。他们无不认为，诗人必须从风骚传统找到升华情感的途径，只是所师的对象有所不同。

从明清创作论发展之宏观来看，在明代复古派、公安派、竟陵派等唯美情感主义者手中，以情为主的创作论发生审美艺术化的转变，明末清初黄宗羲等人的情感论，则在艺术情感中融入道德内涵。沈德潜、张惠言、周济等人对汉唐概念化政治讽喻所作的审美化改造，多多少少带有复古派后七子徐祯卿和谢榛影响的痕迹。他们关于托物寄喻的论述很自然地让我们想起徐、谢谈论情景互动的言语，而他们对此互动过程持久性的强调，与复古派熟参渐进的理念似乎也非无关联。

同样，反复古派李贽等人将直抒情感视为至文标准的观点，无疑在晚清改良派、革命派的情感说与创作实践中得到回响。另外，如果说徐渭李贽等人提出情感迸发瞬间成文的论点，可能与严羽“一味妙悟”之说的影响有关，那么清末况周颐因情得“悟”之说则极为形象地揭示了“悟”的直觉特征。及至晚清，诗坛的情感创作论转而更近于徐渭、李贽等反复古派，强调对情感的自然流露、无忌直陈。而且，相较李贽等人，晚清改良派和革命派的情感说格外重视社会关怀。龚自珍沿着李贽“顺其性”的情感观，对当时占据主流的“温柔敦厚”情感传统提出质疑，揭示其扭曲人的自然天性。在继承自然宣泄情感说之下，他立足于社会形势，追求在打破封建枷锁的基础上，通过诗歌的创作来培养健全人格，从而通经治世，乃至担负拯救国家之大任（见《创作论评选》§ 199）。在崇尚自我的诗歌写作观念下，康有为等晚清改良派、革命派的诗文风格、意象已迥异于此前力主“温柔敦厚”者的唯美纤细，转而充满奔放豪情和变革社会之气势（见《创作论评选》§ 202）。即使是坚守传统的王国维，也将元曲标举为摹写自我情感和时代情状的极品，藉此彰显崇尚自我、抒写自我的情感力量。鲁迅将对极端感情的呼唤和国家命运相连，称恶魔派诗人拜伦等人为“精神界之战士”，并且依靠其强烈的主观情感喷薄以唤醒群众，释放出推进社会革命的力量，“其力如巨涛，直薄旧社会之柱石”（见《创作论评选》§ 204)，成为新社会的先驱，投入革命事业[1]。

本章借鉴西方文论，搭建一个比传统“志”“情”二分法更为细致精确的新框架，用于分析明清时期大量论情和创作的材料，厘清了各种论说所持的独特立场，同时又梳理出它们之间纵横交错，既彼此对抗，又相互吸收的关系脉络。著者认为，这些论说弥补了此前创作论体系的局限，将情的作用机制落实到整个创作过程中，不仅在众多的艺术议题上取得突破，而且还超越传统文论的范围，将情的书写与治国英才的培养、社会改良乃至现代革命紧密地联系起来。从文论史的宏观来看，这种以情为主的创作论，与著者另文讨论的以参悟为主、以意为主的创作论竞相发展，相映生辉，呈现出明清创作论的发展轨迹和总貌，从而丰富了我们对中国古代抒情传统的认识。

1 见蔡宗齐、蒋乃玢：《“情”之再思考：晚清时期中国传统文学批评的转型》，《中国美学研究》2018 年第 1 期，第 299—304、308 页。

第九章　古代文学创作论与西方创作论：相互对照而彰显的文化特性

本书对中国古代文学创作论的辨析梳理是在“意—象—言”这个大架构之中进行的。“意—象—言”的思维架构，源于先秦汉晋儒、道、玄学各家的哲学思想。意、象、言三个概念的哲学内涵演化至战国晚期，在《系辞传》形成宇宙论的雏形，而曹魏哲学家王弼将这三个概念提升到本体认识论的层次，并确定三者的因果关系，建构出“意—象—言”的基本哲学范式。在这种双向互动的哲学范式中，意生象，象生言，宇宙万物从无到有，由隐到显；同样，人们对万象到本体的认识，遵循相反的方向进行，从显到隐，由言得象，由象得意。

“意—象—言”哲学范式正好适合揭示文学创作过程。“意”指向围绕创作构思、想象的超验心理活动，“象”是将超验所感所想形诸笔墨所依托的艺术形象，“言”则是将抽象的超验活动转为有形文字的载体。正因如此，“意—象—言”范式在西晋就进入新兴起的文学理论，先后为陆机和齐梁刘勰提供了探研创作过程的思维框架。同时，陆、刘所建立的系统创作论又为我们探研后世各创作论提供了一个十分有用的基线。参照陆、刘的意、象、言之论,我们不仅看到不同时期各种创作论对传统的继承,更能发现它们各自所带来的新的发现和突破。如此沿波讨源,深究本末,我们就可以梳理清楚它们之间前后承继和交叉互动的复杂关系,呈现古代创作论嬗变演进的脉络。这部《创作论要略》就是沿着该思路写成的。

著者认为,采用“意—象—言”框架来梳理古代创作论发展史,还有另一个大好处,那就是提供一个对照西方文学创作论的极佳视角。通过比较西方有关超验创作活动、艺术形象、语言的论述,可以凸显中国文论家阐述此三大范畴的独特精彩之处,从而激发中西创作论的深入对话,丰富和加深全人类对文学创作的理解。著者研读西方文论也有几十年的时间,对创作论的三大论题也有很多心得,但若展开来讨论,并与中国古代创作论作详细比较,那就要写另外一本书了。这里就让我用极简的笔触来勾勒中西文学创作论的主要文化特性。

第一节　中西文论家对超验创作活动的认识之异同

在中西创作论之中,超验创作活动都被视为伟大作品产生的根本原因,或用中国古人的话来说,最伟大的作品必定是“神来”,是鬼匠神工的产物。然而,艺术之“神”是何物?作者何以与此神相感相通?中西文论家对这两个问题有根本不同的认识。西方文学批评的创作论对超验活动的描述,基本与想象活动紧密相连。西方创作论对超验活动本质的认识,与不同时期论者解答什么是最高现实，文学与“真理”是何关系密切相关。柏拉图（Plato）认为，艺术是对现象世界的模仿，现实现象又是对永恒理念的模仿，而艺术家的模仿活动是在非理性的激情状态中被神附身所致。他此处所说的神是指希腊神话中有具体形态的神，而不是宇宙本体，即永存的理念。正因如此，他对艺术持否定的态度，要把诗人从理想国驱逐出去。然而，尽管他的模仿论几乎确定了两千多年西方文论的方向，他认为艺术作品与精神本体无关的观点对后世创作论发展并没有产生多大的影响。其中重要的原因是他的一位继承者、新柏拉图主义的创始人普罗提诺（Plotinus）把美的创作者的灵魂视为最高精神本体“太一”（the One）的漫溢。普氏由上至下地构想出三个层次的精神实体，即“太一”“神圣理智”（Nous or Divine Intelligence）“宇宙灵魂”（the Universal Soul），从而拉近精神本体与现象世界的距离。他认为，所有美和崇高的形式都呈现出精神本体，因为创造美和崇高形式的“天才作家”的灵魂上通宇宙灵魂、神圣理智乃至太一[1]。普氏新柏拉图主义不仅奠定了西方文艺创作论以探究纯主观想象为旨归的方向，而且还成了18、19世纪浪漫主义想象创作论所依赖的思想来源之一。

普氏新柏拉图主义对英国浪漫主义的影响尤为深远。华兹华斯的名诗《颂诗：忆幼年而悟永生》（Ode：Intimations of Immortality from Recollections of Early Childhood）中所谈幼年心灵中残存与不朽灵魂的脐带，无疑是对新柏拉图主义灵魂说

1 Plotinus, *The Divine Mind, Being the Treatises of the Fifth Ennead*, translated by S. Mackenna (London and Boston: Medici Society, 1926), pp.73－74.

的发挥。对华氏而言,对此不朽灵魂的追忆乃是诗人通神想象的重要途径。另一位著名的英国浪漫主义诗人柯勒律治(Coleridge, Samuel Taylor)有著名的"二级想象"说。他认为,第一级想象是"所有人类感知的活力和驱动者,是有限心灵对无限'神我'永恒创造活动之重复"[1]。将艺术的感知和想象视为无限"神我"(the infinite I AM)创作活动的重复,与普氏将美和崇高的创造归功于精神本体,如出一辙。与华氏和柯氏齐名的英国浪漫主义诗人雪莱(Percy Bysshe Shelley)则在《为诗而辩》中宣告,"诗人进入无限、永恒、太一之中",并以此为由将诗人立为崇拜的对象,给他戴上"最崇高的哲学家""世界的立法者""先知"等桂冠[2]。

德意志唯心主义哲学(German Idealism)是18、19世纪之际浪漫主义想象创作论的另一个思想源头。较之新柏拉图主义者,德国唯心主义哲学家康德(Immanuel Kant, 1724—1804)、费希特(Johann Gottlieb Fichte, 1762—1814)、黑格尔(Georg Wilhelm Friedrich Hegel, 1770—1831)、谢林(Friedrich Wilhelm Joseph Schelling, 1775—1854)等人则将精神本体渗透到人类认知能力和活动中,视前者为直接决定后者产生和发展的先验存在。例如,康德列出十二个先验的理解范畴(*a priori* categories of understanding),认为非它们的存在人类无以感觉和认知客观世界。随后,黑格尔别出心裁,用康德这种认识论层次的主客观辩证法来解释人类历史,将宗教、人文、艺术、哲学的发展看作

1 Samuel Taylor Coleridge, *Biographia Literaria*, 2 vols. (London: J. M. Dent, 1975).
2 See Percy Bysshe Shelley, *A Defence of Poetry and Other Essays*. Project Gutenberg EBook.

绝对精神不断必然走向自由、不断自我实现的进程。谢林则把注意力从康德的超验认识论移至美学领域，致力于在艺术想象中弥合自然与情感、客观与主观间的鸿沟。柯勒律治潜心研读德意志唯心主义哲学，尤其是谢林的著作，运用他的二元矛盾结合观（*Ineinsbildung*）来解释伟大诗人独有的创造性想象，并杜撰形容词 esemplastic（融对立成分为一体的）一词来强调，化矛盾对立为圆融的整体，这是他所说“第二级想象”的最大特点。

与西方创作论相似，中国古典文学创作论也认为最高级、最成功的创作，离不开超验的、通神的创作活动，但是中国创作论所讲的通神，不是去沟通西方那种创世的绝对精神本体，也不是激活使用存在于个人脑中的先验的认知范畴，而是在宁静的状态中感悟宇宙中深奥的道，所谓阴阳不测之神。古代作者所通之神的本质不是精神实体，而是客观事物生长变化的最高原则。即使佛家在六朝时期短暂使用中土的“神”字来指佛陀、法性等精神实体，但所指的佛神并非西方那种主动创世的精神灵魂，也不构成人类认知活动的基础，而体悟佛神的超验活动也与西方文论描述的那种能动的创造想象迥然不同。在古代文论著作中，用于描述超验创作活动的术语，随着时间推移和论者的个人喜爱而不断变化。例如，陆机用“心游”等术语来描述这种超验活动：“精骛八极，心游万仞。”（见《创作论评选》§ 049）刘勰则名之曰“神思”：“神与物游”，“思接千载，视通万里”（见《创作论评选》§ 050）。虽然称名不同，“心游”和“神思”都脱胎于《庄子》和《淮南子》中的“游心”说，但陆、刘都强调文学创作中超验活动还要回到感知的世界，以及在脑海中情感、物象、语言相互作用的动态过程。王昌龄则选用唯识宗的“意”来描述超越时空限制的超验创作活动。在元人郝经笔下，超验创作活动又被阐释为一种穿越具体时空之域、重新经历古圣创造文明之举的“内游”的过程(见《创作论评选》§ 138)。至于对超验活动的具体描写，可分为动态与静态两大类。陆、刘所说的“收视反听”“神与物游”“心游天地之外”，都属于动态的超验活动，虽然感官活动和“虚静”的心理状态为其肇端。这种超验感通的活动明显受到《庄子》《淮南子》等轻形重神派哲学思想的影响，追求“游于精神之和”，如《淮南子》所说“下揆三泉，上寻九天，横廓六合，揲贯万物”(见《创作论评选》§ 034)。在陆机《文赋》、刘勰《神思》篇，以及一些历代书论画论中，这种动态的超验活动带来了情与象、辞之间的互动互进，最终呈现为心中形成的作品虚象。王羲之的《书论》首先用“意”来描述书法家的想象活动，讲求“意在笔先”(见《创作论评选》§ 059)，即落笔之前重在构思，并想象每一道动态笔势的发展过程，这种论述至唐代显示出更鲜明的超验倾向，乃至将书法之“意”视为书者与神灵的会遇。王昌龄在论述最后成文阶段时不再使用唯识宗静态的“意”，而改用此源于中土书论的“意”，以求揭示写下情景结合诗句时的心理活动(见《创作论评选》§ 077—079)。晚唐时，杜牧也侧重于“意”的动态特点，即其驱动行文的作用，并以“气”的概念来描绘由“意”到“言”的动态过程。

至于静态的超验活动，则受佛教影响居多，最初的代表案例可追溯至六朝宗炳的《画山水序》：贤者面对佛身化现的万物诸象，采取静态凝观的方式，与其内含的神相通。这种超验活动被称为“澄怀味象”乃至“畅神”，即凝观、体味、沉思视觉对象（见《创作论评选》§ 062）。此后随着佛教的发展，相应的哲学观念已超越了六朝格义的阶段，能够用佛教自家独有的一大套术语来解释佛教思想。例如，唐代王昌龄用佛教唯识宗“意”的概念，以“起意”“作意”“用意”等佛教术语来指称创作初始的超验心理活动，建立起静观的、以“意”为主的创作论。他认为静观之“意”属于不自觉的、瞬间的“兴发意生”（见《创作论评选》§ 069），这里的“兴”已非中土文论中的创作意愿，而是目视具体景物，兴起超验之“意”的瞬间，最终透过具体景物的直觉静照而揭示万物实相，即步入超乎象外的境界。王昌龄这种“意—境—象—言”的创作论框架，比陆机、刘勰的“意—象—言”结构层次更为缜密立体。在他眼中的“意”是创作的最佳心理境界，贯穿于整个创作过程，这里的超验活动过程，不同于陆机、刘勰所指的精神翱翔于天地间，而是与宗炳等人观点一脉相承，是一种静态观照。元代虞集、清代王夫之、宋荦、袁枚等人皆沿袭王昌龄这种目击静观的模式，衍生出各自参悟山水的理路，澄怀观道，瞬间直见万物实相。王夫之还专取佛教“现量”的术语来强调这种超验活动与外物互动的直接性、实时性。宋代严羽还借用禅宗“悟”的概念，以“妙悟”阐论创作中的超验心理活动，使参悟、妙悟同时成为文论的时髦术语。

综上所述，中西文论家都认为，超验心灵活动就是对最终现实的体悟，他们的最终现实观有着根本的不同，西方指向绝对的精神实体，中方则是永恒宇宙变化之道或超越主客观区别的佛性。另外,中西文论家所谈的最终现实的体悟方式均有静态和动态两种。在西方创作论中,信奉新柏拉图主义的文论家通常认为,在静态的视觉观照过程中,作者可以发现和激活残存于自我心中的最高精神,而通过与自然的精神交流,便可写出最美的诗篇。华兹华斯的哲理诗和柯勒律治的第一级想象所描述的就是这种静态观照而通神的方式。同时,热衷于运用德意志唯心哲学论创作的文论家,则更强调能动地使用头脑中自有的先验认知范畴,去进行创造性想象,正如柯勒律治所说的第二级想象所示。在中国古代创作论中,笃信佛教的文论家无不指引作者参悟山水景物,即通过静态观照山水而悟觉宇宙实相,而奉持道家世界观的文论家则都强调,要收视反听,进而在脑海里激起情、物象、言辞的激烈互动,直至三者融合成为完美意象,即作品付诸语言之前的虚拟形态。

第二节　中西文论家对创作中"象"的认识之异同

中西文论家都把"象"视为将超验活动形诸笔墨的重要媒介,因而在中西创作论中有关象的论述都尤为显赫而丰富。在西方创作论中,受到共同关注的核心议题是超验想象,而想象一词的拉丁语词根 imāginātiōn 就是"心象",即所谓"mental image",或称虚幻之象"fancy"。在中国古代创作论中,内化于心的"虚象"也是文论家最为关心的议题之一。例如,《系辞传》中"圣人立象以尽意"所谓的"象",并非客观外在物,实指心中虚象（见《创作论评选》§ 014）。这种虚象一直为道家玄学家所重视。然而，中西创作论的“象”论是大同小异，还是小同大异呢？著者赞同后一种观点，原因有二。第一个是“象”所通达的最高现实有着本质的不同，西方的是精神本体，而中土的是宇宙客观变化的最高原则，即使佛教的最高现实似乎带有主观精神特征，但其追求的宇宙实相仍不是精神本体的实现，而是对主、客观的超越。中西哲学对最终现实本质的不同理解，上一节已详细论及，此处不再赘述。判断中西创作论中“象”论本质的不同，还有第二个原因，即两者对心象与视觉物象世界的关系有完全不同的理解。在占据西方思想主流的唯心主义哲学中，视觉与其说是感知客观世界的途径，毋宁说是精神本体注入物象世界的工具。正因如此，自柏拉图开始，西方哲学家、文论家讨论艺术想象几乎无不强调，或更恰当地说，夸大乃至无限夸大视觉的作用。上节提及华兹华斯《颂诗：忆幼年而悟永生》和柯勒律治的第一级想象所赞颂的就是这种给物象注入精神的视觉。与此视觉神圣化的倾向相反，中土哲学家一向以视觉和听觉为感悟宇宙最高原则之“道”的障碍，宇宙最高现实，若有所呈现，那就是老子所说的恍惚的“大象”，庄子所说目明超人的“离珠”也无法目睹。正因如此，陆机强调创作肇始，作者必须“收视反听”，从而在“澄心以凝思”中“笼天地于形内”，即超越天地、收拢万物的华章（见《创作论评选》§ 049）。在刘勰《神思》篇中，“神与物游”，与视觉无涉，而最终会将情、物、辞融合为作品心象，即其所称的“意象”——一种非实际可感的外界虚象（见《创作论评选》§ 050）。由此可见，陆、刘二人都相信超验的神游以形成虚幻心象为指归,这种心象、意象已融情感、外物、文字于一体,从而为诉诸笔端做足准备。当然,陆机、刘勰并非完全忽视物象和视觉的作用,但无疑只把它们的作用局限于感发情志方面。陆机《文赋》云:“遵四时以叹逝,瞻万物而纷披。”(见《创作论评选》§ 046)《文心雕龙·物色》篇亦云:“物色之动,心亦摇焉”,“物色相召,人获谁安”(见《创作论评选》§ 047)。但这种言论仅视物象为诗情兴起的诱因,对整个艺术创作过程而言,作为一种情感诱因的物并非至关重要的因素。

直到宗炳《画山水序》,物象和视觉才开始具有诱发超验宗教体悟的重要作用。在宗炳与当时佛教思想中,佛像与自然物象彼此共通,山水与净土已融合,俱为佛法超验之神的化身与呈现:“神本亡端,栖形感类,理入影迹。”(见《创作论评选》§ 062)所以佛神会在万物中化入其神迹,而奉佛者通过视觉感官具体的佛像、山水,通达揭示终极神道。基于这种对物象和视觉的新认识,宗炳大胆地将观摩山水的绘画提高到至高无上的地位,置之于儒道历来所神化的卦象之上。这种物象视觉观直接影响到唐代王昌龄的“物境说”。王昌龄《诗格》论“物境”时主张“处身于境,视境于心”(见《创作论评选》§ 071),相信凝心目击,可以穿透视觉所观的物象,悟觉超越形色的宇宙实相。与此同时,王维诗中对万物的静观,及其揭示物色个相所含的禅学总相,也在实际创作层面映照了《画山水序》的观念取向。而王昌龄从静态物境的观照步入超验层面,不是只观一景一物,而是从个象到总相的飞跃,正可视为对王维山水诗极佳的理论总结。王维诗中的禅境，与西方浪漫主义的山水诗中神境不同，不是着意使用视觉去发现和呈现超验的精神本体，而是通过宁静观物超越精神和物质世界，直觉体悟宇宙最终现实，即佛家所说的万法总相（法性、真如、法身、涅槃、佛性等等）。

第三节 中西文论家对创作中“言”的认识之异同

中西文论家对创作中“言”的认识，较之他们对超验创作活动、对“象”的认识，相同相近、可作比较之处更是少得多。西方文论家否定超验想象活动与言的关系，认为语言使用只是形而下的技术性范畴。虽然文学语言曾受到18世纪新古典主义批评家的重视，例如亚历山大·蒲柏（Alexander Pope）就曾写过长诗《论批评》（*An Essay on Criticism*），专论模仿古典诗歌语言的原则和技巧。大概因此文没有探讨揭示语言使用与创作心理活动的关系，其价值很快就被忘却。在紧接的浪漫主义年代中，创作论写作如火如荼，其间文论家竞相探研超验想象活动，建立自己独特的创作论，而有意的语言使用被剔除在创作论之外，甚至被视为艺术创作的障碍。由于语言成文阶段在西方创作论实际上是一个缺项，而中国古代创作论则贯穿了从起始超验心理活动到最后成文的全部阶段，两者可说存有天壤之别。

然而，对于虚空想象与征实语言之间的鸿沟，中西文论家却有着共同的认识。雪莱《诗辩》就有一段与刘勰《神思》篇“意翻空而易奇，言征实而难巧”一段极为相似的论述。这里不妨将这两段话并列出来：

文章书写一开始，灵感就已经在衰退了。得以传世的最辉煌的诗篇，大概仅仅是诗人原本意想之微弱影子而已。我想求问当今最伟大的诗人，称美的诗行为苦心研学的结果，是不是一个谬误？[1]（雪莱《诗辩》）	方其搦翰，气倍辞前；暨乎篇成，半折心始。何则？意翻空而易奇，言征实而难巧也。是以意授于思，言授于意；密则无际，疏则千里。（*WXDLZ*, p.495）

比较这两段话，我们不禁会惊叹，不仅两人关于意想与文字之间巨大落差的论述有异曲同工之妙，就连最关键的词“意”也可说是相同。雪莱诗人“原本意想”的英文原文是“the original conception”，指涉的就是刘勰所说的诗人脑海中翻空之“意”，用来英译后者再贴切不过。不过，至于作者能否通过努力来消弭意想与文字之间的鸿沟，两人持有相反的观点。雪莱和其他浪漫主义文学家一样认为，苦心研学，刻意经营文字是无法呈现出诗人创造性想象的。正因如此，以他们著作为代表的西方创作论是不涵盖最后成文阶段的。与此相反，刘勰则坚信“言授于意；密则无际”。正如西方创作论中“意—言”分离说是西方哲学的精神物质二元论的体现，刘勰这种“意—言”相通论无疑是建立在儒家语言实有论、《系辞传》儒道糅合的文字实有论的基础之上的，也是他本人所独创的原道论之延伸。

1 “… when composition begins, inspiration is already on the decline, and the most glorious poetry that has ever been communicated to the world is probably a feeble shadow of the original conceptions of the poet. I appeal to the greatest poets of the present day, whether it is not an error to assert that the finest passages of poetry are produced by labour and study.”(Percy Bysshe Shelley, *A Defence of Poetry and Other Essays*. Project Gutenberg Ebook)

在源远流长、丰富多样的语言实有论的支撑之下，中国古代文论家在西晋以来一直孜孜不倦地解决创作论写作的最大难题，即把至虚的超验创作活动与至实的运笔行文联结起来。总的来说，他们沿着两条中国哲学家提供的不同而相成的路径，来联通整个创作过程。第一条路径是《系辞传》所建立的意→象→言的理路。《周易·系辞传》云："圣人立象以尽意，设卦以尽情伪，系辞焉以尽其言。"（见《创作论评选》§ 014）从而将意、象、言串联为一体。语言在此与卦象结合，足以充分表达各卦象的内在深意。此后，王弼更从生成推衍的逻辑，提出"言"生于"象"，故而"言"亦有"象"，"象"生于"意"，则"象"中亦有"意"，如此环环相生成，"言"便也具有了超验的本体性。值得一提的是，先秦老、庄的道家哲学虽然坚持语言无法体现作为宇宙最高原则的"道"，但又承认要借用语言来描绘"道"，这便默许了言语所能喻示出的言外之意。换言之，他们虽强调要得意忘言，但仍肯定语言揭示道的能力。

第二条路径是战国诸子和汉初黄老学派所开辟的"精神—身体"互动的通道。和精神与身体决然对立的西方二元论不同，绝大多数中国思想家一直认为精神和身体难分彼此。例如，孟子、庄子等论述超验感通活动时，经常用与身体有关的"气"来进行描述，"气"这个连通身体的术语具有指涉超验感通的功能，而语言正是抒写辞气的重要媒介。稷下道家著作《管子》在论超验的心道关系时引入气、形体，认为圣人必定是"心全角全"（见《创作论评选》§ 023）。汉初黄老思想倡导者司马谈在《论六家要旨》中将形神不可分离的主张应用到治国理政上，对后来董仲舒的“元神”说和扬雄“存神潜心”说都有直接影响（见《创作论评选》§ 033、035—037）。东汉王充进一步拓展了形神之辨的范围，把论题从圣王修身治国转至批评鬼神迷信、崇尚厚葬等社会陋习（见《创作论评选》§ 038）。在管子心气论和汉代形神之辨的影响下，魏晋时期兴起了人物品藻的风气。刘劭《人物志》具体论述了元一、心气、体质、德行、声、容、语言之间的内在关系，从而把精神和身体及言语连为一体（见《创作论评选》§ 039）。

中国文论家沿着这两条路径的探索是一个漫长的过程。在西晋到盛唐时期，文论家主要是遵循意→象→言的路径去探究创作过程。陆机和刘勰都在意→象→言框架中论述创作过程，但仅仅能说清楚意→象转变过程的心理活动。虽然他们都意识到，运笔成文成功与否同样取决于背后的“意”或神思，但又无法解释“意”是如何驱动运笔成文的，故只能求助于夸张的形象比喻和对灵感的描写（见《创作论评选》§ 054）。刘勰则只嗟叹两者的关系难以言喻，云：“至于思表纤旨，文外曲致，言所不追，笔固知止。”（见《创作论评选》§ 058）首先打通意与运笔关系的不是文论家，而是西晋书论家王羲之。他用“意”字来专指书法家运笔前对文字形态和动势的意想，认为由此意想直接驱动手笔才能写出书法佳品。到了唐代，张怀瓘、孙过庭等书法家又将此动态的“意”与神灵相通，从而赋予此字超验的意涵。王昌龄借用王羲之和唐人书论中动态之“意”，用于揭示贯穿从诗篇布局到诗句诗联建构、情与景物组合等所有行文的心理活动（见《创作论评选》§ 68）。王昌龄别出心裁，将书论的动态之意引入诗论，成功地解决了陆机和刘勰无法解决的问题，展示诗人艺术想象活动如何贯穿推动整个行文过程。在创作论的发展史中，王昌龄的动态"意"说无疑是一个重大的突破，为明清时期以意为主创作论的兴起奠定了坚实的基础。

古代文论家借用精神↔身体互动的路径来探究创作过程，需要等待更加漫长的时间。虽然曹丕《典论·论文》遵循汉魏人物品藻的思路，认为地域风气、作者气质直接决定文章的独特风格。所谓地域风气、作者之气质属于玄虚缥缈的现象，而文章却是实实在在、眼看得见手摸得着的东西，前者何以进入后者，从而形成与文章物体若即若离的风格呢？曹丕没有正面展开论述，但给了极为重要的提示："譬诸音乐，曲度虽均，节奏同检，至于引气不齐，巧拙有素，虽在父兄，不能以移子弟。"（见《创作论评选》§ 041）这里说的"引气"是指用气发声，可包括歌唱、吟诵、朗读的声音。这里，不管曹丕自觉与否，他发现了声音作为一种纽带的重要意义。一方面，声音发自身体器官，故与作者心身有着千丝万缕的关系；另一方面，声音作为一种气的存在，又上接地域风气（如曹丕所说的"齐气"）以及形而上的天地之气（包括孟子所说的、带有超验道德意义的"浩然之气"），同时它可形诸言语，存在于文章典籍之中。"声"如此连通形上之气和形下文章，堪比"象"连通形上之意和形下之言，同样起着关键的枢纽作用。然而，曹丕以气论文聚焦于文章风格的判断，只有寥寥几语涉及创作过程。要等到中唐韩愈提出养气说，"气"才真正进入创作论写作，发挥出它串通作者超验创作活动与运笔行文的特殊功用。如果说孟子把道德修养的精神活动与天地之气融合为“浩然之气”，韩愈则通过学习圣人经典著作来培养“浩然之气”，与古人精神交流，进而达到古圣辞达立言的境界。他认为，这种昌盛能动的形上之气在作者胸中积累盈满，自然流出，发声、运笔行文，就得到“言之短长与声之高下皆宜”的至文(见《创作论评选》§ 091)。如果说陆机、刘勰、王昌龄创作论中的“象”——或说视觉(包括外视和内视)是连通了至虚之“意”与至实之“言”的关键，那么与声闻密切相关的气则打通了创作构思精神活动和运笔成文身体活动的关键。一方面，声与气、心相连，从而进入精神领域；另一方面，声又是可以见诸文字的言语表达。由于韩愈的养气说连接形神内外，似乎可视为一种身体的形而上学。韩愈“养气说”在陆机与刘勰“意—象—言”模式、王昌龄“意—境—象—言”的框架之外，独辟“养气—辞达”之蹊径，使人皆可通过养气来撰写文章，将圣人立言的传统改造为世人都能遵循的创作之法，也因此再次强化了精神与身体、语言的内在联结。这种源于孟子，成熟于韩愈的养气创作论，在宋明时期苏轼、苏辙、方孝孺等古文家手中不断深入和细化，也使超验创作活动与语言文字的互动不断深化。

在盛唐到中唐大约一百年间，王昌龄和韩愈先后在创作论发展上取得了突破，解决了超验创作活动和行文阶段脱节这个老大难问题。不过，尽管王昌龄别出心裁把书论中的“意”改造来描述作者行文过程的心理活动，但没有对此“意”展开正面的论述。同样，韩愈点出了养气与辞成的因果关系，但亦语焉不详，甚至还没有像王昌龄那样论及诗篇成文的先后步骤。然而，到了明清时期，论“意”一跃成为创作论的核心议题，而“气”也参合其中，即有以气辅意之说，也有气主意辅之说。从“意”的角度来讨论行文过程的批评家人数甚多，其中主要有明复古派的领袖人物以及继承他们唯美倾向的清人。他们无不竞相提出自己的观点，涉及面甚广，包括虚的运意、意与整体结构、意与炼情、意与求音取象、意与遣词造句、意与诗法等等。通过对他们论述的仔细爬梳，一个洋洋大观的以意为主的创作论便呈现在我们眼前（见本书第七章）。

明清时期以意为主的创作论的蓬勃发展，与西方创作论将成文阶段剔除在外的做法形成极为鲜明的对比。中西文论家对成文阶段截然不同的态度最大化地凸显中西创作论各自的文化特性，即两者分别使用一元论和二元论思维来探研创作过程。在西方思想史中，精神与身体、思想与文字几乎总是绝对地二元对立，以精神思想为至尊，以身体、文字为卑贱。即使在《圣经》和其他一些古典哲学中有罗格斯说，但此罗格斯（logos），作为与最高精神同体的声音，只是一个旨在拉近人类和绝对精神距离的虚名而已，与人类的语言文字无关。在这种二元论的框架中探研创作过程，西方文论家对成文过程置之不论，乃是顺理成章的事。与此相反，在中国思想史中，道释两家虽有重神轻形、热衷于解构文字的流派，但精神与身体、思想与文字从未像西方那样决然对立，而且总会给文字留下一条通向最终现实的暗道，如庄子筌蹄之说、禅宗的文字禅等等。同时，儒道两家中又有不少流派持神形并重的立场，视语言文字为实有的学说，如先秦从孔子到《系辞传》的语言实有论、稷下道家

《管子》的心气说、孟子“浩然之气”说、汉初黄老学派神形并重说等等(见《创作论评选》§ 001—002、014、019—020、026、033等)。这些学说不仅开辟连通精神和身体、思想与语言文字的理路,而且还为文论家提供了两个足以贯通超验心灵活动和行文过程的关键术语,即上文已详尽讨论的“意”和“气”。虽然文论家探索改造使用这两个哲学术语是一个漫长渐进的过程,从陆机的西晋一直延至明清,但他们终究完成了这项伟大的任务。

著者用“伟大”二字来形容明清以意为主创作论的意义,可能会令一些学界同仁感到诧异,因为以意为主创作论与常遭冷落甚至诟病的诗法有密切的关系。著者认为,诗法研究的边缘化,与20世纪以来西方文学思想的巨大影响有关。当如20世纪初新文化运动和五四运动的倡导者紧跟西方思想潮流,用西方文论的价值观来评价中国传统文论,自然会奉西方所崇尚的原创想象为圭臬,像鲁迅《摩罗诗力说》那样哀叹中国没有拜伦那种足以摧毁旧世界,创造新世界的想象力量。同时,他们又极力鞭挞所有追求讲究遣词用句的理论,掀起围剿所谓“选学妖孽”“桐城谬种”的群众运动。在21世纪20年代的今天,我们不应再以西方文学思想马首是瞻,只要我们平视西方创作论,不难看到其对行文过程的忽略实际是一种严重缺陷,使之沦为一种片面不全的理论体系。

从中国创作论发展的角度来看,明清以意为主创作论的建立具有深远重大的意义,因为它成功地把超验心灵活动的律动、情景物互动的律动注入文章书写的每一个步骤之中,从而使语言使用变成一种充满生命力的律动。其实，张惠言、朱庭珍等人谈“意”化死法为活法（见《创作论评选》§ 135—136），讲的就是要把至实的遣词用句转化为一种既与作者心灵和宇宙律动同步，又使读者心灵产生共鸣的语言律动。明清文论家如此用“意”改造升华诗法文法，与王羲之以来的书论家用“意”化文字书写为生命律动，并无二致。另外，正如以“意”为主的书论将书法提升为一种伟大的艺术，明清以意为主的文学创作论则引导作者活用诗法文法，使得落笔成文变为富有艺术原创力的活动，同时这种创作论又为文章学的发展注入生机，使之更富有理论深度和审美情趣。

把视野移至中西文论比较，我们不难发现，文章书写过程未能进入西方创作论，与西方书法无法进入艺术殿堂的遭遇，有着相同的原因。西方书法没有接通书法家的超验心灵和抒情活动，始终是一种低级的技艺。同样，西方关于文章书写的论述多囿于列举规则，就事论事，很少与作者的创作心理活动联系起来，故难免沦为机械的、无法显示作者生命律动的修辞学。在某种意义上说，20 世纪各种各样形式主义文论，包括英美新批评主义、俄国形式主义、现象学批评等，都反对传统修辞学把文章当作死物的立场，力图探究文章何以得到精神和活力，成为一种有机的生命体。然而，也许由于对 19 世纪浪漫主义的自觉反动，这些形式主义理论无不拒绝将文章生命力与作者超验精神体悟、生命律动相联系，而视之为读者在审美接受过程中再创造的产物。对比西方千百年来切断文章书写、文章形式与作者创作过程关系的做法，以意为主的创作论更显得是中国创作论的最大亮点,直接照射着西方创作论中一个巨大的缺项。在撰写此书英文版时,著者将特别强调这点,以求给未来的西方文论家启发,引导和帮助他们开展补缺工作。中国古典诗歌通过费诺罗沙(Ernest Francisco Fenollosa)、庞德(Ezra Pound)等人的译介,能引起西方诗歌进入现代主义的革命,为什么中国古典文论不能为他们重造西方文论提供灵感呢?著者希望在有生之年与更多的同道努力,让中国文论与西方文论进行深度的对话,在全球发扬光大,作出其应有的贡献。

创作论要略
选录典籍书目

BYZCH	[清] 陈廷焯:《白雨斋词话》,北京: 人民文学出版社,1959 年。
BZGL	[宋] 包恢:《敝帚稿略》,文渊阁《四库全书》本。
CLSHJS	[宋] 严羽:《沧浪诗话校释》,北京: 人民文学出版社,1983 年。
CQFLYZ	[汉] 董仲舒,[清] 苏舆义证:《春秋繁露义证》,北京: 中华书局,1992 年。
CSQS	[明] 王夫之:《船山全书》,长沙: 岳麓书社,2010 年。
CX	[清] 张惠言:《词选》,北京: 中华书局影印四库备要本,1957 年。
DCQXLJS	[梁] 真谛译,高振农校释:《大乘起信论校释》,北京: 中华书局,1992 年。
DMJXNJZ	[唐] 杜牧撰,吴在庆校注:《杜牧集系年校注》,北京: 中华书局,2008 年。
DYQJ	[清] 冯班:《钝吟全集》,收入《清代诗文集汇编》编纂委员会编:《清代诗文集汇编》第 20 册,上海: 上海古籍出版社,2010 年。
ESQSTJ	[清] 廖燕:《二十七松堂集》,收入《清代诗文集汇编》第 164 册,上海: 上海古籍出版社影印民国红格抄本,2010 年。

续 表

FSXFS	[明] 李贽:《焚书、续焚书》,北京:中华书局,1975 年。
FSYL	[唐] 张彦远:《法书要录》,上海:上海书画出版社,1986 年。
FYYS	[汉] 扬雄撰,汪荣宝疏:《法言义疏》,北京:中华书局,1987 年。
FZYQJ	[宋] 范仲淹撰,李先勇、刘琳、王蓉贵点校:《范仲淹全集》,北京:中华书局,2020 年。
GCSB	[宋] 董逌:《广川书跋》,北京:中华书局,1985 年。
GHMJ	[唐] 道宣:《广弘明集》,《大正藏》第 52 册。
GSJ	[明] 冯惟讷:《古诗纪》,《文渊阁四库全书》本。
GSPX	[清] 王夫之:《古诗评选》,上海:上海古籍出版社,2011 年。
GZJZ	黎翔鳳:《管子校注》,北京:中华书局,2004 年。
GZZQJ	[清] 龚自珍:《龚自珍全集》,上海:上海人民出版社,1975 年。
HCLWJJZ	[唐] 韩愈撰,马其昶校注,马茂元整理:《韩昌黎文集校注》,上海:上海古籍出版社,2021 年。
HFCHJZ	[清] 况周颐著,屈兴国辑注:《蕙风词话辑注》,南昌:江西人民出版社,2000 年。
HFZXJZ	[战国] 韩非子著,陈奇猷校注:《韩非子新校注》,上海:上海古籍出版社,2000 年。
HMJ	[南朝梁] 僧祐:《弘明集》,《大正藏》第 52 册。
HNHLJJ	[汉] 刘安撰,刘文典集解:《淮南鸿烈集解》,北京:中华书局,1989 年。
HS	[汉] 班固撰,[唐] 颜师古注:《汉书》,北京:中华书局,1962 年。
HZXQJ	[清] 黄宗羲:《黄宗羲全集》,杭州:浙江古籍出版社,2005 年增订版。

续 表

JSTPDCZQJ	[清] 金圣叹:《金圣叹评点才子全集》,北京: 光明日报出版社,1997年。
JZSHJZ	[清] 王夫之著,戴鸿森笺注:《姜斋诗话笺注》,北京: 人民文学出版社,1981年。
JZYHXDQCZS	《芥子园绘像第七才子书》,雍正十三年芥子园刻本。
KYWZLJ	汤志钧编:《康有为政论集》,北京: 中华书局,1981年。
LCJ	[宋] 苏辙:《栾城集》,《苏辙集》,上海: 上海古籍出版社,2009年。
LCJ	[元] 郝经:《陵川集》,收入《四库全书》第1192册,上海: 上海古籍出版社影印钦定四库全书本,1987年。
LDMHJ	[唐] 张彦远:《历代名画记》,杭州: 浙江人民美术出版社,2019年。
LDSHXB	丁福保辑:《历代诗话续编》,北京: 中华书局,1983年。
LHJS	[汉] 王充撰,黄晖校:《论衡校释》,北京,中华书局,1990年。
LXQJ	鲁迅:《鲁迅全集》第一卷,北京: 人民文学出版社,1973年。
LYYZ	杨伯峻:《论语译注》,北京: 中华书局,1980年。
LZYZ	辛战军:《老子译注》,北京: 中华书局,2008年。
MCB	[宋] 朱长文纂辑,何立民点校:《墨池编》,杭州: 浙江人民美术出版社,2019年。
MKWB	[清] 张惠言:《茗柯文编》,上海: 上海古籍出版社,1984年。
MSPX	[清] 王夫之:《明诗评选》卷六,长沙: 岳麓出版社,2011年。
MSZY	[汉] 毛亨传,[汉] 郑玄笺,[唐] 孔颖达疏:《毛诗正义》,《十三经注疏》,北京: 中华书局,1980年。

续 表

MZYZ	杨伯峻:《孟子译注》,北京:中华书局,1960 年。
QMSH	周维德编:《全明诗话》,济南:齐鲁书社,2005 年。
QSH	王夫之等撰:《清诗话》,上海:上海古籍出版社,1978 年。
QSHXB	郭绍虞:《清诗话续编》,上海:上海古籍出版社,1983 年。
QTW	[清] 董诰等编:《全唐文》,上海:上海古籍出版社,1990 年。
QTWDSGHK	张伯伟:《全唐五代诗格汇考》,南京:江苏古籍出版社,2002 年。
RWZ	[三国魏] 刘劭著,[西凉] 刘昞注,杨新平、张锴生注译:《人物志》,郑州:中州古籍出版社,2007 年。
SGTSPJZ	[唐] 孙过庭撰,朱建新笺证:《孙过庭书谱笺证》,上海:上海古籍出版社,1982 年。
SGZ	[晋] 陈寿著,[宋] 裴松之注:《三国志》,北京:中华书局,1982 年。
SGZ	[清] 王夫之:《诗广传》卷二,北京:中华书局,1964 年。
SJYWLX	陶秋英编:《宋金元文论选》,北京:人民出版社,1999 年。
SRYX	[宋] 魏庆之:《诗人玉屑》,上海:上海古籍出版社,1959 年。
SS	[南朝] 沈约:《宋书》,北京:中华书局,1974 年。
SS	[唐] 魏徵、[唐] 令狐德棻:《 隋书 》,中华书局,1973 年。
SSJCX	[清] 周济:《宋四家词选》,上海:古典文学出版社,1958 年。
SSSJ	[宋] 苏轼:《苏轼诗集》,北京:中华书局,1982 年。
SSWJ	[宋] 苏轼撰,[清] 孔凡礼点校:《苏轼文集》,北京:中华书局,1986 年。

续 表

DFGSJ	[宋] 戴复古著,金芝山点校:《戴复古诗集》,杭州:浙江古籍出版社,2012 年。
TSPH	[明] 高棅:《唐诗品汇》,上海:上海古籍出版社,1988 年。
TXZJ	[明] 汤显祖:《汤显祖集》,上海:上海古籍出版社,1973 年。
TYCJ	[明] 谭元春:《谭元春集》,上海:上海古籍出版社,2018 年。
WBJJS	[魏] 王弼著,楼宇烈校释:《王弼集校释》,北京:中华书局,1980 年。
WFJS	[晋] 陆机撰,张少康集释:《文赋集释》,上海:上海古籍出版社,1984 年。
WGWQJ	王国维:《王国维全集》,杭州,广州:浙江教育出版社,广东教育出版社,2009 年。
QLZS	[明] 王骥德著,陈多、叶长海注释:《曲律》,上海,上海古籍出版社,2021 年。
WJMFL	[日] 弘法大师撰,王利器校注:《文镜秘府论》,北京:中国社会科学出版社,1983 年。
WX	[南朝梁] 萧统编,[唐] 李善注:《文选》,上海:上海古籍出版社,2019 年。
WRSHBZ	[宋] 朱弁等撰,贾文昭编:《皖人诗话八种》,安徽:黄山书社,1995 年。
WTXJ	[明] 王廷相著,王孝鱼点校:《王廷相集》,北京:中华书局,1989 年。
WXDLZ	[南朝] 刘勰著,范文澜注:《文心雕龙注》,北京:人民文学出版社,1958 年。
WXDLZJ	黄侃:《文心雕龙札记》,上海:上海古籍出版社,2000 年。

续 表

WSZWJ	[清] 魏禧:《魏叔子文集》,北京:中华书局,2003年。
WXZPZ	郭廉夫:《王羲之评传》,南京:南京大学出版社,1996年。
XCSFSWJ	[清] 袁枚:《小仓山房诗文集》,上海:上海古籍出版社,1988年。
XWJ	[明] 徐渭:《徐渭集》,北京:中华书局,1983年。
XZJJ	[清] 王先谦:《荀子集解》,北京:中华书局,1988年。
XZZJ	[明] 方孝孺:《逊志斋集》,上海:商务印书馆,1935年。
YBSHJ	梁启超:《饮冰室合集》,上海:中华书局,1936年。
YPCT	[明] 郝敬:《艺圃伧谈》,天启崇祯刊本,日本京都大学藏。
YWLJ	[唐] 欧阳询等编:《艺文类聚》,上海:上海古籍出版社,1982年。
YXXJ	[明] 钟惺:《隐秀轩集》,上海:上海古籍出版社,2017年。
YHDJJJ	[明] 袁宏道著,钱伯城笺校:《袁宏道集笺校》,上海:上海古籍出版社,2018年。
ZYZSWJ	[清] 张裕钊著,王达敏校点:《张裕钊诗文集》,上海:上海古籍出版社,2007年。
ZYZY	[晋] 王弼注,[唐] 孔颖达疏:《周易正义》,《十三经注疏》,北京:中华书局,1980年。
ZZJZJY	陈鼓应:《庄子今注今译》,北京:中华书局,1983年。
ZZQS	[宋] 朱熹:《朱子全书》,上海:上海古籍出版社,2002年。